Phillip Gwynne
Der Clan
Renn um dein Leben!

DER CLAN

PHILLIP GWYNNE

RENN UM DEIN LEBEN!

Übersetzung aus dem australischen Englisch
von Kai Kilian

Boje

Dieser Titel ist auch als E-Book erschienen.

FSC
www.fsc.org
MIX
Papier aus verantwortungsvollen Quellen
FSC® C006701

Titel der australischen Originalausgabe:
»The Debt – Catch the Zolt«

Für die Originalausgabe:
Die englischsprachige Originalausgabe erschien erstmals 2013 bei Allen & Unwin, Australien

Für die deutschsprachige Ausgabe:

Umschlaggestaltung: Kirstin Osenau
Umschlagmotiv: © shutterstock/Rocket400 Studio, © shutterstock/jason2009, © shutterstock/Ensuper, © shutterstock/aarrows, © shutterstock/Matvienko Vladimir
Satz: Dörlemann Satz, Lemförde
Gesetzt aus der ScalaTurkLF-Regular
Druck und Einband: CPI books GmbH, Leck · Germany
ISBN 978-3-414-82418-9

5 4 3 2 1

Sie finden uns im Internet unter: www.boje-verlag.de

Ein verlagsneues Buch kostet in Deutschland und Österreich jeweils überall dasselbe. Damit die kulturelle Vielfalt erhalten und für die Leser bezahlbar bleibt, gibt es die gesetzliche Buchpreisbindung. Ob im Internet, in der Großbuchhandlung, beim lokalen Buchhändler, im Dorf oder in der Großstadt – überall bekommen Sie Ihre verlagsneuen Bücher zum selben Preis.

Für Reg, einen guten Freund,
der viel zu früh von uns gegangen ist

DER TAG, AN DEM ICH FÜNFZEHN WURDE

Mein fünfzehnter Geburtstag begann im Grunde wie jeder andere Tag: Um halb sechs Uhr morgens meldete sich der Wecker von meinem iPhone, und zwar mit dem Song, den ich am meisten hasste – *Who Let the Dogs Out*. Mir blieb nichts anderes übrig, als mich aus dem Bett zu schälen, quer durchs Zimmer zu stapfen und den Alarm abzustellen. Da ich nun schon auf den Beinen war, blieb ich es. Und so hatten die unerträglichen Baha Men wieder mal ihren Job erledigt.

Am Abend zuvor hatte Mom – ja, *Mom* – vorgeschlagen, dass ich mir den nächsten Tag freinehmen solle, es sei schließlich mein Geburtstag.

»Du gehst ständig laufen«, hatte sie gesagt. »Jetzt hat die Lauferei mal Pause.«

Mom, meine Mum, ist zu hundert Prozent Amerikanerin, zu hundert Prozent Kalifornierin. Obwohl sie inzwischen seit mehr als zwanzig Jahren hier in Australien lebt, redet sie immer noch wie eine Amerikanerin. Ein Gehsteig heißt bei ihr »Fußweg«. Das Wort Aluminium spricht sie »A-luu-mi-num« aus. Das Wort Boje klingt aus ihrem Mund wie »Buu-ie«. Deswegen nennen wir Kids, und ab und zu sogar Dad, sie nicht Mum, sondern Mom.

Mein Coach Gus allerdings – der außerdem zufällig mein Großvater ist – war anderer Meinung gewesen als Mom.

Was im Grunde nicht weiter bemerkenswert war, denn *einer* Meinung sind die beiden nur selten.

Er hatte gesagt, eine Trainingspause könne ich mir wirklich nicht leisten, bis zur Queensland-Meisterschaft sei es immerhin bloß noch knapp einen Monat.

Ich schlüpfte in meine Trainingsklamotten – ärmelloses Trikot, Laufshorts, Socken –, schnappte mir meine Schuhe und schlich den Flur entlang, vorbei am Zimmer meines Bruders, am Zimmer meiner Schwester, am Zimmer meiner Eltern. Als ich die Wendeltreppe hinunterstieg, hörte ich ein Geräusch, das sich kurz darauf in die Stimme eines Nachrichtensprechers verwandelte.

»Wir unterbrechen den Ablauf unserer Sendung, um Ihnen folgende Eilmeldung mitzuteilen: Wie wir soeben erfahren haben, ist der als moderner Robin Hood bekannte sechzehnjährige Otto Zolton-Bander, auch der Facebook-Bandit genannt, vor Kurzem gefasst worden.«

Irgendwer muss gestern Abend den Fernseher angelassen haben.

Doch als ich im Erdgeschoss ankam, sah ich Dad, noch im Schlafanzug, die Fernbedienung in der Hand, den Blick wie gebannt auf den Plasmabildschirm gerichtet.

Mom witzelt immer herum, dass Dad, falls er sein Leben als Wirtschaftsmagnat irgendwann satthätte, sich einen Job beim Fernsehen besorgen könnte, als Moderator bei einem von diesen Lifestylemagazinen. Nicht dass er das jemals tun würde, aber ich weiß genau, was sie meint: Er hat diese irgendwie kerngesunde, gefällige Ausstrahlung.

»Dad!«, rief ich. »Wieso bist du so früh schon auf?«

»Happy birthday to you«, schmetterte er los wie der leibhaftige Pavarotti. »Happy birthday to you. Happy birthday, lieber Dominic. Happy birthday to you!«

»Das war echt spitze, Dad«, sagte ich. »Aber wenn ich du wäre, würde ich nicht gleich den Job wechseln.«

Nicht dass ich auch nur entfernt eine Ahnung hätte, was für einen Job er hat.

»Und die Sache mit heute Abend steht?«, fragte er. »Bei deinem Großvater, nach dem Festessen?«

In diesem Jahr sollte es keine große Geburtstagsparty für mich geben, da Mom und ich beschlossen hatten, uns die für nächstes Jahr aufzusparen, für meinen sechzehnten.

»Geheimes Männerding?«, sagte ich und grinste.

»Geheimes Männerding«, wiederholte er und grinste nicht.

»Klar«, sagte ich.

Dad ließ sein Moderatorenlächeln aufblitzen, dann wandte er seine Aufmerksamkeit wieder dem Bildschirm zu.

Ich verabschiedete mich und ging.

Auf der Eingangstreppe setzte ich mich, zog meine Laufschuhe an, schnürte sie eng, legte mir den Brustgurt von meinem Pulsmesser um, startete die Stoppuhr und lief los.

Es war einer von diesen warmen, wolkenlosen Tagen, die so typisch sind für die Gold Coast. Sogar noch typischer für Halcyon Grove, die private Wohnanlage, in der wir leben. Laut Werbeprospekt des Halcyon Grove Country Club haben wir siebenundzwanzig golffreundliche Tage mehr als jeder andere Ort in Australien. Nicht dass meine Eltern das jemals ausnutzen würden, dafür sind sie schlicht zu beschäftigt: mein Vater damit, Geld zu verdienen, und meine Mutter damit, dieses Geld auszugeben. Aber

ich glaube, ihnen gefällt der Gedanke, dass sie aus siebenundzwanzig Tagen mehr auswählen können, sollten sie irgendwann mal beschließen, sich ein paar Stunden für ein Ründchen Golf freizunehmen.

In Halcyon Grove gibt es keine Zäune, und jedes Haus ähnelt einem Ozeandampfer – weiß, schimmernd, vielstöckig – auf einem Meer von Grün. So früh am Morgen waren auf den Straßen nur die Angestellten unterwegs: die Kindermädchen, die Gärtner, die Hunde-Fitnessberater. Sie hasteten an mir vorüber, hielten die Köpfe gesenkt und vermieden jeden Blickkontakt. Als ich am Haus der Havillands vorbeilief, tat ich, was ich immer tue: Ich sah hinauf zum zweiten Stock.

Imogen war da, wie gewöhnlich, ihr Gesicht im Rahmen des Fensters.

Einmal, als sie und ich in der Robina Mall waren, kam ein vollkommen Fremder, ein Typ mit Sonnenbankbräune und Leinenanzug, auf sie zu und bot an, aus ihr das künftige weltweite Supermodel zu machen. Zuerst dachte ich, der Kerl wäre irgend so ein Perversling (von denen gibt's in der Robina Mall mehr als genug) oder würde sich einen Scherz erlauben – Imogen, ein verdammtes Supermodel? Aber er meinte es ernst. Er überreichte ihr eine Hochglanz-Visitenkarte, sagte, sie solle das Ganze mit ihren Eltern besprechen und ihn anrufen, sobald sie »bereit« sei.

Während ich zu ihrem Fenster hinaufsah, versuchte ich, mir Imogen als Supermodel vorzustellen, Imogen, wie sie in Mailand oder Paris über den Catwalk stolziert. Doch es gelang mir nicht. Ich sah bloß die unmodische Imogen vor mir, die ich schon mein Leben lang kannte.

Sie hielt ein DIN-A4-Blatt in die Höhe, auf das Happy Birthday, Penner gedruckt war. Ich erkannte die Schriftart als Gotham und fühlte mich einigermaßen geehrt, weil sie mich in ihrer Lieblingsschrift einen Penner nannte.

Ich grinste zu ihr hinauf, stieß dabei jedoch mit dem Fuß gegen irgendetwas – das Rad eines Fahrrads –, geriet ins Straucheln und schaffte es nur gerade so eben noch, das Gleichgewicht wiederzufinden und mich auf den Beinen zu halten.

»Idiot!«, brüllte ich und dachte daran, dass ein verstauchter Knöchel so kurz vor dem Meisterschaftslauf eine Katastrophe gewesen wäre.

Gut möglich, dass seine kleine Schwester das Rad versehentlich hier hatte liegen lassen, und doch kam mir unwillkürlich der Gedanke, dass Tristan Jazy das Ganze mit Absicht gemacht hatte. Ich hob den Blick zum Haus der Jazys und rechnete halb damit, ihn dort zu sehen, wie er mich vom Fenster aus beobachtete, mit diesem typischen blöden Grinsen in seinem Gesicht. Aber bei allen Fenstern – und es gab eine Menge davon – waren die Rollos heruntergezogen.

Rap ist Mist, Haie sind cool, unter keinen Umständen sollten Dads hautenge Badehosen tragen dürfen, und Tristan Jazy war so was von nicht okay!

Ich brauchte fünf Minuten und zweiunddreißigeinhalb Sekunden bis zum Tor. Wie immer wechselte ich kurz ein paar Worte mit Samsoni, dem tongaischen Wachmann, während ich langsam durch den Fußgängerdurchgang trabte.

»Sie sollten lieber im Innern der Anlage laufen, Mr Silvagni.«

Ich wünschte, er würde mich nicht Mr Silvagni nennen. Sondern »Dom«. Oder »Kid«. Oder von mir aus auch »Bro«. Aber das gehört zu den Regeln der Halcyon-Grove-Eigentümergemeinschaft: *Die Angestellten haben alle Bewohner zu jeder Zeit mit der gebotenen Höflichkeitsform anzusprechen.*

»Hier drin gibt's keine Geländewechsel, Samsoni«, erwiderte ich wie immer.

Und Samsoni antwortete mit dem gleichen ergebenen Lächeln wie immer. Er wusste ebenso gut wie ich, dass Läufer, und besonders Mittelstreckler, Geländewechsel brauchen.

Ich lief an der Mauer um Halcyon Grove entlang und bog in eine schmale Straße ein. Offiziell heißt sie Byron Street, aber weil sie von Bäumen gesäumt ist und die Bäume von Vögeln bevölkert sind, die zu so früher Stunde stets um die Wette zwitschern, habe ich sie in Chirp Street umgetauft. Und die Chirp Street hielt für mich den ersten Geländewechsel bereit. Zwar keinen richtigen Hügel, eher so eine Art Bodenwelle, aber immerhin eine Gelegenheit, meinen Puls in die Höhe zu treiben, ohne schneller zu laufen.

In der Chirp Street ist eigentlich nie viel Verkehr, schon gar nicht so früh am Morgen, sodass es mich überraschte, als ich aus dem Augenwinkel einen Lieferwagen bemerkte, der sich von hinten näherte. Autos – oder Lieferwagen – sind nicht gerade mein Ding, und ich hätte nicht sagen können, von welcher Marke die Kiste war. Ich war allerdings ziemlich sicher, dass ich einen Transporter wie diesen noch nie gesehen hatte. Er war stromlinienförmig, sah irgendwie futuristisch aus und schien nicht das kleinste Geräusch zu machen. Da die Sonne sich in der Frontscheibe spiegelte, konnte ich nicht erkennen, wer hinter dem Steuer saß.

Der Wagen fuhr ungefähr drei Meter hinter mir, hielt sich an meine Geschwindigkeit. Erhöhte ich das Tempo, tat der Transporter dasselbe. Verlangsamte ich das Tempo, tat der Transporter dasselbe. Ich dachte an Samsonis Standardspruch: *Sie sollten lieber im Innern der Anlage laufen, Mr Silvagni*, und daran, wie ich ihn jedes Mal abgetan hatte.

Ja, dieser Knabe von meiner Schule, Jason Walker, war vor ein paar Jahren gekidnappt worden. Ja, sie hatten ihm das linke Ohr abgeschnitten. Ja, seine Eltern hatten eine Million Dollar gezahlt, um ihn – oder den Rest von ihm – wiederzukriegen, aber ich hatte mir immer eingeredet, der Grund dafür sei gewesen, dass er schlicht leichte Beute war, genau die Sorte dämliches reiches Kid, die ein Kidnapper kidnappen würde. So was könne mir nicht passieren, hatte ich mir gesagt. Aber da war ich nun, in einer menschenleeren Straße, verfolgt von einem unheimlich wirkenden Lieferwagen. Womöglich gab es eine ganz harmlose Erklärung dafür, dass er hier war, doch es waren die weniger harmlosen, die mir im Kopf herumschwirrten.

Als der Wagen sich neben mich setzte, fing mein Hirn an zu surren, machte dasselbe Geräusch wie eine Festplatte, auf die man gerade einen Haufen Dateien kopiert.

Was jetzt?

Urplötzlich ein Rauschen, dann Schwärze. So wie vor ein paar Jahren bei meiner Blinddarmoperation, als der Anästhesist mich »eingeschläfert« hatte.

Als ich wieder zu mir kam, lag ich auf dem Gehsteig.

Aus dem Augenwinkel sah ich den weißen Transporter um eine Kurve verschwinden.

Ich machte einen kurzen Check, wackelte nacheinander mit Armen und Beinen. Es schien nichts gebrochen zu sein. Ich bemerkte auch keine sichtbaren Schürfwunden.

Okay, der Wagen hatte mich also nicht angefahren, überlegte ich, während ich mich vorsichtig aufrappelte.

Aber was war mit mir passiert?

Dann entdeckte ich sie: eine kleine, rote Schwellung auf meinem rechten Handrücken. Ich fuhr mit dem Finger darüber. Es sah aus wie der Stich einer Wespe oder einer Biene.

Vielleicht war ich doch betäubt worden, und das hier war die Stelle, wo sie die Nadel oder was auch immer hineingesteckt hatten.

In diesem Fall sollte ich die Polizei rufen.

Also griff ich nach meinem Handy.

Doch im selben Moment kamen mir Zweifel: Was genau sollte ich den Cops sagen? Und was genau würden die dann unternehmen?

Über mir schien die Sonne vom wolkenlosen Himmel. Um mich herum zwitscherten die Vögel.

Ich schob das Handy zurück in die Tasche.

Diese Sache war unheimlich, aber es war mein Geburtstag, und ich würde nicht zulassen, dass sie ihn ruinierte.

Also tat ich, was ich immer tue: Ich lief. Und wenn ich lief, also richtig lief, mich auf Bewegungen, Tempo, Rhythmus konzentrierte, gab es in meinem Kopf keinen Platz mehr für irgendwas anderes; sofort verschwand der Gedanke an das, was mir gerade passiert war.

Ich nahm die Brücke über den Kanal und erreichte den benachbarten Vorort, Chevron Heights. Verglichen mit dem verschlafenen Halcyon Grove war Chevron Heights immer ein kleiner Schock. Hier herrschte auch schon frühmorgens Hochbetrieb: Ladenbesitzer rüsteten ihre Shops für das Tagesgeschäft, an den Bushaltestellen standen die Leute Schlange. Ein paar Handwerker erledigten die letzten Arbeiten an einer weiteren dieser Hypothekenbankfilialen von Coast Home Loans; es kam einem vor, als gäbe es die entlang der Küste inzwischen an jeder Ecke.

Ein Stück vor mir erkannte ich die schmale Silhouette von Seb, der wie immer direkt vor Big Pete's Pizza Parlour auf und ab lief und auf mich wartete.

Seb ist einen halben Kopf kleiner als ich und gut ein paar Kilo leichter – mit anderen Worten: ein ziemlicher Hänfling. Bei den meisten Sportarten wäre das von Nachteil – ein Ziemlicher-Hänfling-Basketballer macht keine Slam Dunks, und wer will schon einen Ziemlicher-Hänfling-Footballer sehen? Beim Mittelstreckenlauf ist das allerdings anders. Die letzten drei 1500-Meter-Weltrekordhalter – Saïd Aouita, Noureddine Morceli und Hicham El Guerrouj – waren allesamt ziemliche Hänflinge. Ich war auch mal ein ziemlicher Hänfling. Doch in dieser Saison bin ich schlagartig gewachsen. In die Höhe. Und in die Breite. Und auch wenn ich an meiner Schule noch immer die Bestzeiten über 800 und 1500 Meter hielt, bereitete mir mein schwindendes Hänflingtum allmählich Sorgen.

Langes, zurückgebundenes schwarzes Haar, knielange Basketballhose, Trägershirt – Seb sah eher nach einem Skater aus als nach einem Läufer. Und vielleicht ist er sogar ein Skater – woher soll ich das wissen? –, aber er ist definitiv ein Läufer, und zwar ein ziemlich guter. Dadurch haben wir uns ja kennengelernt. Vor ein paar Monaten sind wir uns – buchstäblich – ständig über den Weg gelaufen, auf unseren jeweiligen Morgenrunden. Zuerst haben wir uns nur zugenickt, dann haben wir angefangen, miteinander zu reden, und irgendwann sind wir das erste Mal gemeinsam gelaufen.

»Du bist spät«, sagte Seb.

»Nein, bin ich nicht«, sagte ich.

»Doch, bist du.«

Wenn ich um die übliche Uhrzeit startete – was der Fall gewesen war – und das übliche Tempo lief – was der Fall gewesen war –, erreichte ich das Big Pete's immer um 06:12. Als ich jetzt meine Uhr checkte, zeigte sie 06:16. Seb hatte recht: Ich hatte vier Minuten verloren.

Mir blieb keine Zeit, weiter darüber nachzudenken, denn wir hatten bereits den Anfang der heftigsten Steigung auf unserer regelmäßigen Route erreicht, einen Geländewechsel, den wir den Gut Buster nennen. Da mein nächster Meisterschaftslauf nicht mehr fern war, zeigte meine Trainingskurve nach unten, was bedeutete, dass ich es nicht übertreiben durfte, dass ich »mit angezogener Handbremse« laufen sollte, wie Gus es ausdrückte. Seb hatte keine Trainingskurve, was bedeutete, dass er machen konnte, was er wollte, und so schnell laufen durfte, wie es ihm gefiel.

Lass die Handbremse angezogen, sagte ich mir, während Seb sich vor mich setzte und eine Zwei-Meter-Lücke riss.

Du musst deine Kräfte sparen, sagte ich mir, während die Lücke auf fünf Meter anwuchs.

Willst du dich hier im Anstieg ernsthaft von diesem Hänfling einseifen lassen?, fragte ich mich, während ich die Handbremse löste, die Steigung hinauffegte und kurz vor der Kuppe an Seb vorbeizog.

Ich wusste sofort, dass mein Puls höher war, als er sein sollte, und dass Gus es sehen würde, sobald er die Daten von meinem Pulsmesser ausgelesen hatte, und dass er vermutlich nicht besonders glücklich darüber sein würde. Genau das war der Grund, weshalb er beharrlich darauf bestand, ich sollte allein trainieren, und weshalb ich ihm nie etwas von Seb erzählt hatte.

Wir trabten den Hügel hinab Richtung Sonnenaufgang, während die Meeresbrise uns um die Nase wehte, und nahmen den Rest unserer üblichen Route in Angriff, am Naturschutzgebiet Ibbotson Reserve entlang.

So lautet der offizielle Name, aber wir nennen es Preacher's Forest wegen dieses verrückten Alten, dem Prediger, der schon seit Ewigkeiten dort campt.

Das Gebiet ist riesig: Es besteht zum Teil aus Regenwald, zum Teil aus Mangroven, zum Teil aus sandigen Hügeln, und es ist von Bächen durchzogen, mit einem sumpfigen See in der Mitte und einem verlassenen Flughafen auf der anderen Seite. Alle zwei Wochen redet irgend so ein Bauunternehmer im Fernsehen darüber, wie sehr die Zukunft der Gold Coast davon abhängt, dass Ibbotson Reserve endlich Bauland wird. Gefolgt von irgend so einem Umweltschützer, der darüber redet, wie sehr die Zukunft der Gold Coast davon abhängt, dass Ibbotson Reserve niemals Bauland wird.

Wir konnten die Stimme des Predigers hören, der sich in einer seiner gewohnten Tiraden erging.

»Du Verwüsterin, wohl dem, der dir vergilt, was du uns angetan hast!«

Seb und ich wechselten einen Blick: Was für ein übergeschnappter alter Trottel!

»Du Verwüsterin!«, wiederholte Seb.

Zweiunddreißig Minuten später näherten wir uns wieder Big Pete's, diesmal aus der anderen Richtung. Als wir den Pizzaschuppen erreicht hatten, sagte Seb: »Locker wie 'n Rocker vom Hocker«, bevor er in einer Seitenstraße verschwand und hinlief, wo immer er hinlief, sobald unsere Wege sich trennten.

Ich bin nie bei Seb zu Hause gewesen. Ich bin nie seiner Familie begegnet. Ich weiß nicht mal, auf welche Schule er geht. Ob er überhaupt zur Schule geht. Und als ich bei Google irgendwann seinen Namen eintippte, jedenfalls den, den er mir genannt hatte – Sebastian Baresi –, stieß ich bloß auf den Bassisten einer italienischen Death-Metal-Band namens Del Diavolo Testicoli. Wirklich, das Einzige, was ich über Seb weiß, ist, dass er leidenschaftlich gern läuft.

Während ich wieder über die Brücke joggte, bekam ich Gesellschaft von Elliott, dem Kelpie, der bellte und mit dem Schwanz wedelte. Ich hatte keine Ahnung, wessen Hund er war – den Namen hatte ich ihm verpasst, nach Herb Elliott, dem australischen Meisterläufer aus den Fünfzigern –, aber jeden Morgen gesellte er sich zu mir, an immer derselben Stelle.

»Braver Hund, Elliott!«, rief ich.

Kurz bevor wir die Chirp Street erreichten, verließ Elliott mich wieder, so wie immer.

»Mach's gut, Elliott!«, rief ich, und er antwortete mit seinem typischen Stakkatogebell.

Den ganzen Nachhauseweg lang hatte ich das Gefühl, dass irgendwer mich beobachtete, mich überwachte.

Es war ein seltsamer Morgen gewesen. Ein echt seltsamer Morgen. Aber hey, womöglich war das Leben nun mal einfach so, wenn man fünfzehn Jahre alt war.

GEHEIMES MÄNNERDING

Die Schreibtischlampe warf nur einen schwachen Lichtkegel, sodass große Teile von Gus' Büro im Dunkeln lagen. Ich konnte nicht einmal die deckenhohen Bücherregale erkennen, geschweige denn die Titel auf den Rücken der zahllosen Bücher lesen, aber ich wusste, dass die meisten von ihnen mit Laufen zu tun hatten. Die übrigen Wände waren mit gerahmten Fotos, Postern und Zeitungsausschnitten bedeckt, von denen die meisten ebenfalls mit Laufen zu tun hatten. Irgendwo dort in den Schatten durchbrach gerade Roger Bannister als Erster die Vier-Minuten-Schallmauer im Meilenlauf, stellte John Landy 1954 seinen 1500-Meter-Weltrekord auf, drückte Hicham El Guerrouj die aktuelle Rekordmarke auf exakt drei Minuten und sechsundzwanzig Sekunden.

Dad und Gus saßen nebeneinander auf einem der beiden Ledersofas, ich saß auf dem anderen. Meine Mum hatte diese Sofas bereits vor etwa fünfzig nervtötenden Umdekorierungen und achtzig sogar noch nervtötenderen Dekorateuren ausrangiert. Ja, das Leder ist eingerissen, und ja, die Füllung der Kissen ist klumpig, aber diese Sofas sind einfach genau das Richtige – oder »das

Angesagte«, wie Gus es ausdrücken würde –, um sich darauf auszustrecken und in der neuesten Ausgabe der *Running World* zu blättern.

Gus trug seine üblichen Klamotten: ein verblasstes ärmelloses Trikot, das seine sehnigen alternden Muskeln zur Geltung brachte, und schlabbrige Shorts, die allerdings nicht schlabbrig genug waren, um den Stumpf zu verbergen. Als Gus nach Halcyon Grove kam, hatte ich panische Angst vor dem Stumpf. Doch dann gewöhnte ich mich an »Stumpy« und sein komisches zusammengenähtes Köpfchen. Wie ein Alien ohne Augen aus irgendeinem Science-Fiction-C-Movie. Trotzdem war es mir lieber, wenn Gus seine Prothese trug, aber ich nehme an, wer sich seit seinem fünfzehnten Lebensjahr tagtäglich ein künstliches Bein anschnallt, hat die Prozedur irgendwann reichlich satt.

Dad und Gus tranken Whisky – pur, on the rocks – aus klobigen Gläsern, ich blieb bei Cola. In den letzten Minuten hatte draußen der Wind aufgefrischt, und aus dem leeren oberen Stockwerk von Gus' Haus hörte man hin und wieder einen Ast mit seinen hölzernen Knöcheln gegen ein Fenster klopfen.

Dad und Gus wechselten ständig Blicke und räusperten sich, als wären sie beide ein wenig ratlos, wie sie das Gespräch beginnen sollten. Also tat ich es für sie und ersparte ihnen damit ein paar überaus heikle Unannehmlichkeiten.

»Ich weiß alles über Sex«, verkündete ich. »Hatten wir schon in der Schule.«

»Hattet ihr?«, fragte Dad.

»Japp, letztes Halbjahr. Mit Mrs Prefontaine.«

»Mrs Prefontaine?«

»Genau, sie hat uns alles darüber beigebracht. Na ja, zumindest die Basics.«

Ein erleichterter Ausdruck huschte über Dads ebenmäßiges Gesicht.

»Dom, eigentlich wollten wir dir keinen Vortrag über Bienen und Blumen halten«, sagte er.

»Bienen und Blumen?«

»Dein Vater meint Sex«, sagte Gus.

»Es gibt da etwas weitaus Ernsteres, worüber wir uns mit dir unterhalten müssen«, sagte Dad.

»Ich dachte, Sex wär was Ernstes«, antwortete ich. »Mrs Prefontaine jedenfalls schien davon überzeugt zu sein.«

Jetzt übernahm Gus wieder das Reden und sprach mit seiner Ich-Coach-du-Sportler-Stimme.

»Du weißt doch, was eine Schuld ist, oder, Dom?«

Was für eine beknackte Frage, dachte ich. *Ich bin vielleicht Sportler, aber ich bin nicht dämlich.*

»Ja, der Begriff sagt mir was.«

Gus warf Dad einen Blick zu, dann fuhr er fort: »Nun, unsere Familie hat so eine Schuld.«

»Eine gewaltige Schuld«, fügte Dad hinzu.

»Ihr meint Geld?«, fragte ich und dachte an das Haus, in dem wir wohnen; an dieses Haus hier, das meine Eltern für Gus gekauft hatten; an unser Ferienhaus in Byron Bay; an Moms ganzen Schmuck.

»Nein, nicht Geld. Eine andere Art Schuld.«

Daran hatte mein Hirn zu knabbern: Um welche andere Art von Schuld könnte es denn sonst gehen?

Mit einem Mal dämmerte mir, dass das hier womöglich ein ausgeklügelter Streich war, den man allen männlichen Silvagnis an dem Tag spielte, an dem sie fünfzehn wurden. Ich ließ den Blick durch den Raum schweifen, auf der Suche nach versteckten

Kameras. Doch ich konnte keine entdecken. Und um ehrlich zu sein, weder Dad noch Gus sieht es irgendwie ähnlich, Streiche zu spielen.

Gus erhob sich, stakste hinüber zum Schreibtisch, kramte von irgendwoher einen Schlüssel hervor und schloss die unterste rechte Schublade auf. Ich hatte mich schon immer gefragt, warum diese Schublade verschlossen war, was Gus darin vor mir geheim halten wollte. Er zog sie auf und brachte eine altmodische Mappe mit geprägtem Deckel zum Vorschein, aus rotem, abgegriffenem Leder. Damit kehrte er zum Sofa zurück, setzte sich und trank einen großen Schluck Whisky. Dann öffnete er die Mappe behutsam, nahm ein Foto heraus und beugte sich vor, um es mir zu geben.

»Weißt du, wer das ist?«, fragte er.

»Natürlich«, antwortete ich, während ich den in Hut und Umhang gekleideten bärtigen Mann auf dem sepiafarbenen Foto betrachtete. »Ich hab immerhin meinen Namen von ihm. Das ist Dominic, mein Urururururgroßvater.«

»Ganz recht«, sagte Gus und lächelte mich dabei an. »Mein Ur-Urgroßvater.«

»Und mein Urururgroßvater«, sagte Dad.

»Also, was weißt du über ihn?«

»Mal sehen«, erwiderte ich. »Vielleicht dass er zu Großem berufen war?«

Okay, das war bestimmt nicht der beste Witz, den ich je gerissen hatte, aber irgendeine Reaktion hätte er schon verdient gehabt, wenigstens ein schiefes Grinsen. Doch es kam gar nichts, weder von Gus noch von Dad.

Tatsächlich wusste ich eine Menge über Dominic Silvagni, denn als wir vergangenes Jahr in der Schule einen Vortrag über einen unserer Vorfahren halten sollten, hatte ich mich für ihn entschieden. Wahrscheinlich weil er der Einzige war, von dem ich ein Foto auftreiben konnte. Laut Gus hatte es in seinem alten Haus ein Feuer gegeben, bei dem eine Unmenge an Familienfotos verbrannt waren.

»Er wurde 1822 in Italien geboren, in einem kalabrischen Dorf namens San Luca. 1851 heiratete er Maria Barassi. 1852, während des Goldrauschs, kam er mit ihr nach Australien. Er wurde 1854 bei der Eureka Stockade getötet, einem Aufstand der Goldsucher gegen die gewaltigen Abgaben, die die viktorianische Regierung von ihnen verlangte. Einen Monat nach seinem Tod wurde sein Sohn, mein Urururgroßvater, geboren«, sagte ich.

Ich erinnerte mich daran, wie stolz ich damals in der Schule gewesen war, die Geschichte meines Namenspatrons vorzulesen. Besonders als Mr Ryan gesagt hatte, dass die Männer, die bei der Eureka Stockade gestorben waren, Helden gewesen seien, dass sie für ihre Rechte gekämpft und einen wichtigen Beitrag zur Gründung des demokratischen Staates Australien geleistet hätten.

»Das war schon sehr gut«, sagte Gus. »Aber es gibt da noch etwas, das du wissen musst.«

Er nahm einen weiteren Schluck Whisky. Dann öffnete er den Mund, als wollte er weitersprechen, brachte jedoch kein Wort heraus.

»Dominic Silvagni war der Spross einer 'Ndrangheta-Familie«, sagte Dad.

»Er war was?«, fragte ich.

»Papier und Stift?«, wandte Dad sich an Gus.

Mein Großvater stapfte zu seinem Schreibtisch hinüber und kehrte mit einem Notizblock und einem schwarzen Filzstift zurück. Dad schlug eine leere Seite auf und schrieb in Großbuchstaben: 'NDRANGHETA.

Jetzt, wo ich das Wort vor mir sah, kam es mir irgendwie bekannt vor.

»Ist das nicht so was Ähnliches wie die Mafia?«, fragte ich.

»So was Ähnliches, allerdings weniger freundlich«, antwortete Dad.

Zuerst glaubte ich, das sollte ein Witz sein, doch auf dem Gesicht meines Dads lag nicht das leiseste Lächeln.

Gus, der offenbar seine Stimme wiedergefunden hatte, klärte mich dann über die Ursprünge der 'Ndrangheta auf.

Wahrscheinlich war sie im alten Italien als Zusammenschluss von Kleinbauern entstanden, die sich gemeinsam gegen von reichen Gutsherren begangenes Unrecht zur Wehr setzen wollten. Mit der Zeit allerdings wuchs sich das Ganze zu einer kriminellen Vereinigung aus.

»Aber wenn er ein Mitglied der 'Ndrangheta war«, wandte ich ein und verhaspelte mich bei der Aussprache, »warum kam er dann nach Australien?«

Erneut wechselten Dad und Gus einen Blick.

»Weil er rauswollte«, sagte Dad.

»Aus der 'Ndrangheta?«

Dad nickte.

»Normalerweise ist das unmöglich, denn wer in eine 'Ndrangheta-Familie hineingeboren wird, bleibt sein Leben lang 'Ndranghetista. Aber irgendwie hat er sie dazu gebracht, als Entschädigung für seine, nun ja, Freiheit eine gewisse Geldsumme zu akzeptieren.«

»Wie viel?«

»Heutzutage läge der Gegenwert bei etwa zwei Millionen Dollar«, sagte Dad.

Ich stieß einen leisen Pfiff aus. »Und woher hatte er so viel Geld?«

»Er hatte es nicht«, sagte Dad, und die Verachtung in seiner Stimme war nicht zu überhören.

»Er hätte es sich beschafft!«, rief Gus. »Wenn er nicht sein Leben gegeben hätte.«

»Sein Leben gegeben?«, erwiderte Dad höhnisch. »Er ist krepiert wie ein Hund wegen einer Sache, mit der er nicht das Geringste zu tun hatte.«

Obwohl ich sie zum ersten Mal mitbekam, schien diese Auseinandersetzung schon älter zu sein. Ein Streit, bei dem aus denselben Mündern immer und immer wieder dieselben Sätze fielen.

Dad fuhr fort. »Dein Urururgroßvater ist nach Australien gekommen, um hier nach Gold zu schürfen, dabei ein Vermögen zu machen und anschließend seine Schuld zu begleichen. Aber dann ist er einfach losgezogen und hat sich umbringen lassen.«

»Für eine Sache, an die er geglaubt –«, begann Gus, aber Dad fiel ihm ins Wort: »Zeig es deinem Enkelsohn einfach, Dad.«

Gus zog eine Klarsichthülle aus der Mappe. Darin befand sich ein Dokument, anscheinend uralt, das Papier vergilbt, brüchig.

»Die ’Ndrangheta hatte nicht die Absicht, Dominic so ohne Weiteres ans andere Ende der Welt ziehen zu lassen, um dann nie wieder von ihm zu hören«, erläuterte Dad. »Also ließen sie ihn vor seiner Abreise dieses Papier unterzeichnen.«

»Sei vorsichtig damit«, sagte Gus und reichte es mir.

Ich nahm ihm das Dokument aus der Hand. Es war überschrieben mit *Pagherò Cambiario.*

»Aber das ist in Italienisch«, sagte ich.

»Im Grunde ist es eine Schuldvereinbarung«, sagte Dad. »Sie besagt, dass bei ausbleibender Tilgung der Summe, wozu es ja dann gekommen ist, sämtliche männlichen Silvagnis unmittelbar nach Vollendung ihres fünfzehnten Lebensjahres verpflichtet sind, sechs Rückzahlungen auf diese Schuld zu leisten.«

»Rückzahlungen?«, fragte ich. »Also doch Geld?«

»Nein, kein Geld. Stell dir das Ganze eher als eine Reihe von Aufträgen vor.«

Die Sache wurde mir allmählich zu wirr; ich musste die Augen schließen. 'Ndrangheta, ausbleibende Tilgungen, Aufträge: Was zur Hölle war hier eigentlich los?

Ehe ich die Augen wieder aufschlug, wünschte ich mir, dass ich nur träumte. Oder dass Dad und Gus über den gelungenen Scherz lachen würden, den sie sich gerade mit mir erlaubt hatten.

Langsam öffnete ich die Augen.

Sie lachten nicht. Es war kein Scherz.

»Was für Aufträge?«, fragte ich.

»Sie werden es dich wissen lassen«, antwortete Dad.

»Sie? Du meinst die Typen von der 'Ndrangheta?«

»Es ist wahrscheinlich klüger, wenn du dieses Wort nicht in den Mund nimmst«, erwiderte Dad, riss das Blatt aus dem Notizblock und zerknüllte es. »Am besten nennst du sie einfach ›Der Clan‹.«

Plötzlich erinnerte ich mich an den Lieferwagen, weiß, stromlinienförmig, irgendwie futuristisch – und an die verlorenen vier Minuten.

»Sie haben bereits Kontakt mit dir aufgenommen?«, fragte Dad und sah mich aufmerksam an.

»Ich glaub schon«, sagte ich und erzählte den beiden, was passiert war.

»Du hattest also keine Verletzungen oder so was?«, hakte Gus nach.

»Eigentlich nicht«, sagte ich, doch dann fiel es mir wieder ein. »Es gab da so eine komische rote Schwellung auf meinem rechten Handrücken.«

Ich zeigte ihnen die Stelle, und Gus fuhr sanft mit den Fingerspitzen über meine Haut.

»Außerdem hab ich seitdem ständig dieses unheimliche Gefühl, dass mich jemand –«, begann ich, aber Dad hob rasch beide Arme, wie um zu sagen: *Stopp*.

»Das wollen wir nicht wissen, klar? Wir dürfen nicht. Das hier ist eine Sache zwischen dir und dem Clan.«

Ich sah hinüber zu Gus. Auf seinem Gesicht lag ein resignierter Ausdruck, wie um zu sagen: *Das sieht dein Dad leider ganz richtig*.

»Na schön, was ist, wenn ich mich weigere, diese sechs Raten zu zahlen, diese sechs Aufträge zu übernehmen?«, fragte ich. »Was können die mir denn schon antun?«

»*In caso di mancato pagamento, il creditore può reclamare una libbra della carne del debitore*«, las Gus einen Satz aus dem Dokument vor.

»Und was zum Teufel soll das heißen?«

»Sollte die Tilgung durch den Schuldner ausbleiben, ist der Gläubiger berechtigt, ihm ein Pfund Fleisch zu nehmen.«

»Ein Pfund Fleisch?«, wiederholte ich.

»So ist es«, sagte Dad.

Der Ausdruck kam mir bekannt vor – war das nicht irgendein Shakespeare-Zitat? –, aber was genau bedeutete er im Zusammenhang mit all dem hier? Mein Blick wanderte fast wie von selbst hinüber zu Gus. Und seinen Krücken. Und seinem Stumpf.

Nein, unmöglich.

»Dein Bein?«, fragte ich.

Gus nickte.

»Es war nicht der Krebs?«

Gus schüttelte den Kopf. »Ich hatte nie welchen.«

»Du hast den Clan nicht bezahlt?«

Gus nickte.

»Und das haben die dir angetan?« Ich deutete auf den Stumpf.

»Sie haben sich ihr Pfund Fleisch genommen«, sagte Gus.

Diese Antwort raubte mir buchstäblich den Atem. Ich schnappte nach Luft und sackte auf dem Sofa zusammen.

Wieder hatte ich das Gefühl, dass all das hier gar nicht wirklich passierte, dass es nicht real war.

Doch als ich zu den Wänden hinaufblickte, erkannte ich denselben entsetzten Ausdruck auf den umschatteten Gesichtern von Roger Bannister, John Landy, Hicham El Guerrouj, von all den Läufern, die dort versammelt waren.

Der Clan hatte sich sein Pfund Fleisch genommen!

Dann, als ich meinen Dad anschaute, in seinem makellosen Kurzarmhemd und seinen makellosen Chinos, dämmerte es mir.

»Und du hast den Clan bezahlt?«

»Ich habe getan, was ich tun musste«, antwortete er und sah Gus dabei voller Verachtung an. »Ich habe unsere Familie wieder aus der Gosse gezogen.«

Was ging hier eigentlich vor? Ich wusste zwar, dass die Familie nicht viel Geld gehabt hatte, als mein Dad noch ein Kind gewesen war, allerdings hatte ich bisher nie gehört, dass er diese Zeit als »Gosse« bezeichnete.

»Aber wieso hat Dominic so einen Vertrag überhaupt unterzeichnet?«, fragte ich.

»Du darfst nicht vergessen«, antwortete Gus, »dass das völlig andere, man könnte auch sagen: unaufgeklärte Zeiten waren. Voller Grausamkeiten. Und dein Urururururgroßvater war ein Optimist. Er war fest davon überzeugt, dass er die vereinbarte Summe zusammenbekommt, dass er mehr als genügend Gold aus der Erde holt.«

»Der Mann war ein Narr«, sagte Dad.

Gus' Finger schlossen sich fester um sein Whiskyglas.

»Ein Narr, der Narren gezeugt hat«, fuhr Dad fort, in einem Ton, den ich nie zuvor bei ihm gehört hatte: geringschätzig, hämisch. »Oder um es etwas moderner auszudrücken: In der Geschichte unserer Familie hat das Narren-Gen eine nicht unerhebliche Rolle gespielt.«

Gus' Knöchel waren jetzt weiß, das Eis klackerte in dem zitternden Glas.

»Aber wir züchten es wieder heraus, und das ist die Hauptsache«, sagte Dad.

Er sah mich an und lächelte.

»Ist es nicht so, Dom?«

Aus dem oberen Stock kam ein lautes Klopfen.

Mein Verstand sagte mir, dass es sicher nur wieder der Ast war, der gegen die Scheibe des Fensters schlug. Doch in diesem Moment kam es mir wie etwas anderes vor, wie ein verhängnisvolles Omen, denn gerade war etwas überaus Böses und Finsteres in mein Leben getreten.

Dad schenkte Gus und sich selbst den letzten Rest Whisky ein und sagte: »Bleibt nur noch eine Sache, Dom.«

»Verflucht noch mal, David!«, zischte Gus.

Mein Dad funkelte seinen Dad an, stieß seinen Finger jäh auf das Dokument und sagte: »Es ist die Schuld!«

Gus saß einen Augenblick lang mit gesenktem Kopf da, dann

riss er sich zusammen, erhob sich vom Sofa und ging ein weiteres Mal zu der geöffneten Schreibtischschublade hinüber. Als er zurückkam, hielt er etwas in der Hand. Es hatte einen hölzernen Griff und ein erhaben gearbeitetes metallenes Kopfende.

War das so eine Art Stempel?

»Na schön«, sagte Dad. »Bringen wir es ein für alle Mal hinter uns.«

Er und Gus öffneten ihre Gürtel und schoben ihre Hosen nach unten. Dad deutete auf eine Stelle an der oberen Innenseite seines rechten Oberschenkels. Umrahmt von einem Rechteck stand dort ein einziges Wort: *PAGATO*. Auf den ersten Blick wirkte es wie ein Tattoo, aber dann begriff ich, dass die Haut nicht tätowiert, sondern vernarbt war, dass es ein Brandzeichen war.

Ich fragte mich, warum ich es bisher nie bemerkt hatte. Im nächsten Moment wurde mir klar, dass Dad einfach nicht zu der Sorte von Dads gehörte, die splitternackt durch ihre Häuser spazierten. Wann immer er schwimmen ging, trug er Shorts, nie hautenge Badehosen. Ich blickte hinüber zu Gus, der sich auf seine Krücke stützte. Soviel ich erkennen konnte, hatte er das gleiche Brandzeichen, an der gleichen Stelle.

Aber war es tatsächlich das gleiche Zeichen?

Sein Mal war weniger deutlich als Dads und ließ sich schwerer entziffern. Außerdem schien es irgendwie unvollständig zu sein.

»Das Mal des Schuldners«, sagte Dad.

Im selben Augenblick wusste ich, es war ein Brandeisen, kein Stempel.

»Nein!«, rief ich und sprang auf.

Mein Kampf-oder-Flucht-Reflex hatte eingesetzt, und ich war drauf und dran, aus dem Zimmer zu rennen.

Gus' Finger schlossen sich um mein Handgelenk. Es war eine seltsame Geste, die ich bisher nicht von ihm kannte.

Doch ich verstand sofort, was er damit sagen wollte: *Es gibt kein Entkommen, Dom. Aber ich bin hier, um auf dich aufzupassen.*

Als ich in sein Gesicht schaute, in seine alternden Augen, wurde mir klar, dass ich Gus mehr vertraute als irgendwem sonst auf der Welt.

Ich ließ mich zurück auf das Sofa fallen.

Dad holte ein uraltes Zippo-Feuerzeug aus der Schreibtischschublade. Sein Daumen zuckte nach unten, eine riesige Flamme züngelte auf.

»Scheiße!«, zischte ich.

»Lass sie nicht noch mehr Spaß an dieser Sache haben«, sagte Dad.

»Trink das.« Gus reichte mir seinen Whisky, während Dad das Brandeisen heiß machte. Ich leerte das Glas in einem Zug. Die Flüssigkeit rann meine Kehle hinunter, dann explodierte sie, ein Feuerball in meinen Eingeweiden.

»Scheiße!«, zischte ich wieder.

»Bist du bereit?«, fragte Dad.

Nein, ich bin überhaupt nicht bereit. Das hier ist lächerlich. Absolut hirnrissig. Doch als ich meinen Vater und meinen Großvater ansah, die beiden Männer, die mich auf dieser Welt am meisten liebten, wusste ich, dass ich ihnen vertrauen musste.

»Ja«, sagte ich, schob meine Hose nach unten und entblößte die Innenseite meines rechten Oberschenkels.

Dad näherte das glutheiße Brandeisen meinem Bein, und ich spürte die Hitze, fühlte, wie sie die Härchen versengte.

Ich konnte nicht anders, ich zuckte zurück.

»Soll Gus dein Bein festhalten?«, fragte Dad.

»Nein!«, sagte ich.

Stattdessen streckte ich Gus meine Hand hin, damit er sie festhielt.

»Ich liebe dich, Dom«, sagte Dad mit sanfter, beruhigender Stimme.

»Ich dich auch, Dad.«

Ich spannte mein Bein an, und er presste das Eisen entschlossen in meine Haut. Der Schmerz war unbeschreiblich, glich keinem Gefühl, das ich kannte, und keinem, das ich je kennenlernen wollte. Ich drückte Gus' Hand derart heftig, es war ein Wunder, dass ich ihm nicht die Finger brach. Aber beinahe noch schlimmer als der Schmerz war der Geruch, der übelkeiterregende Geruch meines eigenen verbrannten Fleisches.

Es kam mir vor wie Minuten, obwohl es bestimmt nur Sekunden waren, bis Dad schließlich sagte: »Junge, es ist getan.«

Trotz des Schmerzes und trotz des Geruchs kam mir ein Gedanke: *Jetzt tragen wir alle dasselbe Mal.*

Ich blickte hinunter auf meinen Oberschenkel und erwartete das gleiche Zeichen zu sehen wie bei Dad, doch stattdessen war dort nur ein leeres Rechteck, glutrot und wund.

Ich würde nach jedem erfolgreich erledigten Auftrag aufs Neue »gebrandmarkt« werden. Deswegen war Dads Mal komplett und Gus' nicht.

Selbst die Rückzahlung einer Rate war also untrennbar mit der Gewissheit verbunden, dass dieser unbeschreibliche Schmerz folgen würde.

»Nein!«, keuchte ich und ging auf Dad los, die Fäuste erhoben.

Wie konnte mein eigener Vater zulassen, dass man mir so etwas antat? Ich wollte ihn schlagen, ihm sämtliche Knochen aus dem Leib prügeln.

Aber Dad schlang einfach die Arme um mich.

»Nein!«, rief ich wieder und wieder, während ich mich loszureißen versuchte. Doch es war zwecklos, Dad war viel kräftiger, als er aussah.

Irgendwann gab es kein weiteres Nein mehr, und ich wehrte mich nicht länger.

Dad ließ mich los. Als ich einen Schritt von ihm wegtrat, sah ich den nassen Fleck, den meine Tränen auf seinem Hemd hinterlassen hatten.

Er und ich gingen zurück nach Hause, sprachen kein einziges Wort.

Erst kurz bevor ich in meinem Zimmer verschwinden wollte, sagte er: »Dom, was immer du tust, leg dich nicht mit dem Clan an.«

Ich schwieg.

»In Ordnung, Dom?«, fragte er, während seine Hände mich bei den Schultern packten und er mich eindringlich ansah.

»In Ordnung, Dad«, sagte ich.

LEG DICH NICHT MIT DEM CLAN AN

Als die unerträglichen Baha Men sich um halb sechs am nächsten Morgen mit ihrem ewigen Gezeter wegen der Hunde und deren Flucht meldeten, war ich erleichtert.

Ich hatte die ganze Nacht wach gelegen.

Wegen der Schmerzen an meinem Oberschenkel und all den Gedanken, die mir durch den Kopf rasten, war an Schlaf nicht zu denken gewesen. Jetzt aber hatte ich endlich einen Grund, um aufzustehen. Ich war schweißgebadet, und meine Bettdecke war zu einem festen Knoten verdreht, der fast so aussah wie der, den Imogen sich immer ins Haar machte, wenn ihre Mutter sie zur Ballettstunde gehen ließ.

Während ich mich für meinen Morgenlauf fertig machte und wie immer barfuß über den Flur schlich, um mir erst auf der Eingangstreppe die Schuhe anzuziehen, fühlte ich mich allmählich besser.

Kurz nach dem Loslaufen allerdings kehrten die Schmerzen am Brandmal zurück.

Doch als ich am Haus der Havillands vorbeikam und sah, dass

Imogen dastand wie immer, musste ich grinsen. Meine Familie hatte allem Anschein nach eine Schuld zu begleichen; ich hatte ein schmerzendes Brandzeichen auf meinem Oberschenkel; mein Leben war plötzlich ein anderes – aber das hier, Imogen, die am Fenster stand, war noch dasselbe.

Mit einem unsichtbaren Stift kritzelte sie etwas auf die Scheibe. *Hast du die Aufgaben für Mathe gemacht?*

Ich schüttelte den Kopf. *Nein.*

Sie zeigte auf sich. *Soll ich dir helfen?*

Als Antwort hob ich den Daumen. *Und ob.*

In der Chirp Street herrschte dasselbe Gezwitscher wie immer, und Seb wartete vor Big Pete's, wo er auf und ab lief und sein Pferdeschwanz von einer Schulter zur anderen wippte.

Während wir nach dem Anstieg den Gut Buster hinuntertrabten, rauschte ein Polizeiwagen an uns vorbei, mit blinkenden Lichtern und heulender Sirene.

Am Abend zuvor waren Dad und Gus absolut eisern, absolut unerbittlich gewesen: keine Polizei! *Omertà*, so hatten sie es genannt. Gebot des Schweigens. Diese Angelegenheit habe nichts mit der Polizei zu tun, hatten sie gesagt. In dem spärlich beleuchteten Büro, die Luft schwer vom üblen Dunst der Verschwörung, war mir keine andere Wahl geblieben, als ihnen zuzustimmen. Doch jetzt, wo mir der würzige Duft des Meeres entgegenwehte und das strahlende Sonnenlicht auf mein Gesicht fiel, dämmerte mir, dass das falsch war. Niemand hatte das Recht, irgendeinem Fünfzehnjährigen ein Bein abzunehmen, schon gar nicht einem Läufer! Es war moralisch falsch. Es war rechtlich falsch. Es war falsch, falsch, falsch.

Ich werde die Polizei einschalten. Ich werde dieser Sache ein Ende setzen.

Doch kaum hatte ich diesen Entschluss gefasst, war das merkwürdige Gefühl wieder da: Jemand beobachtete mich.

»Du hattest gestern Geburtstag, stimmt's?«, fragte Seb, als wir uns Big Pete's näherten.

»Woher weißt du das?«, fragte ich zurück, denn ich konnte mich nicht erinnern, ihm jemals davon erzählt zu haben.

Seb zögerte einen Augenblick, ehe er antwortete: »Hey, hab ich im Netz gefunden, okay? Ist doch inzwischen unmöglich, seinen Geburtstag geheim zu halten.«

Im Netz? Na schön, vielleicht stand was davon auf Facebook, aber Seb war keiner von meinen Facebook-Freunden.

»Du bist fünfzehn geworden, richtig?«, fragte Seb.

Ich nickte.

»Dann bist du drei Tage älter als ich.«

»Du hast am Dienstag Geburtstag?«

»Haargenau.«

»Aber bei dem Rennen bist du trotzdem dabei, oder?«

»Auf jeden Fall.«

Es war nicht gerade einfach gewesen, Seb einen Platz im Leichtathletikteam meiner Schule zu organisieren. Wenn ich dem Footballcoach erzählt hätte, ich würde da einen Typen kennen, der am Ball eine echte Kanone sei, hätte er keine Sekunde später mit einem Stipendiumsantrag an Sebs Haustür geklopft – wo auch immer die sich befand. Der Mittelstreckenlauf allerdings ist, anders als Football oder Cricket oder sogar das Surfen, als Sportart nicht allzu sexy. Nicht in meiner Schule. Nicht in meinem Bundesstaat. Nicht in meinem Land.

Den Ausschlag hatte letztlich das Video gegeben, das ich mit meinem Smartphone von Seb beim Laufen gemacht hatte. Coach Sheeds hatte einen einzigen Blick darauf geworfen, hatte Sebs lockeren, geschmeidigen Laufstil gesehen und mir zugestimmt: Der Bursche war einen Versuch wert.

»Das ist so eine Art Ausscheidungsrennen, oder?«, fragte Seb.

»Im Grunde ja«, antwortete ich. »Aber es ist auch eine Riesenchance für dich, Coach Sheeds zu zeigen, was du so draufhast.«

Weil Seb nicht an unserer Schule eingeschrieben war, durfte er leider nicht für uns an Wettkämpfen teilnehmen. Noch nicht, nicht ehe er ein Stipendium hatte.

»Cool«, sagte Seb. »Ich werd da sein.«

»Klasse«, sagte ich.

Er schenkte mir noch ein »Locker wie 'n Rocker vom Hocker« und war weg.

Jetzt, sagte ich mir. *Jetzt ist der richtige Zeitpunkt.* Ich lief die Straße ein Stück zurück und bog bei der neuen Coast-Home-Loans-Filiale rechts ab. Vorbei an meiner alten Grundschule, dann hatte ich mein Ziel erreicht. Ich zögerte kurz, bevor ich hineinging. Wieder überkam mich dieses Gefühl, dass irgendwer mich beobachtete, dass ich von irgendwem überwacht wurde.

Nein, es muss sein, sagte ich mir.

Die Stufen hinauf, durch die Tür, dann stand ich in der Polizeiwache.

Als ich hereinkam, hob ein älterer Cop mit Bierbauch kurz den Blick, sah aber sofort wieder nach unten.

»Entschuldigung?«, sagte ich.

»Ja«, erwiderte er mit einem Hauch von Verärgerung in der Stimme. »Was kann ich denn für dich tun?«

Jetzt wünschte ich mir, ich wäre nicht so impulsiv gewesen und hätte mir vorher wenigstens ansatzweise überlegt, was ich sagen wollte.

Dass mein eigener Vater mich mit einem Brandeisen verstümmelt hatte? Japp, klar doch.

Dass sie mir angedroht hatten, mein Bein abzuschneiden? Von wegen.

»Kann ich dir helfen, Söhnchen?«, sagte Bierbauch. »Es sieht vielleicht nicht danach aus, aber ich hab heute noch 'nen gehörigen Berg Arbeit vor mir.«

»Nein, im Moment nicht«, sagte ich, drehte mich um und ging.

Ich musste mir meine Sätze zurechtlegen. In ein paar Stunden, wenn ich so weit war, würde ich wiederkommen.

Ich lief die Straße entlang, wieder an Coast Home Loans vorbei.

Auf der Brücke gesellte sich wie immer Elliott zu mir. Er war ganz der Alte, kläffte und wedelte mit dem Schwanz, und an jenem Morgen war ich besonders froh, ihn zu sehen. Das sagte ich ihm sogar.

»Elliott, echt toll, dich zu sehen!«

Wenn man wie ich, wie Seb, wie Elliott jeden Tag durch die Straßen läuft, entwickelt man etwas, was Gus den »Sechsten Läufer-Sinn« für den Straßenverkehr nennt.

Wir kamen an eine Kreuzung. Meine Augen hatten keinen Verkehr gesehen, meine Ohren hatten keinen Verkehr gehört, meine Nase hatte keinen Verkehr gerochen, und mein restlicher Körper hatte keinerlei Vibration von Verkehr gespürt. Es gab keinen Verkehr, also gab es auch keinen Grund, stehen zu bleiben, bevor ich vom Gehsteig auf die Straße lief.

Ich hatte die Hälfte der Fahrbahn geschafft, Elliott lief direkt hinter mir, und noch immer kein Geräusch, kein Geruch, kein Vibrieren. Doch plötzlich war da ein schwarzes Motorrad, und der komplett in Schwarz gekleidete Fahrer hielt direkt auf uns zu. Ich machte einen Satz nach vorn. Das Motorrad verfehlte mich, nur sein Hinterreifen streifte mein Bein. Doch es erwischte Elliott, katapultierte ihn himmelwärts.

In Zeitlupe sah ich ihn fallen, sah, wie er durch die Luft paddelte und sein schwarzbraunes Fell sich vom Blau des golffreundlichen Himmels abhob. Sah, wie er mit einem dumpfen Laut auf den Asphalt schlug.

Er rührte sich nicht.

Ich hastete zu ihm hinüber.

»Elliott! Alles okay? Elliott!«

Er sah mich an, aus braunen, glänzenden Augen. Er winselte. Und dann starb er.

»Ist alles in Ordnung?«, hörte ich hinter mir eine Stimme.

Ich drehte mich um und sah einen Mann im Joggingoutfit, mit besorgtem Blick.

»Ist das dein Hund?«, fragte er. »Kann ich dir irgendwie helfen? Soll ich die Polizei rufen?«

»Ist nicht mein Hund«, sagte ich und stand auf. »Ich hab ihn bloß so gefunden. Kein Grund, die Polizei zu rufen.«

Bevor er noch etwas sagen konnte, rannte ich los, und das Mal an der Innenseite meines Oberschenkels fing wieder an zu brennen.

Plötzlich wusste ich, dass ich nicht mehr zur Polizeiwache zurückkehren würde. Nicht heute. Nicht irgendwann.

KNISPER! KNASPER! KNUSPER! UGALI!

Zwei Tage später saß ich nach meinem Morgenlauf im Haus meines Großvaters.

»Alles klar mit dir, Tiger?«, fragte Gus und musterte mit sorgenvollem Blick mein Gesicht.

Die Worte schossen mir durch den Kopf: *Ich bin kein Tiger, und es ist nicht alles klar mit mir.*

Und da blieben sie.

»Japp, alles klar«, sagte ich stattdessen.

Doch ich musste einfach ständig an den armen Elliott denken. Sein pelziger Körper, der tot auf dem Asphalt lag, verwandelte sich dabei in einen nicht ganz so pelzigen Körper: in meinen.

Während ich das schon vorbereitete Frühstück aß, überspielte Gus die morgendlichen Daten von meinem Pulsmesser auf seinen iMac. Mein Großvater kennt sich ziemlich gut aus mit Computern. Ich würde ihn nicht gerade einen Nerd oder Freak nennen, aber er gehört definitiv nicht zu den alten Knackern, die wie kurzsichtige Hühner auf ihren Tastaturen herumpicken. Und wann immer er etwas nicht weiß, hat er keine Angst zu fragen. Allerdings ist es in der Regel meine Schwester Miranda, an die er solche Fragen richtet.

Ich tauchte meinen Löffel in die Schale mit dampfendem Ugali.

»Dampfendem was?«, fragen jetzt bestimmt manche, und durchaus zu Recht.

Mit Cornflakes oder Getreidepops kann Ugali definitiv nicht mithalten. Knisper! Knasper! Knusper! Ugali! Schön wär's. Genau wie ein Schoko-Milchshake, bloß knusprig. Von wegen.

Ugali ist eigentlich ziemlich fade. Ich glaube, das ist genau das, was das Wort Ugali bedeutet: pappiges Zeug mit wenig Geschmack. Aber der Brei wird in Kenia gegessen, und wie alle Welt weiß, sind die Kenianer fantastische Mittelstreckenläufer. Wenn ich also Ugali esse, und zwar haufenweise, dann werde auch ich schnell laufen.

Das ist jedenfalls Gus' Theorie, und ich stelle Gus' Theorien niemals infrage, denn wenn er nicht gewesen wäre, wäre ich ganz sicher kein Wettkampf-Läufer geworden.

»Dom, hör auf zu rennen!«

Als ich klein war, sagten meine Eltern mir das nicht nur ein Mal, sondern ungefähr eine Million Mal.

»Dom, geh bitte langsam!«

Aber ich konnte nicht anders. Warum gehen, wenn man auch rennen kann? Warum langsam laufen, wenn man auch schnell laufen kann?

Später, als ich in die Schule kam, waren es die Lehrer.

»Dom, hör auf zu rennen!«

»Dom, geh bitte langsam!«

Aber ich konnte nicht anders.

Irgendwann schleppten meine Eltern mich zu einer Ärztin, die mir diese Pillen gab, diese Anti-Renn-Pillen. Und die wirkten. Ich hörte auf rumzurennen, saß einfach still in der Klasse und sah dem Goldfisch in seinem Goldfischglas beim Goldfischsein zu.

Dann zog Gus in das Haus nebenan, mit seinen Laufbüchern und Laufzeitschriften und mit John Landy und Roger Bannister und Hicham El Guerrouj und all den anderen Topläufern an seinen Wänden.

»Ich kann auch ziemlich schnell laufen«, erzählte ich ihm eines Tages, aber ich merkte, dass er mir nicht glaubte.

Also schluckte ich drei Tage lang keine von den Anti-Renn-Pillen und spülte die Dinger stattdessen im Klo runter, und dann ging ich rüber zu Gus und sagte, er solle nach draußen kommen und mir zusehen. Er sah zu, wie ich durch die Gegend rannte, immer schneller und schneller und schneller. Jetzt glaubte er mir. Ich schluckte nie wieder eine von diesen Pillen, Gus wurde mein Coach, und ich wurde Mittelstreckler.

Und wegen all meiner regelmäßigen Trainingsläufe hatte ich seitdem nicht mal mehr das kleinste Bedürfnis, kreuz und quer durchs Klassenzimmer zu rennen.

Während ich den Ugali löffelte, las ich in der *Running World* vom letzten Monat einen Artikel über den Konkurrenzkampf zwischen Sebastian Coe und Steve Ovett, den beiden englischen Spitzenläufern der Achtzigerjahre. Innerhalb von nur zehn Tagen hatten sie den Weltrekord über die Meile ganze drei Mal verbessert!

»Wie groß und schwer war Sebastian Coe?«, fragte ich Gus, den Mund voll Ugali.

»Ein Meter fünfundsiebzig, vierundfünfzig Kilo«, antwortete er und bewies damit einmal mehr sein enzyklopädisches Wissen über alles, was mit Mittelstreckenlauf zu tun hatte.

Na toll, noch so ein Hänfling.

»Und Steve Ovett?«

»Der war größer und schwerer. Ein Meter dreiundachtzig, siebzig Kilo.«

Sofort war mir Steve Ovett lieber, und es ärgerte mich, dass Coe ihn bei den Olympischen Spielen 1980 in Moskau im 1500-Meter-Finale geschlagen hatte.

»Sehen wir mal nach, was das Wetter so treibt«, sagte Gus und schaltete den Fernseher ein.

In den Nachrichten ging es schon wieder um Otto Zolton-Bander.

Obwohl so ziemlich jeder die Geschichte vom Zolt bereits kannte, zumindest jeder, der etwa in meinem Alter war, kauten sie sie gerade zum x-ten Mal durch. In den vergangenen beiden Jahren hatte der knapp zwei Meter große jugendliche Straftäter in zahlreiche luxuriöse Ferienhäuser in einem exklusiven Teil von Reverie Island eingebrochen und dabei Gegenstände im Wert von mehreren Tausend Dollar gestohlen.

Otto Zolton-Bander hatte den Leuten außerdem ihre Autos geklaut, ihre Boote und, trotz der Tatsache, dass er in seinem Leben noch keine einzige Flugstunde absolviert hatte, vier verschiedene Leichtflugzeuge. Er war damit sogar gelandet. Na ja, eher bruchgelandet. Aber er war jedes Mal ohne einen Kratzer davongekommen.

Was die Robin-Hood-Sache anging, so hatte der Mitarbeiter eines Tierheims auf der Insel behauptet, die Einrichtung habe regelmäßige Barspenden von jemandem erhalten, der sich »der Zolt« genannt habe.

Offenbar hatte ein Privatdetektiv mit dem merkwürdigen Namen Hound de Villiers den Zolt aufgespürt und eine »Jedermann-Festnahme« durchgeführt. Der Nachrichtensprecher erklärte, der erste Zusatzartikel zum Strafgesetzbuch von 1899 sehe vor, dass »jede Person, die aus nachvollziehbaren Gründen zu der Überzeugung gelangt ist, eine andere Person habe eine Straftat begangen, das Recht hat, diese andere Person ohne richterliche Anordnung festzunehmen«. Dann zeigten sie ein Foto von Hound de Villiers' Handy, auf dem der Zolt mit Handschellen an einen Baum gefesselt war, die Knie bis hinauf zu den Ohren gezogen. Er schenkte der Kamera ein breites Zahnpastagrinsen. Ich konnte nicht anders, als den Zolt zu bewundern. Man stelle sich vor, noch so zu grinsen, wenn man derart gefesselt war! Die Geschichte endete mit der Aussage des Reporters, dass Hound de Villiers den Zolt im Laufe des morgigen Nachmittags den zuständigen Behörden übergeben werde.

Dann kam der Wetterbericht – die Langzeitvorhersage für die kommenden beiden Wochen lautete schön und heiß.

»Vielversprechend«, sagte Gus und schaltete den Fernseher aus.

Vielversprechend, denn ich lief gut, wenn es heiß war. Meine PB – meine persönliche Bestzeit – über die 1500 Meter hatte ich bei vierunddreißig Grad im Schatten aufgestellt.

Gus war überzeugt, das hätte ich all dem Ugali zu verdanken, den ich ständig aß, und meinte, dass ich von außen zwar weiß, im Innern aber ein hitzeliebender Kenianer sei.

»Wie haben sie es gemacht?«, fragte ich.

Der Ausdruck auf Gus' Gesicht verriet mir, dass er sofort wusste, wovon ich redete.

»Wir müssen uns wirklich auf dieses Rennen konzentrieren, Dom. Das ist jetzt angesagt.«

»Wie haben sie es gemacht?«, wiederholte ich und schob die leere Ugali-Schale zur Seite.

Gus sah mich an, dann pflanzte er sich auf einen Hocker. Jedes Mal, wenn er das tat, reckte Stumpy seinen Kopf in die Höhe, ungefähr so wie eins von diesen Erdmännchen im Zoo, die plötzlich aus ihrem Bau auftauchen.

»Wenn ich's dir sage, konzentrierst du dich anschließend wieder aufs Rennen?«

Ich nickte.

Gus stieß einen tiefen Seufzer aus und fing an zu erzählen.

»Ich bin gerade mit meinem Morgenlauf durch. Die gleiche Runde, wie du sie drehst, aber ich bin damals zum Abschluss immer noch kurz ins Meer gesprungen. Salzwasser ist nämlich isotonisch.«

Ich funkelte Gus an; ich war nicht in der Stimmung für eine seiner üblichen Abschweifungen.

»Was ist passiert?«, fragte ich energisch.

»Es ist Winter, und außer mir ist niemand im Meer. Das Wasser ist ruhig, es gibt keinerlei Brandung. Ich schwimme nicht mal, sondern spaziere einfach über den Grund. Solches Widerstandstraining ist –«

Erneut schenkte ich Gus einen funkelnden Komm-endlich-zum-Punkt-Blick.

»Ich steh hüfttief im Wasser, es ist ein herrlicher Tag, und eh ich weiß, wie mir geschieht, werd ich im Krankenhaus wach.«

Ich unterbrach ihn. »Aber was ist am Strand passiert?«

»Ich weiß nicht, was am Strand passiert ist. Wie gesagt, in der einen Sekunde spaziere ich fröhlich durchs Wasser, in der nächsten werd ich im Krankenhaus wach. Und da sind all diese Leute, die mich anstarren. Ich brauche 'ne ganze Weile, um zu kapieren, dass das Ärzte sind. Ich kriege natürlich Panik. ›Alles okay mit mir?‹, frage ich. Aber der Chefarzt, ein Typ mit freundlichem Lä-

cheln, sagt: ›Du hast wirklich ganz schönes Glück gehabt, junger Mann. In null Komma nichts bist du hier wieder draußen.‹ Später finde ich raus, dass das Professor Eisinger war, damals einer der Topchirurgen des Landes. Jedenfalls, ich entspanne mich. Ich hab ganz schönes Glück gehabt. In null Komma nichts bin ich hier wieder draußen. Und mir geht's gut, ich habe nirgendwo Schmerzen. Die Ärzte verschwinden, und ich wundere mich, warum meine Eltern nicht da sind. Hat ihnen niemand gesagt, dass ich hier bin? Dann schneit diese Schwester rein und meint, dass sie mir den Verband wechseln muss. *Was für einen Verband?*, denke ich. Sie schlägt die Decke zurück. Und mein Bein ist futsch. Zuerst glaube ich gar nicht, was ich da sehe, weil ich es immer noch spüren kann. Es fühlt sich an, als wär es noch da.«

Fünfzig Jahre später, und ich konnte noch immer die Wut, das Entsetzen, den Schmerz in Gus' Stimme hören, als er auf die Stelle hinunterschaute, wo einmal sein Bein gewesen war. Für eine kurze Weile schien er nicht mehr weiterzuwissen, dann fuhr er mit seiner Geschichte fort.

»Ich fing an zu heulen, hab nicht mehr aufgehört, aber die Schwester hat mich bei den Schultern gepackt und mich heftig geschüttelt. ›Du hast Glück, dass du noch lebst‹, hat sie gesagt. ›Und jetzt benimm dich wie ein Mann, während ich dir den Verband wechsle.‹«

»Vielleicht hat dich ein Weißer Hai angegriffen«, sagte ich und dachte an die Serie von Haiattacken entlang der Küste im letzten Jahr.

Jetzt war es an Gus, mir einen funkelnden Blick zuzuwerfen. »Es war der Clan, Dom.«

»Aber was haben die denn von dir verlangt? Was war der Auftrag?«

Gus schüttelte den Kopf. »Du weißt doch, dass ich dir das nicht sagen darf.« Ein gequälter Ausdruck lag auf seinem Gesicht.

»Du musst es mir sagen«, beharrte ich. »Weil ich wissen muss, was mit mir passieren wird.«

Gus erhob sich von seinem Hocker und stampfte eine Weile auf seinen Krücken herum. Dann schaltete er das Radio an, ziemlich laut. Sie spielten Musik: *Khe Sahn* von Cold Chisel. Gus stellte sich neben mich, so nah, dass ich sein Deo riechen konnte.

»Die Aufträge sind niemals dieselben«, flüsterte er. »Manchmal ist es offensichtlich, was der Clan sich davon verspricht. Manchmal auch nicht. Womöglich kommt der eine oder andere Auftrag dir eher wie eine Art Mutprobe vor, wie ein Test, um zu sehen, welche Sorte Mann du bist. Aber was immer du tust, werd bloß nicht zu selbstbewusst, werd bloß nicht zu übermütig, jedenfalls nicht bevor du auch den letzten Auftrag erfolgreich ausgeführt hast.«

Im selben Moment begriff ich, was geschehen war.

»Du sprichst von dem einen, den du nicht erledigt hast, oder? Und deswegen haben sie dir dein Bein genommen. Aber worum ging es dabei, was hättest du machen sollen?«

»Du weißt, dass ich dir das nicht sagen darf«, erwiderte er und nahm die leere Schale vom Tisch.

Ich wandte meine Aufmerksamkeit wieder der *Running World* zu, doch es war zwecklos, denn die Höchstleistungen von Sebastian Coe und Steve Ovett kamen mir einfach nicht mehr so großartig vor.

In meinem Kopf erzeugten Gedanken neue Gedanken, wie Mikroben, die sich vermehren. Worum zur Hölle war es bei Gus' letzter Rate nur gegangen? Und wenn Gus nicht in der Lage gewesen war, sie zurückzuzahlen, welche Chance hatte ich dann?

Andererseits, Dad hatte seine Zahlung geleistet.

Hatten sie beide denselben Auftrag bekommen? War das der Grund, weshalb ihre Beziehung so angespannt war, weshalb es immer so wirkte, als würden sie sich gegenseitig in Rage bringen?

Gedanken erzeugten neue Gedanken, und allmählich reichte es, mein Kopf war kurz vor dem Platzen.

Ich musste hier raus.

Ich schob meinen Stuhl zurück. Stand auf.

»Bis später«, rief ich noch in Gus' Richtung, bevor ich nach draußen lief.

*

Als ich nach nebenan zu unserem Haus hinüberging, begegnete ich Roberto, dem Chefgärtner. Wie gewöhnlich gärtnerte er nicht übertrieben viel, sondern hockte auf seinem Aufsitzmäher, rauchte eine selbst gedrehte Zigarette und telefonierte auf Italienisch.

Ich schätze, er ist ungefähr in Dads Alter, und er arbeitet – falls das das richtige Wort ist – schon für uns, solange ich denken kann.

»Morgen, Master Silvagni«, sagte er, als er mich sah, und in seiner Stimme lag ein Hauch von Sarkasmus.

»Morgen«, erwiderte ich, dann ging ich weiter.

Toby, mein dreizehnjähriger Bruder, und Miranda, meine sechzehnjährige Schwester, saßen in der Küche am Tisch und frühstückten. Miranda war noch in Pantoffeln und Bademantel, beides pechschwarz; an einer Kette um ihren Hals baumelten vier USB-Sticks. Toby trug bereits seine Schuluniform, oder um genauer zu sein, seine Neuinterpretation einer Schuluniform.

»Toby hat Pfannkuchen gemacht«, sagte Miranda laut. »Die sind großartig.«

»Eigentlich sind das Crêpes«, sagte Toby.

»Ich hab schon Ugali gegessen«, sagte ich.

»Uah!«, machte Toby. »Ich kapier nicht, wie du diese Pampe essen kannst.«

»Dreißig Millionen Kenianer essen diese Pampe«, erwiderte ich.

»Und die kenianische Küche ist wohl ganz große Klasse, was? Hast du schon mal von 'nem kenianischen Restaurant gehört? Oder von Leuten, die sich ihr Abendessen beim Kenianer bestellen?«

Miranda warf mir bloß ihr typisches Lächeln zu; sie war es mittlerweile gewohnt, dass ihre jüngeren Brüder sich gegenseitig aufzogen.

»Hab gesehen, die haben den Zolt geschnappt«, sagte ich.

Miranda setzte eine ihrer spöttischen Mienen auf – und Mirandas spöttische Mienen sind ziemlich beeindruckend.

»Nicht für lange«, sagte sie.

Sie gehörte zu den zahllosen Teenagerinnen, die – mit der rühmlichen Ausnahme Imogen – völlig vernarrt waren in den Zolt.

Mom kam in die Küche. Wer je die Folge »Nur Engel sind schöner« aus der Fernsehserie *Drei Engel für Charlie* gesehen hat, der hat meine Mum gesehen.

Für all die, die sich nicht mehr erinnern können: Die Engel nehmen inkognito an einer Misswahl teil, um herauszufinden, wer es auf die übrigen Kandidatinnen aus dem Wettbewerb abgesehen hat. In der Szene mit der Show in Las Vegas, tja, das ist meine Mum, hinter Sabrina und Kelly. Die mit dem roten Bikini. Okay, ihr Gesicht kann man im Grunde nicht sehen. Und im Abspann taucht sie wegen irgend so einer Gewerkschaftssache mit einem anderen Namen auf. Aber es ist meine Mum.

Selbst heute noch wird sie wegen ihrer Riesenfrisur, ihres Marilyn-Monroe-mäßigen Schönheitsflecks und ihres kalifornischen Akzents manchmal von wildfremden Leuten angesprochen: »Haben Sie nicht bei *Dallas* mitgespielt oder bei *Denver Clan* oder bei *Love Boat*?«

Dann hellt sich jedes Mal ihre Miene auf, verdüstert sich aber sofort wieder, noch bevor Mom antwortet: »Nein, das war nicht ich.«

»Oh«, sagen die Leute dann, einigermaßen enttäuscht.

»Tut mir leid«, sagt Mom dann, gleichermaßen enttäuscht.

Vor ein paar Wochen, als sich das Ganze mal wieder exakt so abgespielt hatte, meinte Toby zu Mom: »Du solltest denen einfach sagen, dass du bei *Dallas* dabei warst, die prüfen das doch sowieso nicht nach.«

Moms Antwort darauf war reichlich seltsam: »Genau was wir brauchen, noch eine Lüge.«

Nach ihrer Heirat mit Dad hat sie mit der Schauspielerei aufgehört. Stattdessen leitet sie diese Stiftung namens Angel Foundation, die einen Teil von dem Geld, das Dad verdient, den Bedürftigen gibt.

»Schätzchen, ich hole dich dann nach der Schule ab und fahre dich zu dem Casting«, sagte Mom zu Toby.

»Welches Casting?«, fragte ich.

»Für *Ready! Set! Cook!* natürlich«, antwortete Mom und warf Toby ein gewinnendes Lächeln zu.

Für alle, die möglicherweise noch hinterm Mond leben: *Ready! Set! Cook!* ist diese Fernsehsendung, bei der die Kandidaten um die Wette kochen. Die Show ist so ungefähr die quotenträchtigste Sendung in der Geschichte des Weltalls, und der Gewinner wird mit absoluter Sicherheit unverschämt reich, tritt in einer Million

Werbespots auf und lebt glücklich und zufrieden bis ans Ende seiner Tage.

»Ist er nicht ein bisschen zu jung für *Ready! Set! Cook!*?«, fragte ich.

»Es ist *Junior Ready! Set! Cook!*«, erwiderte sie.

Die einzige Antwort, die mir darauf einfiel, war ein kümmerliches »Oh«.

»Wann packst du denn eigentlich deine restlichen Geschenke aus?«, erkundigte sich Toby, auf dessen Oberlippe ein Ahornsirupfleck glänzte.

»Gar nicht«, sagte ich. »Ich spende sie an Moms Stiftung.«

»Wir werden sie weiterverschenken«, ergänzte Mom und holte ihr Blackberry aus der Tasche.

»Dann haben deine Freunde also stunden- und tage- und wochenlang nach dem absolut passenden Geschenk für dich gesucht, und du gibst es einfach so weg, ohne es aufzumachen?«, fragte Toby.

»Sieht so aus.«

Toby wusste ebenso gut wie ich, dass die Geschenke, die ich spendete und die weiterverschenkt werden sollten, nicht die meiner Freunde waren. Die meisten davon kamen von den Freunden meiner Eltern, deren Großteil mich im Grunde kaum kannte. Vermutlich hatten sie die Sachen von professionellen Geschenkeinkäufern besorgen lassen.

»Ich spende sie jedenfalls«, sagte ich. »Du solltest dir also schleunigst die Komm-drüber-weg-App aufs Handy laden.«

»Sogar das hier?«, fragte Toby und zog unter dem Tisch ein Geschenk hervor, das in graues Hochglanzpapier gewickelt war. »Ich glaube, das ist ein Laptop.«

»Von wem ist das?«, erwiderte ich.

Toby untersuchte das Paket kurz von allen Seiten, dann sagte er: »Ist keine Karte dabei.«

»Mom!«, rief ich. Sie sah von ihrem Handy auf. »Weißt du, wer mir das da geschenkt hat?«

»Na, mal sehen. Ich bin ziemlich sicher, das hat ein Bote an deinem Geburtstag hier abgegeben.«

»Dann gibt's doch sicher irgendwo einen Lieferschein?«

»Dort drüben, Schätzchen«, sagte sie und zeigte auf einen Stapel Akten auf einem Beistelltisch. »Da liegt eine Mappe, auf der dein Name steht.«

Tatsächlich, da lag sie – *Doms Fünfzehnter* las ich auf dem Etikett –, und darin fand ich den Beleg des Kurierfahrers. Im Empfängerfeld stand mein Name. Und im Absenderfeld standen zwei Worte: *Der Clan*.

Ich schloss die Augen, doch als ich sie wieder öffnete, waren die beiden Worte immer noch da.

Ich schätze, mein Verstand hatte einfach von Anfang an nicht an die Existenz des Clans glauben wollen. Das Ganze war viel zu bizarr, viel zu unglaublich. Trotz des Brandmals an meinem Oberschenkel, trotz des toten, zerschundenen Elliott auf dem Asphalt, trotz aller Beweise, die dafür sprachen, dass es den Clan wirklich gab, dass er sich näherte und gefährlich war, glaubte ich weiter daran, dass all das verschwinden und mein Leben schon bald wieder normal werden würde. Doch hier war ein neuer Beweis; und er war absolut unmissverständlich. Er, der Clan, die 'Ndrangheta, hatte mir ein Geburtstagsgeschenk geschickt!

»Okay«, sagte ich zu Toby. »Lass uns nachsehen, was es ist.«

Die Verpackung bestand aus Schrumpffolie, und ich brauchte ein scharfes Messer, um sie zu öffnen.

»Ich hab doch gesagt, es ist ein Laptop!«, rief Toby.

Möglich, aber ein Gehäuse wie das hier hatte ich noch nie gesehen. Es war mattschwarz und bestand aus irgendeinem gebürsteten Metall.

»Was für einer ist es?«, erkundigte sich Miranda von der anderen Seite des Tischs und zog sich die Kopfhörer aus den Ohren.

»Bin nicht sicher«, sagte ich.

»PC oder Mac?«, fragte Miranda.

Auch da war ich mir nicht sicher. Ich reichte ihr den Laptop.

Sie drehte und wendete ihn, sah aber mit jeder Sekunde verwirrter aus.

»Er hat USB-Anschlüsse«, sagte sie, »aber kein Ethernet. Auch keinen Eingang fürs Stromkabel. Das ist seltsam, die Kiste muss komplett kabellos sein. Wie klappt man das Teil auf?«

Ich begriff, was sie meinte: Es gab an dem Gerät keinen Knopf, keinen Riegel, nichts, was die Ebenmäßigkeit seiner Hightechoberfläche durchbrochen hätte.

»Das Ding ist ein Klotz«, sagte Miranda.

»Ein Klotztop«, kicherte Toby und freute sich sichtlich über seinen Witz.

»Vielleicht hat er einen Stimmensensor«, schlug Miranda vor.

Sie stellte den Klotztop auf den Tisch und sagte: »Öffnen.«

Der Klotztop blieb standhaft geschlossen.

»Wie wär's mit: Sesam, öffne dich!«, sagte Miranda.

Nichts passierte.

»Oder mit: Extra-Vergine-Sesam-Öl, öffne dich!«, griff Toby versuchsweise noch tiefer in seine Witztruhe.

»Oder er hat einen Berührungssensor«, sagte Miranda und fuhr mit der Hand über die Oberfläche.

Auch das funktionierte nicht.

»Zeit für die Schule, Leute«, sagte Mom und schob ihr Blackberry zurück in die Tasche.

Ich nahm den Klotztop mit hinauf in mein Zimmer und stellte ihn auf den Schreibtisch. Während ich mich für die Schule fertig machte, schaute ich immer wieder verstohlen zu ihm hinüber.

Sosehr ich mich bisher auch geweigert hatte zu glauben, dass es den Clan wirklich gab – jetzt konnte ich mich nicht länger dagegen wehren. Denn hier war der Beweis, dass er tatsächlich existierte.

Ich hörte ein flüchtiges Klopfen an meiner Tür, dann stürmte Miranda herein, mit klackernden USB-Sticks um den Hals.

»Ich muss unbedingt noch mal 'nen Blick auf das Teil werfen«, murmelte sie und griff nach dem Klotztop.

»Gib es her«, sagte ich.

Miranda drückte das Ding an sich und sah mich herausfordernd an.

»Das ist mein Geschenk, also gib es mir«, forderte ich.

Mirandas Blick wurde trotzig, doch im nächsten Moment hörten wir von unten Moms Stimme: »In fünf Minuten fahren wir los, Leute!«

Miranda gab mir den Klotztop zurück und hastete aus dem Zimmer.

REINE FORMSACHE

Während wir zehn Läufer im Leichtathletikteam der Coast Boys Grammar School uns in einer Ecke des Umkleideraums umzogen, witzelten und alberten wir alle herum. Na ja, alle bis auf Rashid, der so bierernst war wie immer. Ich schaute zu Seb hinüber und dachte, was für ein Jammer, dass er bei Wettkämpfen nicht startberechtigt war, denn dann hätten wir ein echtes Rennen vor uns gehabt. So wie die Dinge lagen, war das Ergebnis im Grunde schon jetzt beschlossene Sache. Über die ganze Saison waren es vier von uns gewesen – Rashid, Gabby, Charles und ich –, die mit Abstand die besten Leistungen gezeigt und sich damit einen Startplatz bei der Queensland-Meisterschaft verdient hatten. Selbst wenn einer von uns vieren stolpern oder sich den Knöchel verstauchen würde, keiner der anderen aus dem Team würde an ihm vorbeiziehen und vor ihm ins Ziel laufen. Okay, Bevan Milne vielleicht. Aber Bevan Milne war ja auch ein kleiner Drecksack.

»Ich komm rein, Jungs!«, dröhnte Coach Sheeds' Stimme vor der Tür des Umkleideraums.

Nach diesem Signal blieb allen, die gerade nackt waren, jedes

Mal ungefähr eine Millisekunde, um sich unnackt zu machen, es sei denn, man hieß Charles und es war einem absolut schnuppe. »Die ist lesbisch«, sagte er immer. »Für die ist das kein großes Ding.«

Obwohl Charles Bonthron wie ein Surfer aussieht – braun gebrannt, hellblond, leicht verlottert – und sogar wie ein Surfer redet – »Ich war echt voll geflasht« –, gehört er sozusagen zum alten Adel der Schule. Die männlichen Mitglieder seiner Familie besuchen unsere Grammar School bereits seit deren Gründung, als die Gold Coast noch einfach Küste war, ohne Gold. Die Laufbahn um unseren Sportplatz – die Bill-Bonthron-Laufbahn – ist nach seinem Urgroßvater benannt, und ein Großonkel von ihm gewann Bronze bei den Auckland Commonwealth Games. Ohne die Spenden und die Schirmherrschaft seiner Familie hätten wir vermutlich nicht mal ein Leichtathletikteam, und wir hätten definitiv keine Leichtathletikstipendien.

Coach Sheeds erschien mit Tristan Jazy an ihrer Seite. Ein blödes Grinsen im Gesicht und eine Sporttasche in der Hand, überragte er sie um ein gutes Stück.

Was zum Geier machte er hier?

»Ihr alle kennt Tristan?«, fragte Coach Sheeds.

Das war eine rhetorische Frage, denn wirklich jeder in unserer Schule kennt Tristan Jazy oder hat zumindest von seinen Glanzleistungen gehört. Er war der jüngste Spieler, der je im Oberstufen-Rugbyteam auflief. Beim Cricketturnier der Schulen hatte er mit nur achtundzwanzig Bällen die Hundert-Punkte-Marke geknackt. Und er zählte zu den besten Schwimmern von ganz Queensland.

»Tristan wird heute mit uns laufen«, sagte Coach Sheeds.

Als ehemalige Weltklasse-5000-Meter-Läuferin verfügt Coach

Sheeds über das Pokerface einer Profisportlerin, und ich hätte nicht sagen können, ob sie angesichts dieser Nachricht erfreut war oder genauso beunruhigt wie ich.

»Aber er ist ja nicht mal im Leichtathletikteam«, blaffte ich.

Erst neulich hatte Tristan sich vor mir darüber ausgelassen, was für ein Mist das Laufen doch wäre und dass das ja nur Weicheier machen würden, die Schiss hätten, sich bei einer richtigen Sportart ein paar Kratzer zu holen.

»Tristan ist Teil unserer Schülerschaft«, entgegnete Coach Sheeds, »von daher spricht nichts dagegen, dass er sich uns heute anschließt.«

»Hast wohl Muffe, dass irgendwer dich gleich mächtig alt aussehen lässt, Domino«, sagte Tristan und stellte sich neben mich, um mir einen scherzhaften Hieb auf den Arm zu verpassen.

Scherzhaft für ihn, schmerzhaft für mich.

Coach Sheeds ließ uns wieder allein, damit wir uns umziehen konnten. Jetzt gab es keine Witzelei, kein Herumalbern mehr, und der Einzige, der den Mund aufmachte, war Tristan.

»Das sind 'n paar Muckis, was?«, sagte er, wobei er seinen zugegebenermaßen beeindruckenden Bizeps anspannte.

Gefolgt von: »Ganz geiler Sixpack, oder?«, als er sein T-Shirt abstreifte.

Und dann, mit einem Griff in den Schritt: »Kein Wunder, dass die Tussis Schlange stehen für 'n bisschen Tristan-Action.«

Welche Tussis? Welche Action?

Seb stieß mich mit dem Ellbogen an und sagte lautlos: »Idiot.«

»Voll-«, ergänzte ich.

»Wie wär's, du machen jetzt Mund zu?«, wandte Rashid sich mit seinem noch ausbaufähigen Englisch an Tristan. »Wir müssen denken vor großes Rennen.«

Rashids Eltern sind Flüchtlinge aus Afghanistan, und er hat an unserer Schule einen Stipendiumsplatz. Ein Umstand, den die Schule in ihrem Mitteilungsblatt immer wieder und offenbar unermüdlich betonte. Der aber auch bedeutete, dass Rashid unter dem Druck stand, gute Leistungen zeigen zu müssen.

»Was hast du gesagt?«, erwiderte Tristan mit übertrieben deutlicher Aussprache.

Er hielt sich die Hand wie eine Muschel ans Ohr und näherte sich Rashids Sitzplatz. »Entschuldigung, aber ich verstehe nur Englisch.«

Rashid stand auf. Obwohl er nicht gerade klein ist und einen kräftigen Brustkorb hat, ist Tristan um einiges größer und stärker als er, um einiges größer und stärker als jeder von uns.

Es war ungefähr so, als hätte jemand beschlossen, in einem Dorf einen Wolkenkratzer zu bauen.

»Du weißt doch, was Sache ist, Abdul. Ich bin ein*geboren*, du bist ein*geflogen*. Obwohl, nein, falsch, du bist einer von diesen Boatpeople, richtig?«

Rashid straffte sich und trat einen Schritt auf Tristan zu.

»Hey, du bist bestimmt eins von diesen Kids, die sie über Bord geworfen haben«, sagte Tristan.

»Das reicht.« Seb schob sich im selben Moment zwischen die beiden deutlich größeren Jungen, in dem Rashid beschloss, Tristan mit einem Faustschlag sämtliche Wolkenkratzerlichter auszublasen.

Irgendwie landete Rashids Faust auf Sebs Nase. Sein Kopf klappte zurück, und im nächsten Augenblick strömte Blut aus einem seiner Nasenlöcher.

»Jetzt sieh dir nur an, was du angestellt hast, Abdul«, höhnte Tristan.

Rashid und ich eilten Seb zu Hilfe.

»Tut mir leid«, murmelte Rashid kleinlaut.

»Hier, nimm das«, sagte ich und gab Seb mein Handtuch.

»Danke«, antwortete er und presste es auf sein Gesicht.

»Wir besser holen Doktor«, sagte Rashid. »Nase vielleicht kaputt.«

»Ich laufe«, sagte Seb.

»Aber –«, setzte ich an.

»Ich laufe.«

Diskutieren war zwecklos; nichts würde Seb davon abhalten können, zu laufen und Coach Sheeds zu zeigen, was er draufhatte. Ich verschwand in der Klokabine, schnappte mir die Rolle Toilettenpapier, kam zurück und reichte sie Seb. Er begriff und verschwand seinerseits in der Kabine. Dann tauchte er wieder auf, mit geschwollener Nase und einem Nasenloch voller Papierkügelchen, aber immerhin war die Blutung gestoppt.

»Pass bloß auf, dass der Coach das nicht sieht«, sagte ich, »sonst lässt sie dich gar nicht erst starten.«

»Auf geht's, Jungs!«, kam Coach Sheeds' Stimme von draußen. »Rock 'n' Roll.«

Sie versammelte uns an der Weitsprunggrube, um eine von ihren kurzen Motivationsansprachen zu halten. Sie begannen immer mit etwas, das ich im Stillen gern ihr *Hakuna Matata* nenne, auch wenn es im Grunde nichts wirklich Hakuna-Matata-mäßiges an sich hat.

»Jeden Morgen wacht in Afrika eine Gazelle mit der Gewissheit auf, dass sie schneller laufen muss als der schnellste Löwe, weil sie sonst getötet wird. Jeden Morgen wacht in Afrika ein Löwe mit der Gewissheit auf, dass er schneller laufen muss als die langsamste Gazelle, weil er sonst verhungern wird.«

Während sie so vor sich hin Hakuna-Matata-te, betrachtete ich meine Läuferkollegen. Genau wie ich hatten sie diese kleine Rede schon tausendmal gehört, und trotzdem lauschten sie wie gebannt jedem Wort.

Anders als ich.

Denn ich konnte einfach nicht aufhören, an den Klotztop zu denken, daran, wie man ihn aufbekam. Und was, wenn ich ihn nicht aufbekam? Was dann? Dad hatte alle sechs Raten zurückgezahlt. Gus fünf. Was, wenn ich nicht mal die erste schaffte?

Ich konzentrierte mich wieder auf Coach Sheeds, fest entschlossen, mich vom Clan auf keinen Fall von meinem Traum abbringen zu lassen, ein Laufchampion zu werden.

Sie beendete ihre Ansprache mit einem ihrer Lieblingssprichwörter: »Der Schmerz ereilt alle, das Leiden nur den, der es ruft, Jungs.«

Anschließend nahm sie mich zur Seite. »Champ, ich denke, 'ne Vier-Null-Sechs sollte heute reichen«, sagte sie.

Also vier Minuten und sechs Sekunden.

»Halt die Zwischenzeiten bei ungefähr zweiundsechzig, und dann zeig uns deinen typischen Endspurt.«

»Und Tristan?«

»Tristan?«

»Japp, welche Zeit haben Sie für Tristan geplant?«

»Hör mal, ich habe ihn nicht drum gebeten zu laufen, okay?«, erwiderte Coach Sheeds.

Ich war mir nicht ganz sicher, ob sie die Wahrheit sagte. Einen Star wie Tristan erfolgreich ins Leichtathletikteam zu lotsen wäre ein funkelnder Orden an ihrem Revers, und da baumelten in letzter Zeit nicht gerade viele.

Coach Sheeds fuhr fort: »Außerdem, wenn an den Gerüchten

über die Kenianer was dran ist, dann brauchst du sämtliche Konkurrenz, die du kriegen kannst.«

Das Gerücht besagte, dass die Brisbane Boys School, unser Erzfeind, ihr Leichtathletikteam mit ein paar Kenianern aufgemotzt hatte.

»Auf die Plätze!«, rief der Starter, und während wir uns an der Startlinie in Position brachten, bemerkte ich, dass überraschend viele Zuschauer auf der Tribüne waren.

Einen Augenblick lang versank ich in einen Tagtraum: Der Mittelstreckenlauf war urplötzlich so beliebt wie Rugby, so sexy wie Surfen, doch dann fiel mir auf, dass die Kids dort alle etwa gleich groß und gleich alt zu sein schienen.

Offenbar hatte ein Lehrer seine Klasse zum Sportplatz beordert, und ich hatte schon einen ziemlich präzisen Verdacht, um welchen Lehrer es sich dabei handelte: Mr Ryan. Soweit ich wusste, war er der Einzige, den das Laufen irgendwie interessierte.

»Fertig!«, rief der Starter.

Der Schuss knallte.

Rashid setzte sich sofort an die Spitze.

Charles reihte sich hinter ihm ein.

Und dann Tristan.

Ich muss zugeben, dass er eine gute Figur machte. Er war ein bisschen steif, aber das sind viele Footballer, wenn sie laufen. All die Muskelberge, die sie sich im Fitnessraum antrainiert haben, sind vielleicht ganz nützlich, um durch Verteidigerreihen zu brechen, fürs Tackling oder wie immer das bei denen heißt, aber beim Mittelstreckenlauf sind sie einfach im Weg. Dennoch hatte Tristan einen schnörkellosen Laufstil, und mit jedem seiner raumgreifenden Schritte ließ er ein gutes Stück Tartanbahn hinter sich. Seb, Gabby und ich hefteten uns an seine Fersen. Und hinter uns führte Bevan Milne, der kleine Drecksack, das Verfolgerfeld an.

Wir absolvierten die erste Runde in zweiundsechzig Sekunden, lagen also genau im Plan. Die vier von uns, die zum Team gehörten, hatten den Abstand zum Rest des Feldes auf mindestens zwanzig Meter vergrößert. Ebenso Seb. Ebenso Tristan.

Plötzlich kam mir ein Gedanke: Tristan gehörte zwar nicht zum Team, aber er wäre trotzdem berechtigt, bei den Queensland-Meisterschaften für unsere Schule zu starten. Und die Schulleitung würde ihr Glück kaum fassen können: Tristan Jazy, Rugbychampion, Cricketchampion, Schwimmchampion, jetzt auch noch Laufchampion. Wie gut sich das wohl auf der Titelseite des Schulmitteilungsblatts machte!

Wir mussten ihn abschütteln, sonst würde einer von uns – Rashid, Charles, Gabby oder vielleicht sogar ich – auf der Strecke bleiben. Wir hatten die gesamte Saison über gemeinsam trainiert, uns gemeinsam im Fitnessraum abgequält, waren gemeinsam im Regen und gemeinsam durch Schlamm gelaufen – keiner von uns verdiente es, auf der Strecke zu bleiben.

Mit einem kurzen Zwischenspurt setzte ich mich neben Rashid.

»Drück aufs Tempo, wir müssen Tristan abschütteln.«

Rashid lächelte zu mir herüber: Jemanden abzuschütteln gefiel ihm immer, egal, um wen es ging, aber ich vermutete, Tristan abzuschütteln wäre ein ganz besonderes Vergnügen für ihn. Augenblicklich zog er das Tempo an. Wir absolvierten die nächste Runde in strammen sechzig Sekunden, und danach war das Verfolgerfeld weit zurückgefallen.

Tristan allerdings war noch da.

Er lief nicht schön, sein Kopf war zur Seite geneigt, doch er atmete locker und gleichmäßig und »keuchte nicht wie ein Karpfen«, wie Gus es nennen würde. Ich überlegte gerade, was wir jetzt machen sollten, als Tristan seinen Kopf plötzlich noch etwas weiter zur Seite neigte und antrat. Alle großen Mittelstreckler liefen so, sie spurteten. Aber für wen hielt Tristan sich eigentlich? Für Filbert Bayi?

Ich sah zu Gabby hinüber.

»Lass ihn laufen«, sagte er. »Dem geht gleich das Gas aus.«

»Er ist sowieso nicht startberechtigt«, fügte Charles hinzu.

Bloß: Falls ihm das Gas nicht ausging, falls er doch startberechtigt war, falls er das Rennen gewann oder auch nur unter die ersten vier kam, würde einer von uns auf der Strecke bleiben.

Eine halbe Runde lang wartete ich.

Tristan war das Gas nicht ausgegangen; stattdessen hatte er inzwischen gut dreißig Meter Vorsprung.

Mir blieb keine Wahl, ich machte mich an die Verfolgung.

Bald nach meinem Antritt hörte ich hinter mir Schritte.

Ein kurzer Blick über die Schulter, dann wusste ich, es war Seb.

»Krallen wir uns diesen Vollidioten«, sagte er.

Der durchtränkte Papierpfropfen hatte sich mittlerweile aus Sebs Nase verabschiedet, und das Blut strömte wieder, floss in Rinnsalen über sein Gesicht, seinen Hals.

Wir liefen wie zwei Kenianer, wechselten uns mit der Führung ab, und dann, eine Runde war noch zu laufen, holten wir Tristan ein.

Jetzt war ich an der Reihe, wie ein Karpfen zu keuchen.

»Was zum Henker soll das hier werden?«, fragte ich, als ich mich neben ihn setzte.

»Ich zeig euch Weicheiern, wo der Hammer hängt«, erwiderte er, und in seinem Blick lag dieser seltsame, überdrehte Ausdruck.

Es waren immer noch mehr als hundert Meter zu laufen, zu

früh für den Zielsprint. Doch mir blieb keine Wahl, denn ich musste Tristan auspumpen, damit er blau ging und die anderen ihn noch einholen konnten. Ich trat an, gab Vollgas.

Achtzig Meter später war ich es, der ausgepumpt war, der blau ging.

Tristan zog an mir vorbei.

Dann Rashid, Charles, Gabby.

Seb setzte sich neben mich.

»Alles okay?«, fragte er.

»Ich kann nicht mehr«, keuchte ich.

»Ist nicht mehr weit«, sagte er.

Ich schaute kurz zu ihm hinüber, sah sein Trikot, das vom Blut knallrot war.

»Komm schon!«, rief er.

Ich warf einen Blick über die Schulter – das Verfolgerfeld rückte näher, der Drecksack Bevan Milne lief an der Spitze.

Irgendwo fand ich noch einen Rest Gas, schaltete einen Gang höher, zwang meine Beine dazu, sich zu bewegen.

Seb und ich überquerten gemeinsam die Ziellinie.

Dann ließ ich mich auf den Boden fallen, schnappte nach Luft.

»Was zum Geier war da draußen los?«, wandte Coach Sheeds sich an mich, als ich es irgendwann fertiggebracht hatte, mich wieder aufzurappeln.

»Ist bloß die dämliche Queensland-Meisterschaft«, sagte ich.

»Was redest du da?«

»Ich bin Fünfter geworden, hab mich nicht qualifiziert.«

»Klar hast du das.«

»Dann ist Tristan also nicht startberechtigt?«

»Natürlich nicht. Ich hab's dir doch schon gesagt, er wollte bloß zwischendurch mal mitlaufen.«

Vielen Dank für die Info, Coach Sheeds.

Sie fuhr fort. »Aber herrje, was für ’n Lauf, oder? Was gäb ich nicht alles, um ein derartiges Talent in die Finger zu kriegen!«

Als Seb und ich zur Bushaltestelle gingen, sagte er: »Kennst du eigentlich diesen Mr Ryan?«

»Klar, ist einer von meinen Lehrern. Wieso?«

»Er hat sich nach dem Rennen mit mir unterhalten. Hat gemeint, ich soll’s mal beim Crossläuferteam versuchen. Da hätte ich größere Chancen auf ein Stipendium.«

»’nen Scheiß hättest du.«

Seb entgegnete nichts darauf, und so gingen wir eine Weile schweigend nebeneinanderher, bis mir etwas einfiel.

»Hey, du hast doch heute Geburtstag, oder?«

Er lächelte. »Jetzt sind wir gleich alt.«

Noch während er sprach, scherte aus dem fließenden Verkehr ein schwarzer Wagen aus und hielt neben uns am Straßenrand. Autos – oder Lieferwagen – sind zwar nicht gerade mein Ding, aber das Modell hier kannte ich: Es war ein Subaru WRX, und er hatte ein Fahranfängerschild. Die hintere Tür schwang auf.

Der Clan, schoss es mir durch den Kopf. Das Letzte, was ich wollte, war, dass Seb in all das verwickelt wurde.

»Geh einfach weiter«, sagte ich. »Ich erledige das.«

»Schon okay«, erwiderte er.

Ich sah zu, wie er auf die Rückbank des Wagens glitt und die Tür hinter sich zuzog. Dann schoss der WRX mit blubberndem Auspuff davon.

HYPOTENUSE DIE KATZE

»Ich glaube, Pythagoras war einer von diesen steinalten ekligen Griechentypen, die Kinder hassten«, sagte ich zu Imogen.

Wir waren in meinem Zimmer, lagen ausgestreckt auf dem Teppich und machten Hausaufgaben, wie an den meisten Abenden, wenn wir am nächsten Tag Schule hatten. Mein Zuhause ist so ziemlich der einzige Ort, für den Imogen eine Besuchserlaubnis hat. Na ja, wir hätten Hausaufgaben machen *sollen*. Imogen hatte die aufgeschlagene Zeitung vor sich und einen Filzstift in der Hand. Sie ging die Fotos durch, eins nach dem andern, betrachtete jede der abgebildeten Personen aufmerksam und malte anschließend fein säuberlich ein Kreuz über das Gesicht des Mannes oder der Frau.

Imogen sah von ihrer Zeitung auf und antwortete: »Sag bitte nicht ›Typen‹«, dann widmete sie sich wieder den Fotos und ixte das nächste Gesicht aus. Es gehörte dem Gewinner in der Kategorie »Beste Regie« bei der letzten Oscar-Verleihung.

Ich sprach weiter. »Deswegen hat er sich diesen Satz ausgedacht, um uns zu foltern. Der Kerl ist seit Jahrtausenden tot und foltert uns trotzdem noch.«

»Mir gefällt ›Hypotenuse‹«, sagte Imogen. »Wenn Mum mir dieses Jahr erlaubt, eine Katze zu haben, dann nenn ich sie Hypotenuse.«

»Irgendwann würdest du sie bloß noch Hypie nennen«, erwiderte ich. »Oder Hypo.«

Imogen dachte einen Augenblick darüber nach, dann sagte sie: »Mit Dreiecken solltest du dich eigentlich auskennen.«

»Wieso?«

»Weil du dreieckig aussiehst, wenn du läufst. Komplett dreieckig. Wie ein Wirrwarr aus Dreiecken.«

Ein Wirrwarr aus Dreiecken? Ich war mir nicht ganz sicher, ob ich mich geschmeichelt fühlen sollte.

Imogen deutete auf eine der Aufgaben in meinem Förderkurs-Mathebuch.

»Wie wär's mit der hier?«, fragte sie. »*a* hat eine Länge von acht, *b* eine Länge von sechs, wie lang ist dann *c*?«

»Keinen Schimmer. Du bist die mit der Hypotenusen-Katze. Rechne du's aus, Im.«

»Wenn ich es ausrechne, hilft dir das aber nicht, deinen Rückstand in Mathe aufzuholen.«

»Ich will meinen Rückstand in Mathe doch gar nicht aufholen, das weißt du genau. Ich will bloß vier Runden lang unfassbar schnell laufen, bei Olympia ein paar Goldmedaillen gewinnen und Hicham El Guerroujs Weltrekorde über die Meile und die Fünfzehnhundert brechen.«

Während ich redete, erschienen mir die Worte hohl. Gerade erst hatte Tristan mich mächtig alt aussehen lassen, und er war nicht mal ein echter Läufer.

Imogen faltete die Zeitung zusammen und steckte die Kappe auf ihren Stift.

»Na schön, ich löse die Aufgabe, aber dafür musst du meine Petition unterschreiben.«

»Hab ich schon«, sagte ich und dachte an ihren Antrag, die Rasenanlagen im Lifestyle-Bezirk von Halcyon Grove als Spielflächen für Kinder freizugeben.

»Nein, das hier ist eine neue. Ich will, dass Halcyon Grove für die nächste Earth Hour die Straßenlaternen abschaltet. Die letzte war echt beschämend.«

Ich war nicht sicher, ob sie wirklich beschämend war. Ein bisschen peinlich vielleicht.

»Okay, ich unterschreibe, aber das Ganze bringt doch sowieso nichts«, sagte ich.

Die Eigentümergemeinschaft hatte keiner einzigen von Imogens zahlreichen Petitionen Beachtung geschenkt. Im Gegenteil, nach der letzten waren im Lifestyle-Bezirk sogar noch mehr »Betreten des Rasens verboten«-Schilder aufgestellt worden. Imogen zog die Augenbrauen zusammen und senkte den Blick zu der Aufgabe im Mathebuch.

»Also, *c* zum Quadrat ist gleich acht zum Quadrat plus sechs zum Quadrat, was gleich vierundsechzig plus sechsunddreißig ist, was gleich einhundert ist. Damit ist *c* gleich der Quadratwurzel aus einhundert, und die ist zehn. *c* ist gleich zehn.«

»Komplettes Voodoo«, sagte ich, während ich die Lösung in mein Buch kritzelte. »Wie war's heut in der Schule?«

»Ganz okay«, antwortete Imogen. »Bin so ziemlich in allen Fächern die Klassenbeste.«

»Wow!«, staunte ich. »Wie lief's bei der Schwimmmeisterschaft?«

»Japp, wieder alles gewonnen.«

»Leichtathletik?«

»Kein einziges Rennen verloren.«

»Abschlussball?«

»Wird der Knaller.«

Für alle, die es noch nicht kapiert haben: Imogen bekommt Hausunterricht, und zwar von einer ganzen Reihe von Lehrern, die jeden Tag nacheinander bei ihr zu Hause auflaufen.

»Glaubst du, deine Mum lässt dich nächstes Jahr auf eine richtige Schule gehen?«, fragte ich.

Mom arbeitete schon eine ganze Weile daran, sprach immer wieder mit Imogens Mutter, erzählte ihr, wie wichtig es sei, dass Imogen sich mit gleichaltrigen Teenagern umgebe. Imogen seufzte, und dieses Seufzen schien von einem Ort zu kommen, an dem kein Mangel an Mutlosigkeit und Verzweiflung herrschte.

»Du könntest sogar mit uns mitfahren«, sagte ich.

Wieder das Seufzen. Mrs Havilland geht nicht nach draußen. Verlässt niemals ihr Haus. Verlässt niemals Halcyon Grove. Geht nirgendwohin. Denn das letzte Mal, als sie es getan hat, ist ihr Mann, Imogens Vater, der beste Freund meines Dads, spurlos verschwunden.

Die Havillands waren zu Taverniti's gegangen, diesem teuren Restaurant am Main Beach, um Mr Havillands Wiederwahl als Abgeordneter im Parlament von Queensland zu feiern. Kurz vor dem Nachtisch ging Mr Havilland nach draußen, um ein Telefongespräch anzunehmen, und kam nicht zurück. Natürlich suchten sie ihn, im Taverniti's, an der gesamten Küste, im ganzen Land, auf der ganzen Welt, doch es gab keine Spur von ihm. Es war, als hätte er sich von einer Sekunde zur nächsten in Luft aufgelöst.

Seitdem durchforstete Imogen täglich die Zeitung auf der Suche nach dem Gesicht ihres Vaters und strich diejenigen durch, die nicht seins waren.

»Die letzte Aufgabe«, sagte sie und stand auf. »Die Lösung ist sechs. *c* ist gleich sechs.«

Während ich das in mein Buch schrieb, piepte Imogens Handy. Sie las die Nachricht und lächelte.

»Wer hat dir geschrieben?«, fragte ich.

»Geht dich nichts an«, sagte sie.

»Was soll das heißen, geht mich nichts an?«, erwiderte ich, und das war nicht scherzhaft gemeint.

Imogen und ich kennen uns schon seit Ewigkeiten. Unsere Mütter waren gleichzeitig mit uns schwanger. Wir waren zusammen in derselben Vorschule. Wir waren zusammen im selben Kindergarten. Wir waren sogar zusammen in derselben Grundschule, bis Mrs Havilland Imogen herausnahm. Was sie anging, ging auch mich an. Und das galt natürlich auch andersherum.

Imogen überging meine Frage und machte sich daran, mit fliegenden Daumen eine Antwortnachricht zu tippen.

»Komm schon«, sagte ich. »Wer ist es?«

»Wenn du's unbedingt wissen musst, es ist Tristan.«

»Was will der Idiot denn?«

Imogen setzte eine beleidigte Miene auf und sagte: »Tristan ist okay.«

Es waren nur drei kurze Worte, noch dazu drei ziemlich harmlose Worte, doch die Wirkung ihrer Kombination war niederschmetternd.

Tristan war nicht okay, und er war es auch nie gewesen, seit seine Familie in das Nachbarhaus der Havillands gezogen war. Ich erinnerte mich, dass ich an diesem Tag neben Imogen gesessen und zugesehen hatte, wie Tristan durch die Gegend stolzierte. Imogen hatte sich zu mir umgedreht und gesagt: »Nicht okay«, und das war's – von diesem Moment an gehörte der Ausdruck zu unserer gemeinsamen Sprache, so wie Rap ist Mist, Haie sind cool, und unter keinen Umständen sollten Dads hautenge Badehosen tragen dürfen.

Tristan war nicht okay und würde niemals okay sein. Man sollte ihn ins Museum stellen, hinter Glas, mit einem Schild, auf dem stand: *Nicht okay*. Doch jetzt, mit einem Mal, hatte sich das geändert, und es fühlte sich an wie Verrat.

Als Imogen die Nachricht abschickte, erinnerte ich mich wieder an Tristans Griff-in-den-Schritt-Satz: »Kein Wunder, dass die Tussis Schlange stehen für 'n bisschen Tristan-Action.«

Imogen deutete auf den Klotztop. »Was ist das?«

»Computer«, griff ich versuchsweise in meine Ich-bin-ein-bisschen-sauer-auf-dich-und-geb-dir-deswegen-nur-die-weltkürzesten-Antworten-Truhe.

»Wo kommt der her?«

»Geburtstag.«

»Wie macht man das Ding auf?«

»Keinen Dunst.«

Im Laufe des Tages war Miranda mehrere Male in mein Zimmer geplatzt, jeweils bewaffnet mit ihrer neuesten Theorie, wie der Klotztop zu knacken wäre. Doch keine einzige hatte zum Erfolg geführt.

»Sogar Miranda beißt sich an der Kiste die Zähne aus«, sagte ich, weil ich meine Weltkürzeste-Antworten-Truhe bereits wieder satthatte.

Gleich nach der Schule hatte meine Schwester ein paar ihrer Freakkollegen mit zu uns gebracht, von denen einer den Klotztop mit einem Stethoskop untersucht hatte, so wie ein Arzt einen Patienten untersucht. Ich hatte jeden Moment damit gerechnet, er würde »Bitte mal husten« sagen. Aber auch er hatte es nicht geschafft, die Kiste zu öffnen.

»Oh, so geht das«, sagte Imogen.

Ich drehte mich um und sah, dass der Klotztop kein Klotz mehr war – der Laptop war aufgeklappt!

»Wie hast du das gemacht?«, rief ich und sprang auf die Füße.

»Ich war nett zu ihm«, sagte Imogen.

Der Bildschirm wirkte anders als alle, die ich je gesehen hatte. Dunkler, schwärzer, tiefgründiger.

»Wie fährt man den hoch?«, fragte Imogen.

»Indem du noch netter zu ihm bist?«, schlug ich vor.

Ich berührte den Bildschirm vorsichtig mit dem Zeigefinger, woraufhin ein fluoreszierender tiefblauer Lichtfleck erschien. Als ich den Finger über die schwarze Fläche bewegte, verwandelte sich der blaue Fleck in eine blaue Linie.

»Das ist cool«, sagte Imogen.

Ich stimmte zu – es war cool, aber mehr als das war es nicht, denn als ich meinen Finger wieder vom Bildschirm nahm, verschwand auch die blaue Linie.

Wie zur Hölle kommuniziert man mit diesem Ding?

Plötzlich, über die volle Breite des Bildschirms, erschien dort ein Satz: *Dom, fang den Zolt!* In demselben leuchtenden Blau wie zuvor.

Ich sah hinüber zu Imogen; sie schien nichts bemerkt zu haben.

»Da«, sagte ich und deutete auf den Bildschirm.

»Japp, leerer Bildschirm. Klasse.«

»Siehst du die Schrift nicht?«

»Welche Schrift?«

»Komm her, direkt neben mich«, bat ich, weil ich dachte, dass es vielleicht am Blickwinkel lag. Sie stellte sich neben mich.

»Dom, da ist absolut gar nichts.«

Sie konnte es tatsächlich nicht sehen.

Dom, fang den Zolt!

Bloß dass man den Zolt schon gefangen hatte. Aber wie sollte ich das dieser Kiste klarmachen? Anstelle einer Tastatur gab es bloß eine Fläche, die aussah wie ein weiterer Bildschirm. Ich fuhr mit dem Finger darüber. Nichts passierte. Wie sollte ich ohne Eingabegerät mit dem Ding kommunizieren? Dann fiel mir wieder ein, was Miranda gesagt hatte, kurz nachdem wir es ausgepackt hatten: Vielleicht hatte es einen Stimmensensor.

Ich beugte mich dicht vor den Bildschirm und sagte langsam und deutlich: »Wie soll ich den Zolt fangen, wenn man ihn schon gefangen hat?«

»Redest du gerade mit dem Computer?«, fragte Imogen.

Aber es funktionierte. Zumindest halbwegs.

Fang den Zolt bis spätestens Ende des Monats!, stand jetzt auf dem Bildschirm.

Erneut beugte ich mich davor und sagte: »Aber man hat ihn doch schon gefangen.«

»Dom, so langsam krieg ich echt Schiss vor dir«, sagte Imogen.

Fang den Zolt bis zum Ende des Monats!, erschien auf dem Bildschirm.

»Okay, und was soll ich mit ihm machen, wenn ich ihn gefangen habe?«, fragte ich.

Fang den Zolt bis zum Ende des Monats!

Für einen Computer drückte sich diese Kiste nervtötend unklar aus.

»Warum sollte ich?«

Nur zwei blinkende Worte.

Der Clan.

Der Klotztop schloss sich mit einem leisen Klicken.

FAMILIENFOTOS

Als am nächsten Morgen die grässlichen Baha Men losplärrten, tat ich gar nichts. Blieb einfach liegen, wurde ein Teil der Morgenstille. Mein Körper fühlte sich steif und geschunden an, vollkommen kraftlos nach dem gestrigen Rennen, und das schorfige Brandmal auf der Innenseite meines Oberschenkels schmerzte. Gestern noch war mir die Niederlage wie die katastrophalste aller Katastrophen vorgekommen, doch heute erschien sie mir unwichtig, fast bedeutungslos.

Ich dachte an Imogen. »Tristan ist okay«, hatte sie gesagt, und ich konnte immer noch nicht so recht glauben, dass ihr dieser Satz tatsächlich über die Lippen gekommen war.

Rap ist Mist. Haie sind cool. Unter keinen Umständen sollten Dads hautenge Badehosen tragen dürfen. Und Tristan Jazy war so was von nicht okay!

Und ich dachte an den Clan, an meine erste Rate, meinen ersten Auftrag. Ich rief mir in Erinnerung, was Gus mir gesagt hatte: dass mir der eine oder andere Auftrag womöglich eher wie eine Art Mutprobe vorkäme, wie ein Test, um zu sehen, welche Sorte

Mann ich war. Aber wie zur Hölle sollte ich jemanden fangen, den man bereits gefangen hatte?

Während allmählich immer mehr Morgenlicht in mein Zimmer sickerte, wurde es in meinem Kopf immer dunkler. Ich musste dringend mit irgendwem reden, also zog ich mich an und ging rüber zu Gus. Wie immer war die Tür offen.

»Gus! Bist du da, Gus?«

Es kam keine Antwort.

Eigenartig. Wo treibt er sich rum?

Normalerweise lief ich um diese Zeit meine Morgenrunde, gut möglich also, dass er währenddessen immer unterwegs war, auch wenn er mir nie etwas davon erzählt hatte. Ich warf einen Blick in die Garage: Sein Pick-up war weg. Ich warf einen Blick ins Büro: Sein Bein war weg.

Auf seinem Schreibtisch sah ich die neue Ausgabe der *Running World* liegen, also beschloss ich, ein wenig darin zu lesen.

Als ich mich setzte, bemerkte ich einen Stapel Ausdrucke von verschiedenen Internetseiten. Anscheinend ging es bei allen von ihnen um sogenannte Biochips, winzige Silikonchips, die in den menschlichen Körper implantiert werden.

Gus mutiert langsam zum echten Nerd.

Aber selbst wenn, wieso sollte er sich für eine Sache wie die hier interessieren? Kaum hatte ich mir diese Frage gestellt, dämmerte mir schon die Antwort: Die Dinger ließen sich als Trainingsgerät einsetzen, ganz klar. Damit wäre man in der Lage, jede Bewegung eines Läufers aufzuzeichnen, jederzeit die Länge der von ihm bereits absolvierten Strecke abzurufen.

Während ich durch die Ausdrucke blätterte, schweiften meine Gedanken ab, trugen mich in die Vergangenheit, in die Zeit, als Gus zu uns nach Halcyon Grove kam.

Ich war acht, als Dad verkündete, wir würden eine wichtige Familiensitzung abhalten. Eigentlich gehörten wir nicht zu diesen Familien, die, wie zum Beispiel die Silversteins, ständig irgendwelche Sitzungen abhielten. Irgendwer hatte vergessen, das Klopapier nachzufüllen? Familiensitzung. Licht angelassen? Familiensitzung. Nein, für uns war eine Familiensitzung eine große Sache. Weshalb ich mich sogar jetzt noch, sieben Jahre danach, sehr deutlich daran erinnere.

Es war gegen acht Uhr abends, doch es war Sommer und deswegen immer noch hell. Wir saßen alle fünf um den Küchentisch. Neben mir stand eine Obstschale, in der zwei Mangos lagen. Ich weiß nicht so genau, warum, aber mir fallen jedes Mal wieder diese beiden Mangos ein.

Dad wirkte untypischerweise nervös.

»Kinder«, begann er, »eure Mutter und ich haben euch etwas zu sagen, das höchstwahrscheinlich ein kleiner Schock für euch sein wird.«

Mom, die Arme verschränkt, die Lippen zusammengepresst, sah aus dem Fenster.

»Ich weiß, ich habe euch bei verschiedenen Gelegenheiten erzählt, dass euer Großvater und eure Großmutter, meine Eltern, gestorben sind, bevor ihr auf die Welt gekommen seid.«

Dad nahm sich Zeit, um jedem Einzelnen von uns in die Augen zu sehen. »Nun, ich habe euch angelogen. Euer Großvater ist am Leben.«

Ich erinnere mich, wie ich genau in diesem Moment meinen Blick auf die beiden Mangos richtete.

Mein Großvater war am Leben?

»Kannst du mir ein bisschen Wasser einschenken, Schatz?«, fragte Dad Mom.

Mom zögerte kurz, bevor sie das Wasser eingoss, und etwas davon schwappte über den Glasrand. Dad trank einen Schluck und sprach weiter.

»Ich habe euch nicht allzu viel über meine Kindheit erzählt, aber vermutlich habt ihr längst begriffen, dass sie nicht ... tja, sie war nicht ...«

Dad trank noch einen Schluck Wasser, und ich konnte sehen, dass ihm Tränen in die Augen stiegen. »Sagen wir einfach, sie war nicht das, was ihr habt.« Er machte eine Geste mit seiner Hand, wies damit auf das riesige Haus, in dem wir wohnten, auf die teuren Autos, die in der Auffahrt standen, auf den glitzernden Swimmingpool.

»Aber wenn unser Großvater noch am Leben ist, wo ist er dann?«, fragte Miranda.

»Genau, wo ist er?«, bekräftigte Toby.

Ich sagte kein Wort. Ich konnte nicht. Diese Großvater-zurück-von-den-Toten-Enthüllung war für mich auch so schon schwer genug zu verdauen.

Dad und Mom wechselten einen Blick, bevor Dad antwortete: »Nun, er war in Südamerika. Aber sehr bald wird er hier gleich nebenan sein.«

»Euer Vater hat das Dowd-Haus gekauft«, sagte Mom, und der Klang ihrer Stimme verriet mir, dass sie darüber nicht glücklich war.

Doch ich erinnere mich auch, dass ich es erleichternd fand, ihre Stimme zu hören, denn ich machte mir langsam Sorgen, dass Dad vielleicht den Verstand verloren hatte, weil er wirres Zeug redete.

»Und dieser Großvater wird demnächst dort einziehen«, sagte Mom.

Was dann auch passierte.

Dad hatte uns davon erzählt, dass Gus ein Bein fehlte, aber es macht einen gewaltigen Unterschied, ob einem jemand von einer Sache erzählt oder man diese Sache tatsächlich erlebt. Und dann war da noch Gus selbst gewesen: Sollte er Freude darüber empfunden haben, aus dem Reich der Toten in das der Lebenden zurückzukehren, dann hatte er es perfekt verborgen. Er hatte schüchtern gewirkt, fast beschämt.

Da entdeckte ich ihn, auf dem Schreibtisch. Gus musste vergessen haben, ihn in sein Versteck zurückzulegen. Den Schlüssel zur untersten Schublade. Ich schob ihn ins Schlüsselloch, drehte ihn. Ein Klick. Ich zog die Schublade auf. Darin lag die rote Ledermappe. Ich nahm sie heraus. Klappte sie auf.

Der Clan.

Ich nahm den *Pagherò Cambiario* aus seiner Klarsichthülle. Fuhr mit den Fingerspitzen über seine Oberfläche. Hielt ihn gegen das Licht. Das Papier war dünn; das Licht drang hindurch. Ich hätte ihn in tausend Stücke zerreißen können. Hätte ein Streichholz daran halten können und zusehen, wie die Flamme ihn auffraß.

Aber ich tat es nicht. Stattdessen machte ich mit meinem Handy ein Foto von dem Dokument. Ich wollte die Mappe gerade zurück in die Schublade legen, da bemerkte ich die Ecke einer weiteren Mappe. Ich zog die Schublade weiter auf. Die zweite Mappe war ebenfalls aus Leder, doch sie schien nicht so alt zu sein wie die erste. Auch sie war prallvoll mit Papieren, gesichert mit einem Reißverschluss. Schuldbewusst nahm ich sie heraus.

Wenn mein Großvater gewollt hätte, dass ich das hier sah, dann hätte er es mir gezeigt, dachte ich.

Ich legte die Mappe vor mich auf den Tisch, zog den Reißverschluss auf. Zeitungsausschnitte, Papiere, Fotos quollen heraus. Ich griff nach dem erstbesten Foto. Ein Junge in altmodischem Laufdress. Wäre die Kleidung nicht gewesen, es hätte ein Bild von mir sein können: die gleichen langen Beine, das gleiche kantige Gesicht, der gleiche Wuschelkopf aus dichtem, schwarzem Haar. Mir fiel wieder ein, wie Imogen gesagt hatte, ich sähe aus wie ein Wirrwarr aus Dreiecken.

Ich drehte das Foto um. Auf der Rückseite stand *Giuseppe Silvagni, 15.*

Es musste aufgenommen worden sein, kurz bevor er sein Bein verlor.

Im selben Moment wurde mir klar: Ich war immer noch nicht davon überzeugt, dass der Clan, die 'Ndrangheta, oder wie immer man sie auch nennen mochte, sich sein Pfund Fleisch von Gus genommen hatte. Es war ganz einfach nicht möglich. Nicht im einundzwanzigsten Jahrhundert. Nicht in Australien.

Das nächste Foto war ebenfalls in Schwarz-Weiß und zeigte eine Familie.

»Die meisten Familienfotos haben wir bei einem Feuer verloren«, hatte Gus mir bei meiner Schulprojekt-Recherche erzählt. »Eine furchtbare Geschichte.«

Im Hintergrund der Aufnahme sah man ein Haus, das inmitten von Zuckerrohrpflanzen stand. Obwohl »Haus« vielleicht ein zu großes Wort ist für etwas, das eher nach einem Schuppen aussah, den man aus alten Wellblechresten und Sackleinen zusammengeschustert hatte.

Ich hatte gewusst, dass Gus' Familie das Leben armer Zuckerrohrbauern geführt hatte, aber ich hatte nicht geahnt, wie arm sie wirklich gewesen war. Aufmerksam betrachtete ich die Menschen, die selbstbewusst vor der Hütte posierten. Gus erkannte ich auf den ersten Blick. Er trug weder Schuhe noch Hemd und schien etwa zehn oder elf Jahre alt zu sein. Neben ihm standen zwei weitere Jungen, ähnlich gekleidet.

Sie wirkten jünger als Gus, vielleicht ein paar Jahre, und sahen aus wie Zwillinge. Keine eineiigen, aber sie hatten die gleiche Größe, die gleichen scharfen Gesichtszüge. Sie waren Gus' Brüder. Sie mussten es sein: Die Ähnlichkeit war unverkennbar. Sie sahen alle gleich aus. Sie sahen aus wie ich.

Doch wie oft, wenn ich mich mal wieder bei ihm über Miranda oder Toby beklagte, hatte Gus mir eingeschärft, dass ich großes Glück hätte, einen Bruder und eine Schwester zu haben, denn er hätte einsam als Einzelkind aufwachsen müssen.

Vielleicht waren diese Jungen ja seine Cousins oder irgendwelche anderen Verwandten, überlegte ich.

Ich schaute mir das Foto noch einmal genauer an. Nein, die beiden waren seine Brüder; daran gab es für mich keinen Zweifel. Hinter den drei Kindern standen zwei Erwachsene. Gus' Mutter, meine Urgroßmutter, wirkte alt und erschöpft. Der Mann, Gus' Vater, starrte mit funkelndem Blick in die Kamera, so als ärgerte er sich wegen irgendetwas über den Fotografen. Die Arme hatte er eng vor der Brust verschränkt, sodass man seine Hände nicht sehen konnte.

Im nächsten Moment hörte ich einen Wagen in die Garage fahren. Ich stopfte sämtliche Papiere und Fotos zurück in die Mappe und zog den Reißverschluss zu. Verstaute alles im Schreibtisch, schloss die Schublade ab und legte den Schlüssel wieder dorthin zurück, wo ich ihn gefunden hatte. Kaum hatte ich die *Running World* aufgeschlagen, trat Gus ins Zimmer.

»Verflucht noch eins in drei Teufels Namen!«, keuchte er entgeistert. »Du hast mich zu Tode erschreckt! Was machst du hier?«

»Bin heute Morgen nicht gelaufen«, erklärte ich, obwohl das ziemlich offensichtlich war.

Ich sah, wie Gus den Schlüssel auf seinem Schreibtisch fixierte.

Ich war an diesem Morgen zwar nicht gelaufen, aber mein Herz raste dafür wie verrückt.

»Die haben mir meinen ersten Auftrag erteilt«, platzte ich heraus.

Augenblicklich sah ich die Besorgnis in Gus' Gesicht.

»Die wollen, dass ich –«, begann ich, doch Gus schnitt mir das Wort ab.

»Ich will's nicht wissen.«

»Die Sache ist unmöglich!«, rief ich.

Gus zögerte eine Weile mit seiner Antwort.

»Sie ist nicht unmöglich, sie ist –«

»Sie *ist* unmöglich!«

»Sie mag dir unmöglich *erscheinen*, aber sie ist es nicht. Du musst das Ganze von der geschäftlichen Seite betrachten. Kein Gläubiger hat ein Interesse daran, seine Schuldner zugrunde zu richten, weil es dann nämlich keinerlei Aussicht mehr gäbe, dass sie ihre Restschuld begleichen.«

Ich dachte darüber nach. Es klang einleuchtend, bis auf eine Kleinigkeit.

»Sie haben dich zugrunde gerichtet«, sagte ich.

Kaum hatte ich es ausgesprochen, wünschte ich, ich hätte es nicht getan, denn Gus schien vor meinen Augen in sich zusammenzuschrumpfen.

Ich wollte ihn gerade um Entschuldigung bitten, ihm sagen, dass ich es nicht so gemeint hatte, als sich mein Handy meldete, Klingelton: *You're the One That I Want.*

Ich wusste sofort, dass Imogen anrief, denn vergangene Woche

hatten sich Miranda und Toby, geschwisterwitzig, wie sie nun mal waren, mein Handy gekrallt und Imogen einen eigenen Klingelton verpasst.

Und ich hatte mir nicht die Mühe gemacht, ihn wieder zu ändern, denn mal ehrlich, sie *war* ja die Eine, die ich wollte. Vielleicht nicht gerade mit diesen *Uh-Uh-Uhs*. Okay, womöglich sogar mit diesen *Uh-Uh-Uhs*.

»Hi, Dom«, sagte The One That I Want. »Was treibst du heut nach der Schule?«

»Nicht viel«, antwortete ich. »Wollen wir irgendwo rumhängen?«

»Na ja, da ist diese eine Sache ...«

»Welche Sache?«

»Kann ich jetzt nicht sagen«, flüsterte sie verschwörerisch, als würden unsere Handys von einem dieser ultrageheimen Spionagedienste abgehört, von der ASIO vielleicht oder der CIA, oder von Google. »Vermutlich besser, wenn du rüberkommst und ich's dir erkläre.«

»Bin um vier bei dir«, sagte ich und legte auf.

Gus stand immer noch da.

Wir sahen uns in die Augen. Ich zuckte die Schultern.

»Hab's nicht so gemeint, was ich eben zu dir gesagt hab.«

Er zuckte die Schultern. »Diese Schuldsache ist 'ne Scheißnummer.«

Wir waren uns einig: eine echte Scheißnummer. Dann trennten sich unsere Wege.

GEJAMMER

Nachdem ich die Klingel gedrückt hatte, drang aus der Gegensprechanlage knisternd die Stimme von Imogens Mutter. »Wer ist da?«

»Dom«, antwortete ich.

»Oh«, sagte sie und klang dabei fast enttäuscht, so als hätte sie jemanden mit etwas mehr Bedrohungspotenzial erwartet, Freddy Krueger zum Beispiel oder den Typen aus *The Texas Chainsaw Massacre*.

»Komm rein«, sagte sie.

Als ich in den Flur trat, stand sie ein gutes Stück von der Tür entfernt, in einem Morgenmantel und flauschigen Hausschuhen.

Mrs Havilland war mal Schauspielerin gewesen wie Mom. Doch während auf Mom nach wie vor wildfremde Leute zukommen und sie fragen, ob sie nicht die aus dem Fernsehen sei, kommt auf Mrs Havilland niemand mehr zu. Erstens geht sie nicht vor die Tür. Und zweitens sieht sie nicht mehr aus wie ein Fernsehstar.

»Hallo, Mrs Havilland«, sagte ich.

»Dom«, erwiderte sie. »Bist du gewachsen?«

Doch ihr Interesse an meinem Wachstum erlosch sofort wieder.

»Wie geht's deiner Mum?«

»Ganz gut.«

»Sie hat sich lang nicht mehr blicken lassen. Sie ist wohl sehr beschäftigt.«

»Sehr beschäftigt«, antwortete ich, aber dann fiel mir etwas ein. »Wann haben Sie meine Mum eigentlich kennengelernt?«

»Das ist lange her«, sagte Mrs Havilland und zog dieses Erwachsenentamtam ab. Ich hasse es, wenn sie so tun, als wären sie unglaublich alt, unermesslich alt, so als wären sie bereits auf der Welt gewesen, als Gondwanaland auseinanderbrach, als die Dinosaurier ausstarben, als Fernseher noch keine Fernbedienung hatten.

»War das nicht bei irgendeinem Seriendreh in Sydney oder so ähnlich?«, fragte ich, und dabei kam mir ein neuer Gedanke: Ich wusste im Grunde nicht sonderlich viel über meine Mum, über ihre Vergangenheit. Ich kannte bloß die immergleichen alten Geschichten: *Drei Engel für Charlie*, wie sie bei Taverniti's reinmarschiert und einen leicht verlotterten Dad dasitzen sieht, wie sie sich in ihn verliebt und ihn heiratet.

Mrs Havilland dachte eine Weile über meine Frage nach, doch alles, was ihr schließlich dazu einfiel, war: »Das ist einfach schon so lange her.«

Prä-Fernbedienung, Prä-Dinosaurier-Sterben, Prä-Gondwanaland-Bruch.

»Aber haben Sie von damals nicht noch irgendwelche Zeitungsausschnitte oder so?«, fragte ich.

Mrs Havilland setzte gerade zu einer Antwort an, als von oben Imogens Stimme kam und sie unterbrach. »Bist du das, Dom?«

»Ja, ich bin's!«, rief ich.

»Zeitungsausschnitte?«, fragte Mrs Havilland.

»Ja, aus der Zeit, als Sie und Mom diese Serie gedreht haben.«

»Ich schau mal, was ich finde«, sagte sie.

Imogen erschien am oberen Treppenabsatz, wunderschön, strahlend. Imogenisch.

Ich folgte ihr in ihr Zimmer, aber sie war nicht die Imogen, die ich seit Ewigkeiten kannte, die Imogen, mit der ich in den Kindergarten gegangen war, die Imogen, von der ich schon als Vierjähriger sicher wusste, dass ich sie eines Tages heiraten würde.

Jene Imogen war entspannt, diese Imogen war komplett durch den Wind. Jene Imogen redete nicht allzu viel, diese Imogen plapperte ohne Ende. Erst nach zahllosen Umarmungen und einem ungefähr tausendmal wiederholten Ich-bin-dir-ja-so-dankbar-dass-du-gekommen-bist sagte sie: »Wir müssen dringend zum Town Hall Square.«

Auf dem Platz vor dem Rathaus treffen sich die Leute, wenn sie entweder feiern oder protestieren wollen.

»Wieso?«

»Ist 'ne Party.«

»Weswegen?«

Imogen antwortete nicht, warf mir bloß einen irgendwie schuldbewussten Blick zu.

»Aber was wird denn da gefeiert?«, fragte ich.

»Versprichst du, dass du nicht sauer wirst?«, fragte sie.

»Worüber denn sauer?«

»Versprich's einfach.«

»Na schön, ich, Dominic Silvagni, schwöre hiermit, nicht sauer zu werden.«

»Otto ist entkommen«, sagte sie, und so liebevoll, wie sie den Namen »Otto« aussprach, hätte man meinen können, dass sie diesen Kerl schon seit Ewigkeiten kannte, dass er ihr Seelenverwandter wäre und nicht ich.

»Der Zolt ist entkommen?«, fragte ich.

Imogen hielt mir ihr iPhone hin.

Twitter war wie ein Kanarienvogel auf Amphetaminen.

zolt ist entkommen.
zolt ist verschwunden.
hound davillieer ist nackt auf boot gefunden worden, von oben bis unten beschmiert mit nutella.

Wieder und immer wieder wurde dieselbe Nachricht retweetet.

zolt entkommen
zolt verschwunden
hound davillieer nackt auf boot, beschmiert mit nutella

»Er ist denen wirklich entwischt?«, fragte ich.

Imogen grinste und fragte zurück: »Hattest du Zweifel an ihm?«, aber eigentlich hörte ich ihr gar nicht mehr zu.

Fang den Zolt!

Ich hatte meinen ersten Auftrag.

Okay, das hier war groß, so GROSS wie nur was, und ein paar Sekunden lang, vielleicht sogar länger, fühlte ich mich nur von dieser GRÖSSE umgeben.

Dann kam mir ein Gedanke.

»Du und der Zolt?«, fragte ich und schaute Imogen streng an.

Jedes Mal wenn ich gesagt hatte, wie beknackt ich diese ganze Zolt-Verehrung fand, hatte sie mir zugestimmt.

Imogen sah inzwischen noch schuldbewusster aus. »Ich wollte

es dir ja sagen«, erwiderte sie, »aber ich dachte, du würdest mich sicher für albern halten.«

Man musste kein Psychiater, kein Psychologe, kein Psych-Irgendwas sein, um zu kapieren, weshalb Imogen den Zolt bewunderte. Er war frei, sie war es nicht.

»In deinem Fall will ich mal eine Ausnahme machen«, sagte ich und lächelte meine ehemalig-künftige Ehefrau an. »Wer kommt denn überhaupt zu dieser Party?«

»Alle.«

»Alle?«

»Na ja, alle, die auf Facebook sind«, antwortete sie, und dann lag plötzlich dieser Ausdruck auf ihrem Gesicht, als würde sie gerade einen Entschluss fassen.

Schließlich sagte sie erneut: »Versprich, dass du nicht sauer wirst.«

»Ich hab schon versprochen, dass ich nicht sauer werde, vergessen?«

»Aber das war wegen was anderem. Versprich's noch mal.«

»Okay, hiermit versprech ich's noch mal.«

»Tristan kommt.«

»Tristan!« Ich sprach diesen Namen mit aller Verachtung aus, die ich aufbringen konnte.

»Du hast es versprochen«, sagte Imogen warnend.

»Na schön«, sagte ich. »Treffen wir uns mit dem jetzt-anscheinend-okayen Tristan. Später können wir ja dann noch ein bisschen Rap hören, am besten aus der Hardcore-Gangsta-Abteilung. Und danach beglückwünschen wir sämtliche Dads zu ihren hautengen Badehosen.«

Imogen funkelte mich an, doch um Augen und Mund lag nach wie vor ein leises Lächeln.

»Und deine Mum hat nichts dagegen?«, fragte ich.

Imogen antwortete mit einem Machst-du-Witze?-Blick, dann sagte sie: »Kannst du mir helfen, mich rauszuschleichen?«

Wie oft hatte ich mir gewünscht, dass Imogen sich aus dem Haus schleichen würde – zur Eröffnung des neuen Styxx-Ladens in der Innenstadt oder um mich laufen zu sehen –, aber sie hatte es nicht gewollt, wegen ihrer Mum. Und jetzt bat sie mich, ihr beim Rausschleichen zu helfen, um von allen Leuten, von allen Fieslingen, ausgerechnet Tristan zu treffen.

Trotzdem überlegte ich nur ungefähr eine Nanosekunde, dann sagte ich: »Okay, ich helf dir.«

Und mal ehrlich, das Ganze war außerdem eine absolut perfekte Gelegenheit für mich, mehr über den Zolt zu erfahren. Allerdings hatte ich nicht die Absicht, von meinem blendend weiß schimmernden Heldenross abzusteigen, indem ich Imogen davon erzählte.

Nein, ich würde ihr die Urmutter aller Gefallen tun.

Da Mrs Havilland tagsüber unten im Bett lag und die meiste Zeit damit verbrachte, fernzusehen oder Kreuzworträtsel zu lösen, hätte man annehmen können, dass es nicht allzu schwierig sein konnte, sich rauszuschleichen. Aber sie ist wie eine Spinne, die ihr unsichtbares Netz gewebt hat, und die Fäden dieses Netzes reichen bis in die hintersten Ecken und Winkel des Hauses. Sie hört, fühlt jede noch so kleine Erschütterung. Sich nach draußen zu schleichen würde definitiv nicht einfach werden.

Ich checkte das Fenster.

Der Weg nach unten war weit.

Wenn das hier doch bloß ein Film wäre, dachte ich. Dann gäbe es jetzt ein praktisches Regenfallrohr zum Runterklettern oder vielleicht einen praktischen Baum in Griffweite.

Was es gab, waren ein paar schmale Nischen und Vorsprünge als Trittstufen und Haltegriffe, und ich war einigermaßen sicher, dass ich es bis nach unten schaffen würde. Bei Imogen war ich mir allerdings nicht so sicher. Wildfremde Leute kamen auf sie zu und boten an, aus ihr das künftige weltweite Supermodel zu machen, nicht die künftige weltweite Supersportlerin.

»Wir könnten die Bettlaken zusammenknoten«, schlug Imogen vor. »Und uns dann aus dem Fenster abseilen.«

Hätten wir gekonnt, aber dann hätten wir die zusammengeknoteten Bettlaken hängen lassen müssen.

In Halcyon Grove würde es nicht mal ein paar Minuten dauern, bis irgendjemand die Sache meldete und kurz darauf die Security vor der Tür stand. Was die arme Mrs Havilland endgültig zu Tode erschrecken würde – wozu nicht mehr viel fehlte.

Schließlich ging ich nach unten und klopfte an die halb geöffnete Tür zu Mrs Havillands Schlafzimmer.

»Komm rein«, sagte sie.

Mrs Havilland saß rauchend auf dem Bett, einen Haufen Kissen im Rücken. Das Zimmer roch nach Parfüm und Zigaretten. Der Fernseher lief.

»Und hast du denn etwa nicht die reinste Pfirsichhaut?«, sagte eine von den Figuren, deren Stimme ich von irgendwoher kannte.

Ich richtete meine Aufmerksamkeit auf den Bildschirm. Jetzt begriff ich, warum mir die Stimme bekannt vorgekommen war: Sie gehörte einer deutlich jüngeren Mrs Havilland. Die ein bauchfreies Top und einen Minirock trug.

»Sind Sie das?«, fragte ich.

»Ja, das war ich.« Mrs Havilland atmete eine längliche, schmale Rauchwolke aus.

»Wow, Mrs Havilland, Sie waren echt scharf«, sagte ich.

»Das war ich, nicht wahr?« Einen Augenblick lang schien sie mit den Gedanken woanders zu sein, dann drückte sie auf den Aus-Knopf der Fernbedienung, und der Videorekorder hörte auf zu surren.

Okay, Dominic, raus damit.

Ich holte einmal tief Luft, dann ratterte ich los: »Imogen und ich würden gern in die Stadt gehen.«

Mrs Havilland riss schockiert die Augen auf. »In die Stadt? Ist euch überhaupt klar, wie viele Verbrechen es in der Stadt gibt?«

Ich antwortete mit einer Mischung aus Nicken und Schulterzucken, dann sagte ich: »Ich werde auf sie aufpassen«, und straffte mich zu meiner vollen Größe, jener vollen Größe, über die der Läufer in mir nicht gerade glücklich war.

Mrs Havilland nahm erneut einen tiefen Zug von ihrer Zigarette. »Und wie wollt ihr da hinkommen?«

»Mit dem Bus«, antwortete ich, aber mir dämmerte sofort, dass das womöglich nicht die richtige Antwort war, also fügte ich hinzu: »Mit dem Taxi, falls nötig.«

Sie dachte eine Weile darüber nach. »Und mit wem wollt ihr euch dort treffen?«

Ich war mir nicht ganz sicher, ob »bloß mit 'nem Haufen Facebook-Leute« Mrs Havilland gefallen würde. »Nur mit ein paar Kids aus der Grammar.«

Ich registrierte ein leichtes zustimmendes Nicken – die »Kids aus der Grammar« waren anscheinend gut angekommen. Aber mein Gefühl sagte mir, dass ich noch einen letzten Trumpf brauchte.

Mein Blick fiel auf Mrs Havillands Handy auf ihrem Nachttisch.

»Imogen kann Ihnen ja, sagen wir, so ungefähr einmal die

Stunde eine SMS schicken, wo sie gerade ist und ob es ihr gut geht«, sagte ich.

»Eine SMS alle halbe Stunde«, erwiderte Mrs Havilland.

Zweimal pro Stunde war lächerlich, aber ich sagte: »Okay«, und ging nach oben, um Imogen die gute Nachricht zu bringen.

»Echt?«, fragte sie.

»Echt«, sagte ich.

Ich glaube, wir konnten beide nicht so recht fassen, wie unkompliziert die Sache gelaufen war.

Nachdem sie uns noch einmal an ihre Alle-halbe-Stunde-Bedingung erinnert und ihrer Tochter einen Abschiedskuss gegeben hatte, ließ Mrs Havilland Imogen gehen.

Während wir aus der Tür traten, über die Auffahrt gingen und später den Fußgängerdurchgang am Halcyon-Grove-Haupttor passierten, rechnete ich jeden Moment damit, Mrs Havillands Stimme zu hören, die Imogen zurückrief.

Selbst als wir schon im Bus saßen und fünf Kilometer gefahren waren, rechnete ich noch halb damit, sie zu hören.

»Bitte verlass mich nicht, du bist doch das Einzige, das mir geblieben ist.«

Aber ich hörte nichts.

ÜBERSCHWANG

Der Town Hall Square war bei Weitem nicht groß genug für die Menschenmassen, die gekommen waren. Sie drängten sich auf dem Gehsteig, standen hier und da sogar auf der Straße. Mehrere uniformierte Polizisten brüllten in plärrende Megafone und forderten die Menge auf, den Verkehr nicht zu blockieren. Sie schlugen sogar vor, wir sollten am besten alle nach Hause gehen.

Nach Hause gehen? Ich glaube, da wird wohl nichts draus, Mr und Mrs Wachtmeister.

Eine seltsam verrückte Feierstimmung lag in der Luft; überall fielen die Leute einander spontan in die Arme und klatschten sich ab.

Facebook hatte mittlerweile wirklich einiges angerichtet, schoss es mir durch den Kopf. Und ich fragte mich, ob Robin Hood, wenn es zu seiner Zeit bereits Facebook gegeben hätte, wohl auch eins von diesen Internetphänomenen geworden wäre, die sich wie ein Virus verbreiten.

Ich entdeckte den Zolt-Facebook-Fan Nummer 94, Miranda, die inmitten ihrer Freunde saß, einem Zirkel von Emo-Nerds.

Wir schlenderten an einem Nachrichtenteam vorbei. Die Reporterin Teresa Budd stand mit dem Mikrofon in der Hand vor der Kamera, und sie wirkte winzig, jedenfalls deutlich kleiner als auf unseren Fünfzig-Zoll-Plasmafernsehern zu Hause.

»Das ist mit Sicherheit die größte Menschenmenge, die sich seit dem tragischen Tod von Prinzessin Diana auf diesem Platz versammelt hat«, sagte sie gerade und blickte dabei bedeutungsschwer in die Kamera. »Dass diese jungen Menschen hier nun allerdings die Flucht eines Kriminellen feiern, dürfte viele Eltern zumindest beunruhigen.«

Ich sah ihr zu, da flog plötzlich ein Muffin – mit Waldbeeren, soviel ich erkennen konnte – durch die Luft.

»Achtung!«, brüllte ich, doch mein warnender Ruf kam zu spät. Der Muffin erwischte Teresa Budd satt an der Schläfe.

Obwohl er sich nach dem Aufprall in ein Häufchen Krümel zu Teresa Budds Füßen verwandelte – ich hatte recht, es waren Waldbeeren –, war die Reporterin nicht erfreut.

»Und wie Sie soeben gesehen haben«, sagte sie und packte das Mikro noch fester, »ist dieser Junge mit Sicherheit kein gutes Vorbild!«

Wir gingen weiter.

»Nur seinetwegen stehe ich morgens überhaupt auf«, sagte jemand.

»Die glauben, dass er sich nach Vanuatu abgesetzt hat«, sagte jemand anders.

»Das ist echt irgendwie voll unwirklich«, sagte noch jemand anders.

Imogens Handy piepte, und sie las die Nachricht.

»Okay, Tristan ist hier drüben«, sagte sie und drängte sich durch die Menge.

Tristan trug ein nagelneues *Flieg-Zolt-Flieg*-T-Shirt und ein Stockwerk darüber sein übliches blödes Grinsen.

Als er Imogen auf sich zukommen sah, riss er in schlecht gespielter Überraschung die Arme hoch und rief: »Omeingott! Ist je ein hübscheres Mädchen auf Erden gewandelt?«

Der Auftritt triefte dermaßen, dass die Doppelt-Käse-Pizza bei Big Pete's dagegen fettfrei wirkte, doch als ich zu Imogen hinüberschaute, wurde sie tatsächlich rot.

Dann ging Tristan dazu über, ihr schätzungsweise eine Milliarde Küsschen auf jede Wange zu drücken.

Im Anschluss an diese Darbietung wandte er sich mir zu.

Er wollte mir nicht die Hand geben, ich wollte ihm nicht die Hand geben, also waren wir in einer Pattsituation.

Aber dann sahen wir beide Imogen an, und sie machte dieses irgendwie flehentliche Gesicht – *Bitte benehmt euch anständig, ihr zwei.* Also benahmen wir uns anständig und schüttelten uns die Hände.

»Was würdest du gern machen, Im?«, fragte Tristan.

»Im«? Wer zum Geier hatte ihm die Erlaubnis gegeben, sie Im zu nennen? Ich war der Einzige, der das durfte.

»Ich möchte das alles einfach auf mich wirken lassen«, sagte sie.

Also machten wir das: Wir setzten uns auf den Rasen und ließen es auf uns wirken, während um uns herum allerlei Zolt-bezogene Aktivitäten stattfanden. Jede halbe Stunde schickte Imogen ihrer Mutter pflichtschuldig eine SMS. Es wurde ziemlich bald klar – jedenfalls mir –, dass Tristan trotz seines *Flieg-Zolt-Flieg*-T-Shirts über das Objekt dieser Massenzusammenkunft sogar noch weniger wusste als ich. Also legte ich mich ins Zeug, kramte jeden noch so winzigen Informationsfetzen über den Zolt aus meinem Gedächtnis und reichte ihn weiter an eine hoffentlich megabeeindruckte Imogen.

»Hollywood verhandelt momentan mit seiner Mutter über die Filmrechte«, berichtete ich ihr.

»Echt?«, fragte sie.

»Und Johnny –«, wollte ich weiterberichten, doch Tristan schnitt mir lautstark das Wort ab: »Schon gehört, dass er auf Reverie Island auch in unser Ferienhaus eingebrochen hat?«

Ich wusste, dass das nur eine gemeine Lüge war, um Imogens Aufmerksamkeit von mir auf ihn zu lenken. Unglücklicherweise funktionierte Imogens sonst sehr verlässlicher Bullshitdetektor im Moment nicht, denn sie antwortete mit vor Aufregung bebender Stimme: »Ehrlich?«

»Japp, ist ’ne Woche oder so dageblieben. Hat alle Konserven aufgefuttert. Selbst das Frühstücksfleisch. Hey, und er hat sogar ’ne Runde auf meinem Flugsimulator gedreht.«

Noch mehr gemeine, hundsgemeine Lügen.

»Wieso erzählst du uns das erst jetzt?«, wollte ich wissen.

Tristan beachtete meine Frage nicht und konzentrierte sich stattdessen noch stärker auf Imogen.

»In unserm Haus auf Reverie steigt Anfang der Schulferien ’ne große Wohltätigkeitsparty. Wieso kommst du nicht auch und siehst dir an, wo der Zolt geschlafen hat?«

Ich hatte das unbehagliche Gefühl, dass ich zwar anwesend, aber eigentlich gar nicht da war. Was früher ein Dreieck gewesen war – ich, Tristan, Imogen –, war plötzlich zu einer schnurgeraden Linie verkümmert, die zwischen den beiden verlief.

»Meinst du das wirklich ernst?«, fragte Imogen.

Einmal, im Kindergarten, hatte Imogen sich so heftig über ein Wiggles-Konzert gefreut, dass sie sich nass gemacht hatte. Also

richtig nass. Tropfnass. Das war die Imogen, die ich jetzt vor mir sah, die komplett überdrehte, die Sich-gleich-nass-mach-Imogen, und ich musste etwas dagegen tun. Ich sah auf dieselbe Art auf meine Uhr, wie irgendein Soap-Darsteller auf seine Uhr sehen würde – sehr auffällig. Dann sagte ich, indem ich mich abermals bei den ausgezeichneten Schauspieltalenten solcher Serien bediente: »Wird es nicht wieder Zeit, deiner Mum eine SMS zu schreiben, Imogen, weil sie sich sonst wahrscheinlich ziemliche Sorgen um dich machen wird?«

»Ich kann nicht kommen«, sagte Imogen. »Mum lässt mich nirgendwohin gehen.«

»Du bist doch hierhergekommen, oder?«, erwiderte Tristan.

Imogen sah zu mir herüber, lächelte und sagte: »Nur dank Dom.«

Silvagni landet einen entscheidenden Treffer und stürzt die Konkurrenz in die Krise!

Tristan schwieg. Es war offensichtlich, dass er nachdachte, angestrengt nachdachte; man konnte beinahe das *Klick, Klick, Klick* der träge rotierenden Zahnrädchen in seinem Schädel hören. Sein Blick wanderte hinüber zu jemandem, der ein paar Meter weiter auf einer Gitarre klimperte. Als Tristan sich wieder uns zuwandte, lag ein Grinsen auf seinem Gesicht. »Dann wär's wohl das Beste, wenn mein alter Kumpel Dom mit uns nach Reverie kommt«, sagte er.

Es kam selbstverständlich absolut nicht infrage, dass ich nach Reverie Island fuhr. Absolut nicht infrage, dass ich Tristan auch nur zu der winzigsten Chance verhalf, mit Imogen anzubändeln.

Und ich nehme an, es hätte eine ganze Reihe verschiedener Wege gegeben, diese ziemlich simple Information an den Mann zu bringen.

Ein schlichtes »Nein, ich möchte nicht mitkommen« zum Beispiel hätte den Job recht passabel erledigt. Oder ich hätte, um vor Imogen weniger zickig zu erscheinen, flunkern und so was Ähnliches sagen können wie: »Ach, ich würde furchtbar gern mitkommen, wirklich. Aber leider steht bei mir demnächst ein wichtiges Rennen an.«

Also, entschied ich mich für eine der Möglichkeiten? Nein, natürlich nicht.

Stattdessen sagte ich: »Tristan, eher fresse ich Ronny Huckstepps Verdauungsprodukte, als mit dir nach Reverie Island zu fahren.«

Ronny Huckstepp ist dieser unscheinbare Winzling aus meiner Schule, in dessen Verdauungstrakt allerdings irgendwas mächtig Fieses vorgeht. Wann immer man ein Rudel Kids aus dem Toilettenraum rennen sah, die sich krampfhaft den Mund zuhielten, wusste man, dass Ronny Huckstepp gerade in einer Kabine hockte und einen abseilte.

Imogen warf mir erneut einen Benimm-dich-Blick zu, der jetzt um einiges strenger war als der davor. Und Tristan ballte heftig die Faust, so als müsste er sich mit all seiner Willenskraft davon abhalten, sie mir ins Gesicht zu rammen.

»War nur Spaß!«, sagte ich. »Würd echt gern mitkommen, aber leider steht bei mir ein wichtiges Rennen an.«

Offenbar funktionierte es – Imogen hörte auf, mich mit diesem Blick anzustarren, und Tristan öffnete seine Faust.

Nach einer weiteren Stunde des Auf-uns-wirken-Lassens – und zwei weiteren SMS an Mrs Havilland – fing irgendein Mädchen an, zu dem Gitarrengeklimper zu singen, und zwar zur Melodie von Bob Dylans *Blowing in the Wind*:

»Der Zolt, mein Facebook-Freund, der tanzt jetzt auf dem Wind
Der Zolt, ja, der tanzt jetzt auf dem Wind.«

Mehr und mehr Leute stimmten mit ein.

»Der Zolt, mein Facebook-Freund, der tanzt jetzt auf dem Wind …«

Wir drei blieben an unserem Platz, bis die Sonne verschwand und über unseren Köpfen Schwärme von quiekenden Fledermäusen umherschwirrten, die im Dachstuhl des Rathauses nisteten. Keiner war nach Hause gegangen. Im Gegenteil, die Menge war vermutlich sogar noch größer geworden.

So langsam kommt das hier dem Rekord von Prinzessin Dianas Beerdigung ziemlich nah, dachte ich.

Dann, neben dem Fledermausquieken, dem Gesang und der Gitarre, hörten wir plötzlich ein neues Geräusch, das wie das Gesumm einer Biene klang.

Das Geräusch wurde lauter.

»Ein Flugzeug«, sagte jemand.

»Das ist der Zolt!«, kreischte irgendwer anders.

Meine erste Reaktion war: »Japp, na sicher«, doch als die Propellermaschine in Sicht kam – laut jemandem neben uns eine kleine Cessna 182 –, wurde mir klar, dass sie recht hatten.

Leichtflugzeuge durften über der Innenstadt nicht fliegen, besonders nicht dermaßen tief wie das hier. Es touchierte mit dem Fahrwerk beinahe die Gebäudedächer.

Also konnte es nur der Zolt sein, der Facebook-Held, der moderne Robin Hood.

Alles sprang auf die Beine, winkte, jubelte oder, wie Imogen, schwor dem Zolt ewige Liebe. Als die Cessna sich dem Platz näherte, ging sie noch ein gutes Stück tiefer, und ich fing langsam an, mir Sorgen zu machen.

Nach allem, was man wusste, hatte der Zolt in seinem Leben keine einzige Flugstunde absolviert. Nach allem, was man wusste, hatte der Zolt sich das Fliegen in seinem Zimmer beigebracht, an seinem Computer, am Flugsimulator. Und durch das Lesen von Flughandbüchern, die er auf eBay gekauft hatte.

Wenn er damals am Flugsimulator einen Fehler machte, wurden ein paar Pixel neu angeordnet. Wenn er jetzt und hier einen Fehler machte, gäbe es an der Hälfte der weiterführenden Schulen entlang der Küste morgen verwaiste Tische.

Als die Cessna über uns hinwegrauschte, wackelte sie mit den Tragflächen.

Ich war mir sicher, im Cockpit den Zolt erkannt zu haben. Und ich war mir fast sicher, dass er sein typisches Grinsen aufgesetzt hatte. Der Jubel war unbeschreiblich, brandete auf wie ein Tsunami, doch er wurde schon bald von heulenden Polizeisirenen übertönt. Und von einem weiteren Geräusch, dem *Flapp, Flapp, Flapp, Flapp* eines Hubschraubers.

Imogens Handy klingelte.

Sie ging ran.

»Alles okay?«, fragte ich, als sie aufgelegt hatte.

»Das war Mum. Sie ist nicht gern allein im Haus, wenn es dunkel ist. Ich fahr lieber zurück.«

Tristan beschloss, sich ebenfalls auf den Heimweg zu machen, und so fuhren wir drei gemeinsam mit dem Bus nach Hause. Obwohl Imogen neben mir saß, unterhielt sie sich während der ganzen Fahrt über den Mittelgang hinweg mit Tristan. Aber im Grunde kam es mir ziemlich gelegen, dass ich kein Teil eines Dreicks mehr war, denn es gab eine Menge, worüber ich nachdenken musste.

Wenn die Polizei – sowohl die Queensland als auch die Federal Police – nicht in der Lage war, den Zolt zu fangen, wenn Hound de Villiers nicht in der Lage war, den Zolt gefangen zu *halten* – welche Chance hatte ich dann?

Und im nächsten Moment packte mich die blanke Panik – was,

wenn ich es nicht schaffte, was, wenn sie sich mein Bein nahmen, so wie sie sich Gus' Bein genommen hatten?

Tristan und ich begleiteten Imogen bis an die Haustür, wo sie uns nacheinander umarmte und jedem von uns einen flüchtigen Gutenachtkuss auf die Wange hauchte. Auf dem Weg zu seinem Haus lächelte Tristan und sagte: »Weißt du was, Dom, vielleicht werden du und ich am Ende ja doch noch so was wie Kumpels.«

»Vielleicht«, antwortete ich, und das war durchaus ehrlich gemeint: Vielleicht, nur vielleicht, würden wir unseren Streit begraben und irgendwann lernen können, wenn schon nicht Kumpel zu werden, dann doch wenigstens einigermaßen zivilisiert miteinander umzugehen.

»Einen Scheiß werden wir«, sagte Tristan und rammte mir seine Faust auf den Solarplexus, dann ging er.

Als Läufer kannte ich mich mit Atemnot aus, aber die hier war anders. Es fühlte sich an, als hätte mir der Schlag sämtliche Luftmoleküle aus dem Leib katapultiert. Doch das Schlimmere war, dass er dabei auch meinen Leben-gleich-Atmen-Reflex ausgeknockt hatte. Ich sackte zu Boden, jede Zelle meines Körpers brüllte nach Sauerstoff, aber ich konnte nichts tun.

Hier kommt jetzt also der Tod, dachte ich. *Oder zumindest ein bleibender Hirnschaden.*

Dann klingelte mein Handy.

You're the one that I want. Uh, uh, uh.

Warum zur Hölle rief sie mich an?, fragte ich mich, und im selben Moment, in dem ich die Frage zu Ende gedacht hatte, merkte ich, dass ich wieder atmete.

Ich ging ran.

»Dom, ich wollte mich bei dir bloß noch mal für heute bedanken«, sagte Imogen.

»Schon okay«, röchelte ich.

»Ich weiß ja, du und Tristan kommt nicht besonders gut miteinander klar.«

»Ach, das würd ich so nicht sagen«, keuchte ich und stemmte mich mühsam zurück auf die Beine.

SCHIER' ANARCHIE

Am nächsten Morgen war Schulversammlung im großen Saal. Mit seiner hohen Gewölbedecke, seinen Buntglasfenstern und den polierten Bankreihen wirkte er eher wie die Sorte Ort, von der man vermuten würde, dass Gott dort ganz gern abhängt. Doch heute war es Mr Cranbrook, der Schulrektor, der eine Rede schwang. Das Mikrofon vor sich, stand er hoch oben auf dem Podium und teilte uns mit, wie enttäuscht er darüber sei, dass so viele Schüler der Grammar School am gestrigen Tag auf dem Town Hall Square gewesen waren.

»Ich weiß sehr wohl, was ihr alle gerade denkt«, sagte er mit seiner überdeutlichen Aussprache. *»Aber, Sir, das war nach der Schule. Aber, Sir, wir waren nicht in Schuluniform.«*

Da lag er richtig: Das war genau das, was ich gerade dachte. Wenn auch ohne die *Sir*-Nummer.

»Nun, lasst mich euch darauf etwas erwidern: Ein Grammar-Junge ist immer ein Grammar-Junge. Vierundzwanzig Stunden am Tag. Ganz gleich, wo ihr seid oder welche Kleidung ihr tragt.«

Er machte eine Pause, um das Ganze wirken zu lassen.

»Wer diese Schule besucht, repräsentiert diese Schule!«

Eine weitere Pause.

»Jeder Einzelne von uns ist Teil seiner Familie, seiner Gesellschaft, seiner Nation«, sagte er. »Und ja, ihnen allen gegenüber haben wir unsere Pflichten. Und bisweilen sind diese Pflichten beschwerlich. Bisweilen erfordern sie harte Arbeit. Doch wenn wir diese Verpflichtungen nicht erfüllen, wenn wir die Regeln unserer Familie, unserer Gesellschaft, unserer Nation missachten, wenn wir alle uns verhalten wie Mr Zolton-Bander, dann wird am Ende das Chaos herrschen. Ich möchte in diesem Zusammenhang einen wortgewaltigen Iren zitieren.«

Bono? Der Leadsänger von U2 war der einzige wortgewaltige Ire, den ich kannte.

Mr Cranbrook fuhr fort. »Und ich bin sicher, dass so mancher unter euch mit dem Werk des großen William Butler Yeats vertraut ist.«

War das Bonos richtiger Name? Kein Wunder, dass er sich einen Künstlernamen zugelegt hatte!

Mr Cranbrook richtete behutsam das Mikrofon und begann mit der Rezitation der Gedichtzeilen.

All Ding zerbricht; das Zentrum hält nicht stand;
schier' Anarchie kommt roh über die Welt,
die blutdüstre Flut rollt, und überall
ist bald schon die Feier der Unschuld ertränkt.

Erneut eine Pause von Mr Cranbrook, dann straffte er sich wieder und sagte: »Gentlemen, Otto Zolton-Bander ist kein Held.«

Ich verließ den großen Saal gemeinsam mit Charles Bonthron und Bevan Milne.

»Das war eine wirklich ausgezeichnete Rede«, sagte ich und dachte mir, wenn *ich* ein paar Worte geredet hätte – der Zolt muss gefangen werden –, dann wäre es jetzt vielleicht irgendwie einfacher für mich, diesen Worten auch Taten folgen zu lassen – nämlich den Zolt zu fangen.

Charles und Bevan Milne warfen mir gleichzeitig einen komischen Blick zu.

»Ich meine, Cranbrook hat recht: Der Zolt ist kein Held. Er muss geschnappt und dann resozialisiert werden.«

»Falls die Cops ihn schnappen«, sagte Bevan Milne, »brechen die ihm jeden beschissenen Knochen in seinem beschissenen Leib.«

»Wie bitte?«, fragte ich.

»Ich hab gesagt, falls die Cops ihn schnappen, brechen die ihm jeden beschissenen Knochen in seinem beschissenen Leib.«

Bevan Milne mochte ein kleiner Drecksack sein, aber mit diesem Satz hatte er absolut recht. Angeblich spottete der Zolt im Netz ständig über die Cops: Sie seien einfach zu nichts zu gebrauchen und würden ihn deshalb auch niemals schnappen.

Ich konnte mir einfach nichts vormachen. Mit diesem Auftrag war die Urmutter aller Deadlines verbunden: Ich musste den Zolt erwischen, bevor ihn jemand anders erwischte – die Cops, Hound de Villiers oder irgendein übereifriger Bürgerwehrtyp.

Als es zur Mittagspause klingelte, ging ich sofort in die Bibliothek. Heute hatte Mr Kotzur Dienst. Er fuhr immer mit einem Liegefahrrad zur Schule und war stellvertretender Vorsitzender der Gold Coast Star Wars Society.

»Mr Silvagni, welchem glücklichen Umstand verdanken wir die unerwartete Freude Ihres Besuchs?«, sagte er.

Zugegeben, ich bin nicht gerade ein Stammkunde in der

Bibliothek, besonders nicht während der Mittagspause, in der ich eher auf dem Basketballfeld ein paar Körbe werfe oder im Stadion ein paar Bälle durch die Gegend kicke. Aber ich fand, das war noch lange kein Grund für Mr Kotzur, mir auf die sarkastische Tour zu kommen.

Eine Sekunde lang spielte ich mit dem Gedanken, es ihm mit gleicher Münze zurückzuzahlen, indem ich so was sagte wie: »Ich bin nur kurz vorbeigekommen, um mich im Glanz Ihrer Sagenhaftigkeit zu sonnen«, doch ich tat es nicht. In einer Bibliothek ist es der Bibliothekar, der die Macht hat.

Also sagte ich stattdessen: »Ich würde gern einen Computer benutzen, Sir. Ich habe meinen Laptop zu Hause gelassen.«

»Hast du reserviert?«, fragte er.

»Ich wusste nicht, dass ich das muss«, sagte ich.

»Musst du gar nicht!«, rief der Bibliothekar. »Hab dich hübsch drangekriegt. Hättest mal dein Gesicht sehen sollen. Unbezahlbar! Häng dich an Nummer achtzehn, Skywalker.«

Ich hängte mich an Nummer achtzehn und loggte mich auf Facebook ein.

Na ja, ich versuchte, mich auf Facebook einzuloggen, denn die Seite war blockiert. Ich hatte völlig vergessen, dass die Schule einen Internetsitter hatte oder wie immer die das hier nannten.

Ich simste Miranda und schilderte ihr kurz das Problem.

Ja, Miranda war – wie ich – gerade in der Schule. Ja, sie musste – wie ich – ihr Handy dann eigentlich ausschalten. Ja, sie durfte – wie ich – eigentlich nicht simsen.

Es dauerte keine Minute, bis ihre Antwort kam, eine Schritt-für-Schritt-Anleitung, um den Internetsitter auszutricksen.

Ich folgte der Anleitung, dann war die Sache geritzt – das Einloggen klappte.

Irgendwie war ich davon ausgegangen, dass der Zolt als Facebook-Held seine eigene Seite hatte: der Zolt, der sich in zahllosen Posts über die Cops lustig machte; der Zolt, der zahllose Tipps gab, wie man sich als flüchtiger Straftäter gesund ernährte. Aber ich wurde enttäuscht.

Es gab zwar eine Otto-Zolton-Bander-Seite, aber das war eine Fanpage, eingerichtet von jemand anderem.

Allerdings hatte sie 1421356 Fans.

Nein, 1421357 Fans.

1421358 Fans.

Okay, sagen wir es mal so: Der Zolt hatte eine ziemlich schnell wachsende Fangemeinde.

Und es gab eine unglaubliche Anzahl von Nachrichten auf der Pinnwand, besonders seit seiner Flucht. Wie zu erwarten, tummelten sich dort eine Menge Leute, die den Zolt verehrten und Zeug posteten wie:

Weiter so, Zolt.

und

Flieg, Zolt, flieg.

Doch man stieß ebenso auf nicht wenige Nachrichten von Typen, die ihn hassten, und wenn man sich die Seite etwas genauer ansah, stellte man fest, dass diejenigen, die den Zolt hassten, diesen Hass zu ihrer Lebensaufgabe gemacht hatten.

Zolt du bist Apschaum und wenn die dich krigen schmeissen die dich in den Knast für immer du Apschaum.

Und man stellte fest, dass diejenigen, die den Zolt dermaßen hassten, auch mit der Rechtschreibung ein bisschen auf Kriegsfuß standen.

Es gab auf der Seite außerdem ein Menge Zeug, das man kaufen konnte. *Flieg-Zolt-Flieg*-T-Shirts (handbedruckt) für $24,95 (ohne Versand). *Flieg-Zolt-Flieg*-Kaffeebecher für $9,95. Autoaufkleber ($4,95). Mauspads ($3,95). Und einen Song namens *Die Ballade vom Zolt*, bei iTunes zum Download für $2,95.

Während ich durch die Posts scrollte, hatte ich das merkwürdige Gefühl, dass ich nicht der Einzige war, der sich in diesem Moment diese Seite anschaute. Ich ließ meinen Blick durch die Bibliothek schweifen, in der es inzwischen ziemlich voll war. In einem der Fenster entdeckte ich die Spiegelung von Mr Kotzur. Er saß an seinem Schreibtisch und hatte die Augen auf seinen Bildschirm geheftet, doch hin und wieder sah er verstohlen zu mir herüber.

Ist er es? Überwacht er mich?

Kein Problem, das herauszufinden.

Ich rief Google auf.

Tippte *star wars ist scheiße* ein.

Es gab ungefähr eine Million *Star-Wars*-Hasser-Seiten. Ich klickte auf den Link zu der, die am bösartigsten aussah. Ein Video wurde abgespielt, eine Parodie der berühmten »Ich bin dein Vater«-Szene.

Im nächsten Augenblick spiegelten sich Schock und Empörung im Spiegelgesicht des Spiegelbibliothekars.

Er war es!

Sofort loggte ich mich wieder aus und verließ die Bibliothek, wobei ich Mr Kotzurs Wenn-Blicke-töten-könnten-Gestarre mit einem dankbaren Lächeln erwiderte. Ohne es zu wissen, hatte er mir eine wichtige Lektion erteilt: *Sei wachsam, Skywalker, denn du weißt nie, welches der Wesen im Weltall dich gerade beobachtet.*

SCHNÜFFELEI NACH DEM HOUND

Nach der Schule hastete ich nach Hause. Dort – in meinem Zimmer, in meinem Netzwerk, an meinem Computer – war die Wahrscheinlichkeit deutlich geringer, dass irgendwer meine Onlineaktivitäten ausspionierte.

Ich brauchte nicht lange, um mir darüber klar zu werden, dass ich den Privatdetektiv Hound de Villiers ausfindig machen musste.

Denn mal ehrlich, die lokalen Polizeibehörden waren einfach nicht in der Lage gewesen, den Zolt zu finden. Und die Queensland Police ebenso wenig. Nicht einmal die Reporter der Fernsehsender hatten ihn aufstöbern können. Es gab nur einen Mann, dem das gelungen war. Und auch wenn er verschiedenen Berichten zufolge am Ende splitternackt und mit einer Hand an sein Boot gefesselt durch den Hafen getrieben war, änderte das nichts an der Tatsache, dass er es als Einziger fertiggebracht hatte, den Zolt zu finden.

Den Detektiv ausfindig zu machen war jedenfalls nicht allzu schwierig, denn Hound de Villiers, *Private Ermittlungen*, hatte eine aufwendige eigene Website. Aus seinem Wikipedia-Artikel erfuhr ich, dass er in Kapstadt, Südafrika, als Hansie de Villiers zur Welt gekommen war und später »mit Auszeichnung« in der südafrikanischen Armee gedient hatte, zuletzt im Rang eines Leutnants. Dass er sich danach in Afrika und Südamerika in mehreren bewaffneten Konflikten als Söldner verdingt hatte. Dass er 1984 nach San Diego gegangen war und dort lange Zeit als Kopfgeldjäger gearbeitet hatte. Dass er die USA vor zwei Jahren unter rätselhaften Umständen verlassen hatte und nach Australien gezogen war, um sich hier an der Gold Coast geschäftlich niederzulassen. Außerdem erfuhr ich, dass er dreimal verheiratet war, sieben Kinder hatte und in seiner Freizeit gern Wildschweine jagte und die Romane von Matthew Reilly las. Weitere Nachforschungen ergaben, dass er für eine private Überwachungsfirma namens Coast Surveillance arbeitete.

Ich rief dort an.

»Hallo, mein Name ist Dom Silvagni, und ich möchte bitte mit Mr de Villiers sprechen, falls er da ist.«

»Zisch ab, Kleiner!«, sagte der nicht allzu höfliche Mann am anderen Ende der Leitung und legte auf.

Houston, wir haben ein Problem. Und dieses Problem war: ich. Genauer gesagt: mein Mangel an Lebensjahren. Ich sah nämlich nicht nur wie ein Teenager aus, ich klang auch wie einer. Leider werden Teenager nicht immer ernst genommen, besonders im sehr unteenagermäßigen Privatermittlungsgewerbe.

Ich verbrachte ungefähr eine Stunde damit, mich via Google über Stimmenmodulatoren schlauzumachen – Geräte oder Apps, mit denen man beim Telefonieren die eigene Stimme verändern konnte, um wie jemand anders zu klingen. Wie Donald Duck. Wie Darth Vader. Sogar wie Darth Duck. Oder, in meinem Fall, wie ein

Erwachsener. Aber dann wurde mir schlagartig klar, dass ich meine Zeit verschwendete.

Hound de Villiers war Söldner gewesen: Er hatte für Geld sein Leben riskiert. Mittlerweile war Hound de Villiers Privatdetektiv. Was trieb ihn an? Ein ausgeprägter Sinn für soziale Gerechtigkeit? Der Drang, die bösen Jungs hinter Gitter zu bringen? Möglich, aber ich glaubte es nicht. Mit Sicherheit war es das Geld. Ich musste mich bloß mit anderen Augen betrachten. Ich war nicht nur ein fünfzehnjähriger Teenager, ich war ein fünfzehnjähriger Teenager mit Geld. Geld, das Hound de Villiers haben wollte.

Ich schrieb eine E-Mail: *Ich möchte eine Stunde von Mr de Villiers' Zeit in Anspruch nehmen. Wie viel würde das kosten?*

Und schickte sie an die Adresse auf der Firmen-Website von Coast Surveillance.

Die Antwort kam schon nach einer halben Stunde.

$400, bar.

Ich war sowohl begeistert – mein Plan war aufgegangen – als auch empört: vierhundert Dollar die Stunde, wofür hielt der Kerl sich?

Ich klickte auf Antworten.

In Ordnung. Wann?

Und bekam sofort eine Rückantwort.

Morgen. Um zehn. Bargeld.

Morgen um zehn hatte ich Schule, aber das würde ich denen nicht auf die Nase binden: Ich war ein Geschäftspartner mit Geld, kein Schuljunge.

Meine E-Mail: *Können wir stattdessen 16 h sagen?*

Deren E-Mail: *Okay. Kostet aber $500.*

Fünfhundert! Meine Empörung von vorhin explodierte sofort zur Quadratempörung! Ein bisschen allerdings fühlte ich mich auch wie ein Trottel – ich hätte wegen der vierhundert Dollar verhandeln und sie nicht einfach so akzeptieren sollen. Doch dafür war es inzwischen zu spät.

In Ordnung, schrieb ich und klickte auf Senden.

Es war geschafft: Morgen Nachmittag um vier würde ich mich also mit Hound de Villiers treffen, dem einzigen Menschen in ganz Australien, der es fertiggebracht hatte, den Zolt aufzuspüren.

Was ich jetzt noch brauchte, waren fünfhundert Mäuse. Das war die Ironie an der Sache: Meine Eltern waren stinkreich, für sie waren fünfhundert Dollar Kleingeld. Wäre ich zu ihnen gegangen und hätte gesagt: »Könnte ich fünfhundert Dollar haben, um den bekannten Privatdetektiv Hound de Villiers dafür zu bezahlen, dass ich eine Stunde seiner Zeit in Anspruch nehme, damit er mir hilft, den berüchtigten und auf der Flucht befindlichen Otto Zolton-Bander zu fangen und so zu vermeiden, dass ich mein Bein verliere?«, dann hätten sie sie mir gegeben.

Aber das durfte ich nicht. Grundregel Nummer eins des Clans: keinerlei Hilfe erlaubt. Ich checkte online mein Sparkonto: Ich hatte nur zweihundert Dollar.

Nach einigem Zögern klopfte ich an Tobys Zimmertür.

Vor langer, langer Zeit, es schien tatsächlich schon eine Märchenewigkeit her zu sein, waren mein kleiner Bruder und ich ziemlich gute Kumpel gewesen. Wir hatten gemeinsam gespielt, hatten gemeinsam in der Tinte gesessen, doch dann war irgendetwas passiert. Es war nichts Dramatisches vorgefallen, wir hatten uns einfach voneinander entfernt.

Und ich glaube, dann hatten wir beide beschlossen, dass wir uns nicht mochten, und das waren die Rollen, die wir jetzt spielten.

Ich klopfte und sagte: »Tobe, ich bin's.«

»Zisch ab«, kam es von drinnen.

Klar, was ich meine?

»Stell dich nicht so an«, antwortete ich und öffnete die Tür.

Die meisten Kids in Tobys Alter hätten Poster von Filmstars, Sportstars, Rockstars an ihren Wänden. Bei Toby waren es Köche. Heston Blumenthal. Ferran Adrià. Der Typ mit der Schnodderschnauze. Da hingen sie alle.

Toby saß am Computer und guckte Pornos.

Also seine Sorte Pornos.

Ein Foto von einem saftigen, üppigen ... Orangenkuchen.

Gastronomische Pornos.

»Wow, der sieht ja echt lecker aus«, sagte ich. »Hast du vor, den zu backen?«

»Hab ich nicht gesagt, du sollst abzischen?«, erwiderte er.

»Wow!«, wiederholte ich, während ich das Rezept überflog. »Dann kocht man die Orangen also tatsächlich eine ganze Stunde. Ist ja abgefahren.«

Toby musterte mich, und mir schwante, dass die Situation auf der Kippe stand, dass er so oder so reagieren konnte.

Schließlich, als er sagte: »Klar ist das abgefahren!«, wusste ich, dass mein Plan aufgegangen war.

Wir unterhielten uns noch eine ganze Weile weiter über den Kuchen, und ich muss zugeben, dass es eigentlich recht interessant war. Zum Beispiel gab es in diesem Kuchen kein einziges Gramm Mehl – stattdessen irgendein Zeug namens Mandelkleie.

Irgendwann, als ich den Moment für günstig hielt und spürte, dass ein wenig von der unverkrampften brüderlichen Zuneigung von früher zurückgekehrt war, sagte ich: »Toby, was würdest du dazu sagen, wenn ich dich frage, ob du mir dreihundert Dollar leihst?«

Ich wusste, dass Toby Geld auf dem Konto hatte, und zwar eine ganze Menge. Das wusste ich deswegen, weil ich zwar ständig mitkriegte, wie er welches bekam – als Taschengeld, als Geschenk zum Geburtstag oder zu Weihnachten –, ihn allerdings nie welches ausgeben sah. Es war nämlich so: Wenn ich zum Beispiel neue Laufschuhe brauchte, dann musste ich sie mir kaufen. Aber wenn Toby irgendwas haben wollte – eine neue Rührschüssel oder eine neue, verbesserte Sorte Schneebesen –, dann schaffte er es jedes Mal, Mom davon zu überzeugen, dass nicht er, sondern sie das Ding brauchte und das Geld dafür hinblätterte.

»Du willst, dass ich dir dreihundert leihe?«, erwiderte Toby.

»Ganz genau«, sagte ich.

Toby dachte eine Weile darüber nach, dann sagte er mit amerikanischem Akzent: »Okay, ich leih dir drei Grüne, aber der Schnitt ist zwanzig.«

»Der Schnitt?«

»Hast du noch nie *Die Sopranos* gesehen? Der Schnitt, die Spanne.«

»Du meinst Zinsen?«

Toby nickte. »Der Schnitt.«

»Dann zahl ich dir also dreihundertzwanzig zurück?«

Toby setzte eine spöttische Miene auf, und spöttische Mienen beherrscht er beinahe so gut wie Miranda.

»Zwanzig Prozent, nicht zwanzig Dollar!«

Zwanzig Prozent war kompletter Wucher, doch mir blieb keine Wahl.

Wir besiegelten das Geschäft per Handschlag, dann loggte Toby sich bei der Bank ein und überwies das Geld auf mein Konto.

Als ich sein Zimmer wieder verließ, tat ich es mit gemischten Gefühlen: Einerseits war ich erleichtert, weil ich es geschafft hatte, das nötige Geld zusammenzukratzen, andererseits war mir schmerzlich bewusst, dass mein kleiner Bruder mich gerade mächtig über den Tisch gezogen hatte. Dennoch: Welche Wahl hätte ich gehabt?

SCHNÜFFELEI MIT DEM HOUND

Am nächsten Tag marschierte ich nach der Schule an den Bushaltestellen vorbei bis zur Hauptstraße. Ich streckte die Hand aus, um ein Taxi anzuhalten, und schon nach ein paar Sekunden tauchte eins auf.

»Wo soll's denn hingehen heute?«, fragte der Fahrer mit unüberhörbarem Akzent.

Er war älter als Dad, jünger als Gus, hatte olivbraune Haut und einen buschigen grauen Schnurrbart.

Ich warf einen Blick auf die Lizenz an der Frontscheibe. Unter einem ausgeblichenen Foto stand der Name Luiz Antonio DaSilva.

War er Spanier?, überlegte ich. Oder Portugiese?

»In den Block.«

»Der Block ist wohl kaum der richtige Ort für so 'n nettes Bürschchen wie dich.«

»Ich komm schon klar«, erwiderte ich, auch wenn ich mir da gar nicht so sicher war. Der Block hatte den Ruf, die raueste, übelste Gegend der gesamten Gold Coast zu sein.

Luiz Antonio schüttelte den Kopf.

»Ich bin in den Straßen von Rio aufgewachsen, ich weiß, was in solchen Gegenden los ist«, sagte er. »Die Typen da gucken dich einmal kurz an und denken: *carne fresca.*«

»*Carne fresca?*«

»Frischfleisch.«

»Die Adresse ist fünf zweiundvierzig Russell Street.«

Er explodierte förmlich.

»Russell Street! Das soll wohl 'n Witz sein! Was zum Teufel hast du da verloren? Du willst dir doch nicht irgendwelche Drogen besorgen, oder?«

»Nein«, sagte ich. »Ich hab einen Termin mit einem Privatdetektiv.«

»Na sicher, von denen gibt's in der Russell Street 'ne ganze Menge. Und weißt du auch, wieso? Weil's in der Gegend von kriminellem Pack nur so wimmelt. Na los, lass mich dich nach Hause fahren.«

»Sie können tun, was Sie möchten«, erwiderte ich, »aber dann suche ich mir eben ein anderes Taxi, dessen Fahrer bloß seinen Job macht und mich zu meinem angegebenen Zielort fährt.«

Luiz Antonio dachte einen Augenblick darüber nach, dann sagte er: »Wie war noch mal die Hausnummer?«

»Fünf zweiundvierzig.«

Wir brauchten nicht lange, um in den Block zu kommen, ungefähr eine Viertelstunde, doch tatsächlich war er von Halcyon Grove unendlich weit entfernt.

Dad hatte erzählt, dass die Gegend früher mal der Ort gewesen sei, wo alle Welt ihre Freizeit verbrachte, so eine Art Robina Mall. Inzwischen aber hatten die meisten Geschäfte längst dichtgemacht, und die wenigen Leute, denen man auf den Straßen begegnete, sahen nicht danach aus, als wären sie regelmäßig in Shoppinglaune.

Wir hielten vor einem heruntergekommenen zweistöckigen Gebäude. Im Erdgeschoss befand sich ein An-und-Verkaufsladen, und in der Etage darüber standen die Worte *Coast Surveillance* in schmutzigen Goldlettern auf den Doppelglasfenstern.

Als ich bezahlen wollte, sagte Luiz Antonio: »Das können wir ganz am Ende regeln.«

»Das hier ist das Ende.«

»Nein, ist es nicht«, erwiderte er. »Du bist mein Fahrgast, ich trage für dich die Verantwortung. Also warte ich hier, bis du wieder rauskommst. Außerdem, wenn du meinst, dass du in dieser Gegend jederzeit auf die Schnelle ein Taxi auftreiben kannst, dann irrst du dich, glaub's mir.«

»Wie Sie wollen«, sagte ich und dachte, dass er die Sache vielleicht etwas überdramatisierte.

Vor dem An-und-Verkaufsladen lungerten ein paar Gestalten herum, die meisten Männer, die meisten rauchend. Zuerst fand ich es irgendwie cool, so als wäre ich plötzlich in einem Film gelandet, in der krassen Szene mit den krassen Typen. Ich brauchte allerdings nicht lange, um meine Meinung zu ändern. Vor mir stand dieser Kerl mit dem roten Bikerkopftuch, blockierte den Hauseingang und machte keinerlei Anstalten, sich vom Fleck zu bewegen. Dabei war ziemlich offensichtlich, dass ich hineinwollte. Von einer Sekunde zur nächsten spürte ich siedend heiß die fünfhundert Dollar in meiner Tasche und stellte mir vor, wie ich diesem Typen vorkommen musste: wie »Frischfleisch«, um es mit Luiz Antonios Worten zu sagen. Ich warf einen Blick auf die Uhr. Es war bereits vier, Zeit für meine Verabredung.

»Entschuldigung«, sagte ich und erschrak, dass meine Stimme so kümmerlich klang.

Der Mann rührte sich nicht.

Ein Hupen.

Luiz Antonio lehnte sich zu uns herüber und brüllte durchs offene Beifahrerfenster: »Hey Bro, lass den Kleinen mal durch, ja? Er will den Ehering seiner Mutter verticken, damit sein alter Herr mal wieder 'n bisschen Geld zum Versaufen hat.«

Zustimmendes Gemurmel erhob sich. Offenbar war es die Pflicht eines jeden Sohnes, den Ehering seiner Mutter zu verticken, damit sein alter Herr mal wieder 'n bisschen Geld zum Versaufen hatte.

Ich ging schnurstracks nach oben, wo im Büro der Überwachungsfirma bereits zwei Leute warteten. Auf ihren Gesichtern lag dieser gelangweilte, frustrierte Ausdruck, den man oft in der Notaufnahme der Krankenhäuser sieht.

»Ich habe einen Termin mit Mr de Villiers«, sagte ich zu der kugelrunden Frau hinter dem Empfangstresen.

Sie sah auf einen Computerbildschirm.

»Sie sind Mr Silvagni?«, fragte sie.

»Ganz recht«, sagte ich. »Der Termin ist um vier.«

»Einen Moment, bitte«, sagte sie, nahm einen Telefonhörer ab und sprach leise ein paar kurze Sätze hinein.

Schließlich legte sie wieder auf und fragte: »Sie haben das Bargeld dabei?«

»Ganz recht«, sagte ich und sprach nun ebenfalls leise.

»Okay, den Flur da runter, die zweite Tür links.«

Ich klopfte an die Tür und bekam ein schroffes »Reinkommen« als Antwort.

Hound de Villiers' Büro sah weit weniger schäbig aus, als der Rest des Gebäudes hatte vermuten lassen. Der Raum war mit Teppichboden ausgelegt, und an den Wänden hingen unzählige gerahmte Fotos. Ich musste sofort an Gus' Büro denken. Das hier waren allerdings keine Fotos von Läufern; das hier waren Fotos von einem Mann: Hound de Villiers.

Außerdem schienen sie allesamt Variationen des gleichen Motivs zu sein: Hound de Villiers im Muskelshirt, wie er eine riesige Waffe hielt – oder streichelte? Eine Sache über Hound de Villiers hatte ich bereits herausgefunden: Er mochte Geld. Sehr. Und jetzt war ich ziemlich sicher, dass ich dem einen zweiten Punkt hinzufügen konnte: Hound de Villiers mochte Hound de Villiers. Sehr.

Obwohl der Hound de Villiers, der mir gegenüber hinter dem teuren Schreibtisch saß, deutlich älter war als der auf den Fotos – die Gesichtshaut war faltiger, das lange blonde Haar dünner –, war es doch unverkennbar derselbe Mann. Er trug nur ein anderes Muskelshirt, und unter dem Tisch bemerkte ich eine verwaschene Jeans und Cowboystiefel.

»Setz dich«, sagte er und deutete auf einen Stuhl.

Ich setzte mich.

»Das Geld?«, fragte er.

Ich zog das Geldbündel aus der Tasche und reichte es ihm. Er zählte nach, indem er die Scheine mit routinierter Lockerheit durchblätterte.

»Okay, was willst du?«, fragte er.

»Ich möchte über den Zolt reden.«

Als er den Namen hörte, veränderte sich seine Miene auf dramatische, beinahe theatralische Weise. Ich konnte meiner ziemlich rasch länger werdenden Liste einen dritten Punkt hinzufügen: Hound de Villiers hasste den Zolt.

Hasste ihn ebenso sehr, wie diese Leute auf Facebook, die ihn hassten, ihn hassten.

»Ist wohl 'n Freund von dir, was?«, sagte er, und seine Augen bohrten große, qualmende Löcher in mich. Ich wollte hier raus, auf der Stelle. Die fünfhundert Dollar waren mir völlig egal. Ich wollte bloß raus hier und dann tun, was ich am besten konnte: wahnsinnig schnell laufen.

Hound de Villiers machte mir Angst. Große, sehr große Angst.

Und als er aufstand, war ich kurz davor, mir in die Hose zu machen. Aus dem Wikipedia-Artikel über ihn wusste ich zwar, dass er eins neunzig groß war, aber eins neunzig ist eben nicht gleich eins neunzig.

Ich meine, der Obi-Wan-Kenobi-Fan in der Bibliothek war vermutlich auch knapp eins neunzig groß, aber hatte vor dem irgendwer Angst?

Diese Eins-Neunzig hier allerdings konnten mir den Kopf abreißen.

Diese Eins-Neunzig hier konnten mich wie eine Kakerlake zerquetschen.

»Wenn alles andre nichts hilft«, sagt Gus immer, »besinn dich auf deinen Körper. Der ist die Grundlage.«

Ich folgte seinem Rat und versuchte, mich auf meinen Körper zu besinnen: lockerte meine Schultern, beruhigte meine Atmung. Dann sagte ich langsam und deutlich: »Nein, er ist alles andere als ein Freund von mir.«

Die gesamten Eins-Neunzig des köpfeabreißenden, kakerlakenzerquetschenden Hound de Villiers setzten sich wieder.

Und ich dachte im Sprinttempo nach.

Die erste Sache, die ich über Hound de Villiers wusste, war: Hound de Villiers mochte Geld. Doch unglücklicherweise hatte Hound de Villiers mein Geld bereits.

Die zweite Sache, die ich über Hound de Villiers wusste, war: Hound de Villiers mochte Hound de Villiers. Sehr.

Falls die Regierung jemals die gleichgeschlechtliche Ehe beschließen und danach über die Heirate-dich-selbst-Ehe diskutieren sollte, wäre er vermutlich der Erste, der Interesse anmeldet.

Wollen Sie, Hound de Villiers, mit dem hier anwesenden Hound de Villiers die Ehe eingehen?

Jau!

Sie dürfen sich jetzt küssen.

»Mr de Villiers«, begann ich.

»Der Name ist Hound«, erwiderte er.

»Hound, ich habe mich nur gefragt, warum niemand ihn finden konnte, Sie aber schon.«

»Cops«, sagte er verächtlich. »Cops denken wie Cops, die können einfach nicht anders. Aber wenn dein Gegner 'n Punk ist, musst du eben denken wie 'n Punk.« Sein Akzent war ein wilder Mix: zum Teil südafrikanisch, zum Teil amerikanisch, gewürzt mit einer Prise waschechtem Aussie-Slang.

Ich hatte das Gefühl, dass es nicht schlecht wäre, mir Notizen zu machen: *Ist Gegner Punk, denk wie Punk.*

»Er ist 'n cleverer Punk, das muss ich ihm lassen, aber er hat noch was anderes auf der Pfanne, und das ist um Längen wertvoller.«

Ich ließ mein gedankliches Notizheft aufgeklappt und wartete darauf, dass Hound de Villiers mir verriet, was er damit meinte, doch er tat es nicht.

Stattdessen sah er mich an und sagte: »Du hast echt Nerven, Kleiner.«

Ich beantwortete dieses Kompliment mit einem kurzen Schulterzucken.

»Aber hey, ist wahrscheinlich kein Wunder, was? Bei 'nem alten Herrn, der stinkreich ist wie deiner. Hältst dich sicher für unverwundbar. Denkst bestimmt, du kämst mit ’n bisschen Kohle aus jedem Schlamassel raus, in den du dich reinreitest.«

Er weiß, wer ich bin!

»Mach nicht so ’n verblüfftes Gesicht, ich weiß eben ganz gern Bescheid über meine Klienten. Außerdem kennen dein Dad und ich uns von früher.«

Mein Dad und Hound de Villiers – von wegen. Das hatte er sich gerade ausgedacht.

»Weißt du Bescheid über unsern Punk, Dom?«

»Nur das, was ich online gelesen habe.«

»Dann weißt du, dass ihm sein alter Herr gestorben ist, als er acht war? Dass sein Stiefvater sich aus dem Staub gemacht hat, als er elf war? Weißt, dass er danach mehr Zeit in Pflegefamilien verbracht hat als bei seiner nichtsnutzigen Mutter?«

Ich nickte. Ja, das alles wusste ich. Bis auf die Sache mit dem »nichtsnutzig«.

»Und was hat das Ganze deiner Meinung nach mit ihm angestellt?«

»Ich schätze, er dürfte nicht mehr allzu vielen Leuten vertrauen.«

»Da liegst du verdammt richtig: Dieser Punk traut absolut niemandem. Und das ist seine größte Stärke. Denn wenn du auf der Flucht bist, traust du am besten so wenigen Leuten wie möglich.«

Erneut hatte ich den Eindruck, dass ich mir das eigentlich notieren sollte: *Wenn auf der Flucht, trau so wenigen Leuten wie möglich.*

Hound de Villiers lehnte sich in seinem Stuhl zurück, verschränkte die Hände im Nacken und sagte: »Weißt du, wieso ich die meisten Untergetauchten erwische?«

»Weil Sie sie aufstöbern?«

Hound de Villiers nahm die Hände aus dem Nacken und schüttelte den Kopf.

»Weil andere Leute reden, deswegen.«

Hound de Villiers warf einen Blick auf seine Uhr.

»Tja, wie's aussieht, ist unsre Zeit abgelaufen«, sagte er.

Es war zwanzig nach vier!

»Aber wie haben Sie ihn gefunden, wenn niemand anders das konnte?«, versuchte ich wieder, ihn bei seiner Eitelkeit zu packen.

»Cops«, wiederholte er verächtlich. »Es ist alles da, direkt vor ihrer Nase, und die sind zu dämlich, es zu sehen.«

»Es ist alles wo?«

»Facebook«, sagte er. »Und jetzt schieb deinen Hintern hier raus.«

Das musste er mir nicht zweimal sagen. Ich stand auf, ging zur Tür.

»Ach ja, eins noch.«

Ich wandte den Kopf. »Nämlich?«

»Das nächste Mal, wenn ich deinen Freund erwische – und keine Sorge, ich werd ihn erwischen –, dann mach ich ihn kalt.«

Mein Blick flackerte über all die Fotos von Hound de Villiers, die Knarren in seinen muskelbepackten Armen, und ich hatte keinen Zweifel, dass er es ernst meinte, dass er schon oft getötet hatte und dass er, falls er Otto Zolton-Bander erwischte, auch ihn töten würde. Und genau das war der Grund dafür, dass ich den Zolt als Erster aufspüren musste.

Draußen war das Taxi verschwunden.

Der Kerl mit dem roten Bikerkopftuch kam auf mich zu.

»Fangen wir mit der Uhr an«, sagte er.

Im Klang seiner Stimme lag nichts Bösartiges, nur eine ge-

wisse Nüchternheit. Ich war *carne fresca,* er war Fleischfresser; so funktionierte die Welt nun mal.

Kurz dachte ich darüber nach, einfach loszurennen, und ich hatte nicht den leisesten Zweifel, dass ich ihn würde abschütteln können – er war zu schwer, zu muskelbepackt –, aber wohin sollte ich laufen? Hier im Block kannte ich mich nicht aus, so wenig wie in den anderen Vierteln auf dieser Seite der Stadt. Ich löste gerade das Armband meiner Uhr, als eine Hand mich am Ellbogen packte.

Carne fresca, schoss es mir durch den Kopf. *Na klar, die werden sich darum streiten.*

»Gehen wir.«

Es war Luiz Antonio.

»Sieh nicht nach hinten«, flüsterte er. »Geh einfach weiter.«

Ich tat, was er gesagt hatte, bis wir das geparkte Taxi erreichten. Wir stiegen ein, er ließ den Motor an und riss das Lenkrad herum, dann jagten wir mit quietschenden Reifen davon.

GESCHÖPFE DER NACHT

Es war mir wie eine gute Idee vorgekommen, noch in derselben Nacht in den Block zurückzukehren. »Schutz der Dunkelheit« und so weiter.

Besonders weil Mom und Dad auf irgendeiner Wohltätigkeitsveranstaltung waren und Gus auf uns »aufpasste«.

Es dauerte allerdings nicht allzu lange, bis mir dämmerte, dass die Idee alles andere als gut gewesen war. Denn nachts bevölkern die Geschöpfe der Nacht die Straßen. Sie kauern an den Ecken, sie lauern in den Schatten, und die Augen unter ihren Kapuzen verfolgen jeden einzelnen deiner Schritte. Obwohl sie nüchtern betrachtet natürlich keine Vampire sind oder Werwölfe, haben sie doch genau dasselbe Verlangen: dir das Blut auszusaugen, sich an deinem Fleisch zu laben.

Und diesmal hatte der Taxifahrer, anders als Luiz Antonio, nicht die Absicht, auch nur eine Sekunde zu warten. Er fragte nicht mal, was ich hier überhaupt zu suchen hatte. Er nahm bloß mein Geld und machte, dass er wegkam.

Ich schlenderte an dem An-und-Verkaufsladen vorbei. In dem

Gebäude brannte zwar Licht, doch die Eingangstür war verschlossen, und im Inneren rührte sich nichts.

»Hey!«

Aus den Schatten eine Stimme.

»Was?«, fragte ich.

»Brauchste was, Kleiner?«

»Nein«, sagte ich und hastete weiter.

Am Ende des Häuserblocks bog ich nach rechts ab und marschierte zügig bis zu der schmalen Zuliefergasse, die ich auf Google Maps gesehen hatte. Ich zögerte. In den Straßen gab es wenigstens Laternen. In der Gasse dagegen wurde die Dunkelheit nur hier und da von dem trüben Licht durchbrochen, das aus den vergitterten Fenstern drang. Trotzdem, ich musste da rein. Das war mein Plan, einen besseren hatte ich nicht. Und was meinen Plan B anging, der war ziemlich simpel: losrennen wie Usain Bolt, und dann weiterrennen wie Usain Bolt.

Vorsichtig tastete ich mich die Gasse entlang, vorbei an den überquellenden Mülleimern, den umherhuschenden Ratten, mit dem Gestank von Abfällen in der Nase, bis ich die Rückseite des An-und-Verkaufsladens erreichte. Ich blickte mich rasch gründlich um, dann machte ich mich daran, die Feuerleiter hinaufzuklettern. Sie war nicht richtig befestigt, sodass jeder Schritt mit einem lauten Scheppern endete. Ich war sicher, dass die komplette Nachbarschaft das Getöse hören konnte. Doch niemand kam, niemand rief, also kletterte ich weiter bis zum Absatz im ersten Stock.

Ich rüttelte an der Tür. Wie ich erwartet hatte, war sie verschlossen. Ich zog den Spanner aus meiner Tasche, schob ihn ein paar Millimeter ins Schlüsselloch und drehte ihn so weit, wie es ging. Dann nahm ich den Haken und machte mich an die Arbeit. Früher, als ich noch regelmäßig sämtliche Schlösser in unserem Haus geknackt hatte, war die Sache verblüffend einfach gewesen. Jetzt und hier allerdings war gar nichts einfach. Besonders weil ich in sechs Metern Höhe auf einer wackligen Feuerleiter stand, im gefährlichsten Viertel der Stadt. Dennoch erwischte ich den ersten Stift ohne Probleme. Den zweiten ebenso. Aber der dritte wollte sich einfach nicht setzen. Mir fiel wieder ein, was in dem Lockpicking-Handbuch stand, das ich aus dem Internet runtergeladen hatte: *Projizieren Sie all Ihre Sinne ins Schloss, um sich ein umfassendes Bild davon zu machen, wie es auf Ihre Manipulationsversuche reagiert*. Als ich den Satz gelesen hatte, war er mir, na ja, ziemlich zenmäßig vorgekommen. Aber im Moment war er alles, was ich hatte, also projizierte ich frisch drauflos und versuchte, mir den lästigen dritten Stift vorzustellen.

Bestimmt war das Ding ein Sicherheitsstift, überlegte ich. Vielleicht ein Pilzkopf.

Ich rief mir in Erinnerung, was über Pilzköpfe in dem Handbuch stand: *geringeres Drehmoment an den Spanner, höheren Druck auf den Stift*. Genau das probierte ich, und es funktionierte – jetzt konnte ich den Stift setzen. Beim vierten und beim fünften lief alles wieder ohne Probleme.

Als ich behutsam die Tür aufdrückte, ging der Alarm los.

Laut meinen Recherchen blieben mir zwanzig Sekunden, bis die Zentrale verständigt wurde.

Den Flur entlang, die Treppe runter und rein in den An-und-Verkaufsladen. Ich schnappte mir das Telefonkabel und riss es mit einem Ruck aus der Wand. Der Alarm heulte immer noch, aber ich hoffte, das wäre nicht weiter schlimm. Sogar in den besseren Vierteln kümmerten sich die Leute nicht mehr um die ständigen Alarme – warum also sollte sich ausgerechnet hier irgendwer darum kümmern? Solange die Meldung die Sicherheitsfirma nicht erreicht hatte, bestand für mich kein Grund zur Sorge.

Wieder hinauf in den ersten Stock. Die Tür zu Hound de Villiers' Büro war nicht abgeschlossen. Ich knipste das Licht an. Als ich in der obersten Schublade seines Schreibtischs ein Garmin Oregon 550 entdeckte, wusste ich, dass das hier die Antwort auf meine Einbrecherträume war – ein GPS-Handgerät mit integrierter Kamera.

Ich hätte es vermutlich einfach mitgehen lassen können.

Aber irgendwie roch mir das zu sehr nach Diebstahl, und ich war vielleicht technisch gesehen ein Einbrecher, aber ich war definitiv kein Dieb. Ich schaltete das Gerät ein und scrollte durch die Fotos, bis ich dasjenige fand, das überall in den Nachrichten zu sehen gewesen war: der Zolt, mit Handschellen an einen Baum gefesselt.

Und da es ein GPS-Gerät war, zeigte es noch dazu Längen- und Breitengrad an, von genau dem Ort, an dem das Foto gemacht worden war. Ich tippte die Koordinaten in mein Smartphone und musste grinsen. Spionieren? Kinderspiel.

»Was ist so lustig, Rotznase?«

Ich blickte auf. Sah zwei Geschöpfe der Nacht: einen Vampir, einen Werwolf. Bereit, mir das Blut auszusaugen. Sich an meinem Fleisch zu laben.

Der Vampir hielt jetzt ein Messer hoch, sodass ich es sehen konnte. Die Größe der Klinge. Den Ernst.

»Ich hab gefragt, was so lustig ist, Rotznase!«

Wie hatte ich bloß so dämlich sein können zu glauben, dass alle Welt den Alarm ignorieren würde, dass es da draußen keine besorgten Bürger mehr gäbe? Klar waren die beiden besorgt, und zwar besorgt, dass sie nichts von der Beute abbekamen.

»Hier, gehört ganz allein euch, Jungs«, sagte ich und hielt ihnen das GPS-Gerät hin.

Der Vampir schnappte es mir aus der Hand.

»Wo ist das Geld?«, knurrte der Werwolf.

»Welches Geld?«, erwiderte ich.

Der Vampir ließ sein Messer aufblitzen.

Tschuk!

Ein Tropfen landete auf dem Boden.

Ich schaute nach unten. Meine Hand blutete. Jetzt da ich es sah, konnte ich es auch fühlen, das regelmäßige Pochen, mit dem das Blut meinen Körper verließ.

»Keine Ahnung«, sagte ich, durch das Blut in Panik versetzt. »Ich weiß nichts von irgendwelchem Geld.«

»Das Geld«, fauchte der Vampir und kam näher.

Beim Mittelstreckenlauf geht es oft um Lücken, darum, einen Weg zwischen zwei Körpern hindurch zu finden. Meine Hand schoss nach unten, packte ein paar Blätter Papier und schleuderte sie in die Luft. Die zwei Geschöpfe waren für einen Moment abgelenkt, und ich rannte los, zwischen ihnen hindurch. Abermals sah ich das Messer aufblitzen, die Klinge erwischte mein Shirt, aber ich hatte es durch die Lücke geschafft. Raus aus dem Büro, den Flur entlang. Zurück durch die Tür auf die Feuerleiter. Ich konnte die beiden hören, aber sie hatten keine Chance. Bloß ein Vampir, bloß ein Werwolf – gegen einen Spitzenläufer. Ich kletterte die Leiter hinunter, sprang in die Gasse. Ich wollte gerade lossprinten, da tauchte ein drittes Geschöpf der Nacht aus der Dunkelheit auf und packte mich. Schlang seine Arme um mich. Zerquetschte mich.

»Er hat das Geld!«, brüllte der Vampir von der Feuerleiter.

Meine Oberarme konnte ich nicht bewegen, doch ich schaffte es, eine Hand in meine Tasche zu schieben und den Haken zu greifen. Ich rammte ihn dem Geschöpf der Nacht mit aller Kraft in den Arm. Der Haken durchstieß die Haut, doch ich drückte weiter, spürte, wie er tiefer und tiefer ins Fleisch drang, bis er auf etwas Hartes traf.

Das Geschöpf der Nacht schrie, löste seinen Griff.

Und ich rannte los.

Und rannte immer weiter, bis der Block und seine Geschöpfe weit hinter mir lagen.

EIN $9,99-CASIO-KEYBOARD

»Die Jazys haben uns zu sich eingeladen«, sagte Mom zu Dad beim Frühstück am nächsten Morgen.

Dad sah von seiner *Financial Review* auf und machte diese komische Schmollllippensache mit seinem Mund.

»Nicht die dämlichen Jazys«, stöhnte Toby.

»Das ist irgendwie echt voll so irgendwie«, sagte Miranda und äffte dabei Brionys altkluge Art nach.

Meine beiden Geschwister sahen mich an und erwarteten zweifellos einen meiner wie üblich hervorragenden Anti-Jazy-Beiträge.

»Jau, lasst uns zu den Jazys gehen!«, rief ich und klang vor lauter Begeisterung beinahe amerikanisch. »Ich freu mich schon auf ein paar lustige Stunden mit Tristan.«

Natürlich glaubten alle, dass ich das ironisch meinte oder sarkastisch oder was immer das richtige Wort ist, also musste ich noch mehr Begeisterung zeigen, sodass keine Rede mehr sein konnte von ironisch oder sarkastisch oder was immer das richtige Wort ist.

»Nein, ernsthaft, Tristan ist ’n echt netter Typ«, sagte ich und dachte an den echt netten Boxhieb, den er mir verpasst hatte.

»Japp, klar doch«, sagte Miranda. »Wenn man sich erst mal an seine absolute Unausstehlichkeit gewöhnt hat.«

»Diese Unausstehlichkeit kommt vermutlich aus einem Abgrund tiefer Unsicherheit«, sagte Mom, die offenbar kürzlich mehrere Talkshow-Folgen *Oprah* gesehen hatte.

»Ganz genau«, sagte ich. »Einem Abgrund sehr tiefer Unsicherheit.«

Ich weiß nicht, ob mein Begeisterungssturm tatsächlich den Ausschlag gab, aber am Ende hockten wir bei den Jazys, dippten Cracker in Dips und lauschten Mr Jazy, der über den Immobilienmarkt redete.

Mr Jazy war ein kleiner, stämmiger Mann, dessen charakteristischstes Merkmal ein schwarzer buschiger Bart war, der vom Hals bis direkt unter die Augen zu reichen schien.

»Das Preisniveau hier an der Gold Coast kann nicht ewig steigen«, sagte er. »Die Blase dürfte eher heute als morgen platzen.«

Dad war da allerdings anderer Meinung.

»Es gibt keine Blase«, erklärte er. »Solange die Leute aus dem Süden weiterhin hierher zu uns in den Norden ziehen, bleibt die Nachfrage größer als das Angebot, und die Preise werden weiter nach oben klettern.«

»Sieh dir doch die Statistiken an, Dave. Es sind nicht die Leute aus dem Süden, die die Preise hochtreiben. Sondern die, die längst hier leben und anfangen, neue Hypotheken aufzunehmen, Mietobjekte zu kaufen. Glaub mir, das Ganze ist ein einziger gigantischer Ponzi-Trick.«

Während Mr Jazy sprach, schaute ich Dad an, und ein seltsamer Ausdruck huschte über sein Gesicht.

Es sah fast so aus, als fühlte er sich ertappt.

Doch der Ausdruck verschwand, und im nächsten Moment war Dad wieder ganz der gut gelaunte Fernsehmoderator.

»Ein Ponzi-Trick?«, erwiderte er mit halbem Lachen. »Da zauberst du jetzt aber wirklich 'nen echten Prachtkerl aus dem Hut.«

»Warum geht ihr Kids nicht raus und spielt irgendwas?«, sagte Mom, der die Unterhaltung für unsere Ohren offenbar ein bisschen zu Ponzi wurde.

»Lust auf 'ne Runde Xbox oder so?«, fragte ich Tristan, als wir das Wohnzimmer verließen.

»Wieso hörst du nicht endlich auf, hier einen auf nett zu machen?«, knurrte er. »Ich find das gruselig.«

Bestimmt nicht so gruselig, wie ich das finde, dachte ich.

Doch dann erinnerte ich mich wieder an die GPS-Koordinaten des Fotos auf Hound de Villiers' Garmin Oregon 550. Und daran, wie jedes Mal, als ich sie bei Google Earth eingegeben hatte, derselbe Ort angezeigt worden war: Gunbolt Bay auf Reverie Island.

Trotzdem, Tristan hatte recht: Nett zu sein war nicht die richtige Art, mit einem wie ihm umzugehen.

»Also, dieses Ferienhaus, das ihr da habt«, begann ich.

»Was ist damit?«

»Ich glaub nicht, dass der Kasten so groß ist, wie du denkst.«

»Soll heißen, nicht so groß wie euer Ferienhaus?«

»Nicht mal ansatzweise«, sagte ich.

»Du bist 'n Trottel«, sagte Tristan.

»Beweis es«, sagte ich.

»Dass du 'n Trottel bist?«

»Nein, dass euer Ferienhaus größer als unseres ist.«

»Na sicher«, sagte Tristan. »Sollen wir die Kisten herzaubern, damit wir sie besser vergleichen können?«

Manchmal, zum Beispiel jetzt gerade, schaute man Tristan an und sah nichts anderes als ein dämliches Grinsen. Keine Beine, keine Arme, keinen Rumpf; nur ein körperloses dämliches Grinsen.

»Oder ich guck mir eure Kiste einfach mal live an. Komm auf dein Angebot zurück und fahr mit euch hin. Es sind schließlich Schulferien«, sagte ich.

»Wolltest du nicht eher Ronny Huckstepps Verdauungsprodukte fressen, als mit mir nach Reverie Island zu fahren?«, erwiderte er.

Ich hatte gehofft, er würde das nicht noch mal erwähnen.

»Das war bloß so 'ne Art Redewendung«, sagte ich, doch Tristan schien nicht überzeugt. »Als würde irgendwer auch nur in Erwägung ziehen, Ronny Huckstepps Verdauungsprodukte zu fressen.«

Tristan dachte einen Augenblick darüber nach. »Wir fahren morgen.«

»Ich muss erst noch Mom fragen«, sagte ich.

Tristan schaute mich an, und in seiner Miene lag etwas, das ich nicht deuten konnte: War er dankbar? Oder überrascht? Fing er etwa gleich an zu heulen?

In diesem Moment bekam ich einen flüchtigen Eindruck von dem Abgrund tiefer Unsicherheit, den Mom bei ihm vermutete. Es war nur der flüchtigste aller flüchtigen Eindrücke, nur einen Wimpernschlag lang, aber er führte dazu, dass ich mich kurz fragte, ob ich Tristan nicht vielleicht doch falsch eingeschätzt hatte.

»Und natürlich erst die Sache mit Imogen klarmachen.«

»Imogen?«

»Ja, Imogen«, sagte er und griff sich in den Schritt. »Ich hab dich doch überhaupt bloß deswegen eingeladen, du Penner.«

»In Ordnung, ich klär das«, antwortete ich. Nö, ich hatte ihn nicht falsch eingeschätzt. Tristan Jazy war *so was von* nicht okay. Ich hatte keinen Schimmer, wie ich Mrs Havilland dazu überreden sollte, ihre heiß geliebte Tochter irgendwohin fahren zu lassen, aber das würde ich ihm nicht auf die Nase binden.

Tristan verpasste mir einen spielerischen Hieb auf die Schulter – spielerisch für ihn –, dann sagte er: »Silvagni, du wirst dir wünschen, du hättest Ronny Huckstepps großes Geschäft gefressen, wenn du erst siehst, wie riesig unser Ferienhaus ist.«

Und dann verschwand er wieder im Wohnzimmer, um, wie er sagte, »mit den erwachsenen Typen rumzuhängen«.

Ich wusste genau, dass es keinen Zweck hatte, dass es keinen Weg gab, Imogen von ihrer Mutter loszueisen, aber ich rief sie trotzdem an.

»Ich bin dir so dankbar, dass du Ja gesagt hast«, waren ihre ersten Worte.

»Bitte?«

»Mir ist schon klar, dass du mit Tristan nicht allzu gut auskommst, und ich weiß das wirklich zu schätzen.«

Erneut fiel mir dazu nichts anderes ein als: »Bitte?«

Dann erklärte Imogen mir alles.

Dass Mrs Jazy viele Male bei Mrs Havilland angerufen und sie gefragt hatte, ob Imogen nicht mit ihnen nach Reverie Island fahren könne, es gebe da diese Wohltätigkeitsgrillparty. Dass Mrs Havilland jedes Mal Nein gesagt hatte. Dass dann aber Mrs Havillands Schwester beschlossen hatte, an genau diesem Wochenende zu Besuch zu kommen. Dass Mrs Havilland, weil sie jetzt nicht mehr allein bleiben musste, schließlich nachgegeben und Ja gesagt hatte, allerdings unter einer Bedingung: Dom müsse ebenfalls mitfahren. Der vernünftige, verantwortungsbewusste Dom. Damit Tristan und Imogen nicht nur zu zweit seien.

»Dann fahren wir also hin«, sagte Imogen, und die Aufregung ließ ihre Stimme mehrere Oktaven höher klingen.

»Sieht so aus«, erwiderte ich.

Es war genau das, was ich wollte, was ich für den Auftrag des Clans brauchte. Aber wieso hatte ich das Gefühl, dass Tristan mit mir gespielt hatte wie auf einem $9,99-Casio-Keyboard?

POSTKARTENIDYLL

Es war eine Drei-Stunden-Fahrt bis zum Fährhafen, von dem aus wir nach Reverie Island übersetzen würden. Mr und Mrs Jazy wechselten sich am Steuer ihres Achtsitzer-Lexus ab, während Tristan und Briony sich beim Rumjammern abwechselten.

»Ich kapier echt nicht, wieso wir nicht einfach geflogen sind«, jammerte Briony in der hintersten Sitzreihe, wo sie neben Imogen saß.

»Autos sind dermaßen öde«, jammerte Tristan in der mittleren Sitzreihe, wo er neben mir saß.

Es blieb allerdings nicht lange ein Rätsel, weshalb Mr Jazy und seine großflächige Gesichtsbehaarung es vorzogen zu fahren.

»Die Kästen da drüben liefern schon knapp über acht Prozent Rendite«, sagte er und deutete auf eine Handvoll Neubauten, die dort anscheinend über Nacht wie Pilze aus dem Boden geschossen waren. »Ich könnte mir echt in den Hintern beißen, dass ich mir keinen davon zugelegt hab.«

Er schien den Marktwert von jedem Gebäude zu kennen, an dem wir vorbeikamen; es war wirklich kaum zu glauben. Hin und wieder sah dann Mrs Jazy von ihrem Sudoku auf und sagte Sachen wie »Na ja, du hast aber auch schon genug um die Ohren, Schatz« oder »Der Tag hat eben nur vierundzwanzig Stunden, Schatz«.

Als wir in einer kleinen Gemeinde eine Pinkelpause einlegten, knurrte Mr Jazy: »Das Kaff hier wird als Nächstes weichen müssen.«

Ich schaute mich um. Es war ein hübsches Dorf mit kleinen holzverkleideten Häusern, in deren Vorgärten Rosen wuchsen. Nicht weit von uns saßen zwei alte Männer in einem Park und spielten Schach.

»So kann das hier einfach nicht bleiben, was?«, fragte Mr Jazy und sah mich an.

»Warum nicht?«, erwiderte ich.

»Zu nah am Meer, und dieser neue Highway wird auch noch gebaut. Der Ort muss hier weg. Und zwar bald.«

Einer der beiden Alten griff nach einer Figur, um einen Zug zu machen, überlegte es sich jedoch wieder anders und ließ sie stehen.

Ich erinnerte mich an etwas, das Mr Jazy gestern zu meinem Dad gesagt hatte.

»Was ist eigentlich ein Ponzi-Trick?«, fragte ich.

Mr Jazy lächelte mich an, so wie einen ein Lehrer anlächelt, dem man soeben eine Frage zu seinem Lieblingsthema gestellt hat.

»Ein betrügerisches Investmentsystem, bei dem die Renditen vom Geld anderer Investoren bezahlt werden und nicht von tatsächlichen Profiten.«

Ich machte daraufhin wohl ein ziemlich ratloses Gesicht, denn er erklärte mir das Ganze sofort noch etwas genauer. Als er damit fertig war, fragte ich: »Und was passiert mit solchen Ponzi-Systemen am Ende?«

»Denen geht die Luft aus«, antwortete er. »Irgendwann gibt's kein frisches Geld mehr, und die Sache wird hässlich.«

»Wie hässlich?«, wollte ich wissen und überlegte, ob so was tatsächlich hier an der Gold Coast passieren konnte.

»Wir reden hier über Geld, Söhnchen. Über mächtig viel Geld. Also lautet die Antwort: richtig hässlich. Die Sache wird richtig hässlich.«

Dad hatte mit Sicherheit recht, schoss es mir durch den Kopf. An einem Ort wie der Gold Coast gab es mit Sicherheit keine Sachen, die richtig hässlich werden konnten.

»Du interessierst dich also fürs Immobiliengeschäft?«, fragte Mr Jazy und strich sich über den Bart.

»Ein bisschen«, antwortete ich.

»Na, jedenfalls 'ne ganze Portion mehr als Seine Hoheit da drüben«, sagte er und deutete auf Tristan, der sich gerade an die Zehenspitzen fasste, um Imogen zu zeigen, wie dehnbar seine hintere Oberschenkelmuskulatur war. »Keine Ahnung, wozu man sich 'n Geschäft aufbaut, wenn man keinen hat, der's irgendwann mal übernimmt.«

»Echt 'n Jammer«, sagte ich.

Mr Jazy warf mir einen komischen Blick zu. »Also, du und Tristan, ihr versteht euch wohl prächtig, wie?«, fragte er auf dem Weg zurück zum Wagen.

»Absolut.« Ich versuchte, wenigstens einigermaßen begeistert zu klingen.

»Tja, dann wird Reverie dir gefallen«, sagte er. »Für zwei ganz ansehnliche junge Burschen wie euch gibt's da 'ne Menge Dummheiten, die man anstellen kann.«

Nach einer weiteren Stunde Fahrtzeit nahmen wir die Fähre nach Port Reverie, dem größten Ort auf der Insel. Als die Jazys sich in den Supermarkt aufmachten, um Vorräte einzukaufen, schaffte ich es, Imogen zu einem Spaziergang zu überreden.

Wo früher mal eine Bankfiliale gewesen war, war jetzt das Bank-Café. Wo früher mal eine Postfiliale gewesen war, war jetzt das Post-Café.

Allem Anschein nach war der komplette Ort caféisiert worden.

»Das ist ein echt hübsches Städtchen«, sagte Imogen.

»Ich glaube, wenn man's genau nimmt, ist es eher ein Dorf«, erwiderte ich.

»Was ist der Unterschied?«

»Dörfer passen auf Postkarten, Städte nicht«, sagte ich.

Okay, das war vermutlich nicht das Allerlustigste, was ich je von mir gegeben hatte, aber es erfüllte absolut seinen Zweck: Es brachte Imogen zum Lachen. Und ich bezweifelte, dass Tristans hintere Oberschenkelmuskeln, dehnbar hin oder her, das je schaffen würden.

Wir blieben vor einem Laternenmast stehen.

An der einen Seite klebte ein Handzettel, der das Jedermann-Meilenrennen ankündigte, das am kommenden Samstag auf der Insel stattfinden würde.

An der anderen Seite klebte ein Steckbrief. Die Besorgten Bürger von Reverie Island (BBvRI) hatten inzwischen eine Belohnung von dreißigtausend Dollar ausgesetzt für Informationen, die unmittelbar zur Ergreifung von Otto Zolton-Bander führten. Unter seinem Foto, dem, das Hound de Villiers gemacht hatte, stand seine Beschreibung: *Männlich, Weißer, 1,95 m, blaue Augen, dunkles Haar, heller Teint.*

Imogen machte mit ihrem Handy ein Bild von dem Poster.

»Stell dir vor, vielleicht ist er hier irgendwo gleich um die Ecke«, sagte sie.

Es gefiel mir sehr, Imogen so begeistert zu sehen, doch ich wünschte, der Grund für ihre Begeisterung wäre ein anderer gewesen. Ich zum Beispiel.

Sie hatte vollkommen recht – vielleicht war er hier irgendwo gleich um die Ecke, denn etwas sagte mir, dass Otto Zolton-Bander nach Reverie Island zurückgekehrt war.

Allerdings wollte ich auf keinen Fall, dass noch andere Leute auf diese Idee kamen. Das Letzte, was ich gebrauchen konnte, war eine Insel voller schießwütiger Proleten, die einer Trophäe nachjagten.

Als ich dann gestern im Internet einen Bericht über einen Tankstellenmitarbeiter in Bundaberg gelesen hatte, der steif und fest behauptete, den Zolt bedient zu haben, war mir sofort klar gewesen, was ich zu tun hatte. Stundenlang hatte ich anschließend die fragwürdige Neuigkeit in Blogs, Foren und Onlinemagazinen gepostet. Ich hatte sie getwittert, gesimst, gefacebookt.

Und ich wusste, dass meine Aktion erfolgreich gewesen war, als Miranda irgendwann später gesagt hatte: »Der Zolt ist in Bundaberg.«

»Woher weißt du das?«, hatte ich gefragt.

»Steht überall im Netz.«

Auf dem Rückweg zum Supermarkt, wo wir mit den Jazys verabredet waren, machten wir einen Zwischenstopp bei einem Geschenkladen, damit Imogen ein paar dieser Dorfidyll-Postkarten kaufen konnte. Und sie gehörte nicht zu den Leuten, die sich einfach die erstbesten vom Drehständer schnappten. Nein, sie musste jede einzelne unter die Lupe nehmen, um sicherzustellen, dass das Motiv jede ihrer Anforderungen erfüllte.

Während sie damit beschäftigt war, sah ich mich in dem Laden um. Es gab den üblichen Mist, einschließlich mehrerer *Flieg-Zolt-*

Flieg-T-Shirts. Doch dann fiel mein Blick auf ein anderes T-Shirt mit dem Aufdruck: *Verdammt! Wir haben Yamashitas Schatz nicht gefunden, aber dafür Gold auf Reverie!*

Die Worte *Yamashitas Schatz* kamen mir vage bekannt vor, aber ich hatte keine Ahnung, woher.

»Was genau ist Yamashitas Schatz?«, erkundigte ich mich bei der Verkäuferin, als sie an mir vorbeiging.

»Frag mich was Leichteres, ich bin vom Festland«, antwortete sie.

Doch ein alter Mann, der in meiner Nähe stand, sagte: »Das war der gewaltige Schatz, den die japanische Armee im Zweiten Weltkrieg während ihrer Besatzungszeit auf den Philippinen in ganz Asien zusammengeplündert hat.«

»Und was hat diese Sache mit Reverie Island zu tun?«, fragte ich.

»Tja, es kursiert da so eine Theorie, dass es kurz nach dem Krieg ein Schiff, das den Schatz an Bord hatte, hier in die Gegend verschlagen hat.«

»Klingt ziemlich weit hergeholt«, sagte ich.

Der Alte lächelte mich an und erwiderte: »Es sind schon seltsamere Dinge passiert.« Dann ging er.

Mittlerweile hatte Imogen die besten drei Postkarten im ganzen Laden erstanden, also machten wir uns auf den Weg zum Supermarkt.

Kurz nachdem wir das Küstenstädtchen verlassen und das Inselinnere erreicht hatten, veränderte sich die Kulisse dramatisch. Plötzlich gab es nicht mehr viel, das in einem den Wunsch weckte, es für eine Postkarte abzulichten oder in ein Café zu verwandeln. Das Land war von Buschwerk bedeckt, hier und da standen einfache, aufgebockte Fertighäuser. Überall rostige Autos, kaputte

Gartenmöbel und struppige Mischlingshunde, die die vorbeikommenden Wagen ankläfften. Zum ersten Mal während der ganzen Fahrt schwieg Mr Jazy. Ich wusste, dass der Zolt in dieser Gegend aufgewachsen war und dass seine Mutter und seine jüngere Schwester noch immer hier lebten.

»In den Siebzigern war das hier noch eine lebendige kleine Gemeinde«, sagte Mrs Jazy. »Das ist leider alles, was davon noch übrig ist.«

»Irgendwer sollte 'ne Bombe auf diese Typen werfen«, brummte Tristan.

»Oder deren Wasser vergiften«, schlug die süße kleine Briony vor.

Was für den Jazy-Nachwuchs der Startschuss war, sich haufenweise Methoden auszudenken, um die Insel von ihren weniger wohlhabenden Einwohnern zu befreien.

Bis Mrs Jazy sagte: »Kinder, das reicht jetzt!«

Inzwischen hatten wir fast das andere Ende von Reverie Island erreicht, und die Landschaft war wieder zum Postkartenidyll geworden. Besonders weil die Sonne so spektakulär unterging und ihre Strahlen die niedrigen Wolken in den ausgefallensten Farben leuchten ließen.

Mr Jazy hatte seine Stimme wiedergefunden. »Das Haus dahinter«, sagte er und zeigte auf eine riesige Steinmauer, »haben sie letzte Woche für acht Komma sieben verkauft. Hätt's auch haben können, als es vor ein paar Jahren auf dem Markt war.«

»Du hast aber wahrhaftig schon genug um die Ohren, Schatz«, sagte Mrs Jazy.

Als wir endlich beim Ferienhaus der Jazys ankamen, war es dunkel. Hinter einer hohen Mauer lag ... ein unglaublich weitläufiges zweistöckiges Gebäude. Imogen wollte sich als Allererstes zeigen lassen, wo der Zolt angeblich geschlafen hatte. Für mich sah es nach einem stinknormalen Bett aus, aber für Imogen war es so eine Art heiliger Ort. Sie machte mit ihrem Handy Fotos davon. Sie kniete sich mit geschlossenen Augen daneben. Und als Tristan ihr vorschlug, dass sie sich ja einfach mal hinlegen könne, drehte sie an der völlig bescheuerten Ich-bin-unwürdig-Leier.

Wie gesagt, man musste wirklich kein Psych-Irgendwas sein, um zu kapieren, weshalb Imogen den Zolt bewunderte – er war frei, sie nicht, die Schiene –, aber so langsam fing ihr Verhalten an, mich mächtig zu nerven.

Und ich erkannte, dass Tristan trotz allem ebenso wenig ein Zolt-Jünger war wie ich. Was mich urplötzlich einen flüchtigen Blick auf die Lösung eines Problems werfen ließ, über das ich mir bereits seit gestern den Kopf zerbrach.

Ich sah keinerlei Möglichkeit, den Zolt zu finden, ohne dass Tristan mir half. Er kannte sich hier aus, er hatte Zugang zu einem Boot. Allerdings – Grundregel Nummer eins des Clans – durfte ich ihn nicht darum bitten, mir bei der Suche nach dem Zolt zu helfen.

Aber was wäre – und das war die Urmutter aller Was-wäre-wenn-Fragen –, wenn Tristan *mich* darum bitten würde, *ihm* dabei zu helfen, den Zolt zu finden?

»Und wenn man sich vorstellt, dass der Zolt wahrscheinlich immer noch irgendwo hier auf der Insel ist«, bediente ich mich für den Moment bei Imogens Zolt-Schwärmerei.

Tristan war mit diesem Gedanken allerdings nicht allzu glücklich. »Auf keinen Fall ist der Typ noch hier auf der Insel.«

»Oh doch«, erwiderte ich. »Und ich hab sogar schon 'ne ungefähre Idee, wo.«

Ich wusste genau, was Tristan in diesem Moment dachte: *Du*

armseliger kleiner Scheißtyp versuchst doch bloß, Imogen zu beeindrucken. Aber ich hatte außerdem das Gefühl, einen Samen gesät zu haben.

»Hey, Imogen«, sagte Tristan, »lass uns 'nen Film gucken.«

Sofort stimmte ich zu. »Ja, los.«

Tristan warf mir seinen atomkerneschmelzenden Blick zu – er wollte mit Imogen in einem dunklen Raum sein und nicht mit mir –, doch so leicht würde ich mich nicht abschütteln lassen. Also hockten wir am Ende zu dritt im Kino. Und falls irgendwer glaubt, das Wort Kino sei übertrieben, dann liegt das daran, dass der- oder diejenige noch nie einen Fuß in das Ferienhaus der Jazys gesetzt hat.

Es hatte THX, es hatte Dolby, es hatte einen gekrümmten Riesenbildschirm. Und Tristan hatte irgendwo die Kopie eines Films der Zipser-Brüder aufgetrieben, der noch gar nicht veröffentlicht war. Ich war nicht mal sicher, dass sie den Streifen überhaupt schon gedreht hatten.

Ich verstand sofort, was er damit bezweckte: Er wusste, wie ich, dass Imogen ein glühender Fan der Zipser-Brüder war. Was er, anders als ich, nicht wusste, war, dass Imogen ein ziemlich anspruchsvoller glühender Fan der Zipser-Brüder war. Sie mochte tatsächlich nur jene fünfzig Prozent der Zipser-Filme, die irgendwas taugten. Und dieser hier – dem Himmel sei Dank – taugte nicht das Geringste. Er war einfach grauenhaft schlecht, und ich konnte sehen, dass Imogen trotz THX, Dolby und Riesenbildschirm ziemlich rasch das Interesse verlor.

Also traute ich mich aus der Deckung und sagte: »Wisst ihr was, ich bin echt total kaputt. Ich glaub, ich hau mich aufs Ohr.«

Und weil mir wieder einfiel, dass ich vor einiger Zeit etwas darüber gelesen hatte, wie ansteckend Gähnen ist, ließ ich diesen

Sätzen eine Salve gewaltiger Gähner folgen. Ich ging ein erhebliches Risiko ein, denn falls Imogen nicht darauf anspringen würde, hätte ich keine andere Wahl mehr, als mich aus unserem Dreieck zu verabschieden und die beiden in diesem dunklen Raum miteinander allein zu lassen. Imogen und den Schrittgrapscher.

Doch sie sprang darauf an!

»Japp, ich geh vielleicht auch besser in die Falle«, sagte sie und stand auf.

Tristan hatte mir seine Stahlfaust bereits einmal in die Eingeweide gerammt, und wenn Imogen nicht da gewesen wäre, hätte er mich jetzt fraglos ein weiteres Mal in die Mangel genommen. Doch sie war da, sodass ihm nichts anderes übrig blieb, als vor Wut still vor sich hin zu kochen.

Er kochte immer noch, als Mrs Jazy Imogen und mir drei verschiedene Schlafzimmer zur Auswahl präsentierte: das Goa-Zimmer, das Bali-Zimmer und das Marokko-Zimmer.

»Macht's dir was aus, wenn ich das Marokko-Zimmer nehme?«, fragte ich Imogen.

»Hicham El Guerrouj?«, erwiderte sie.

Ich nickte. Soweit ich mich erinnerte, hatte kein Läufer aus Goa oder aus Bali jemals so viele Weltrekorde aufgestellt wie er.

Und als ich in mein marokkanisches Bett kroch, mich mit der marokkanischen Decke zudeckte und mich bereit machte, marokkanische Träume von olympischen Goldmedaillen zu träumen, dämmerte mir, dass er bestimmt noch immer da draußen war und kochte. Also stand ich wieder auf und versicherte mich, dass die Tür auch tatsächlich abgeschlossen war.

TRIPEL-WOW!-UNTERSCHLUPF

Ich wachte früh auf und beschloss, eine Runde zu laufen, was ich ganz nebenbei gut dazu würde nutzen können, ein wenig die Gegend auszukundschaften.

Ich griff nach meinem Handy, ließ es dann aber liegen – manchmal lief ich lieber ohne das hüpfende Ding in der Tasche.

Als ich die Treppe hinunterstieg, wartete ein lauernder Tristan auf mich. Und lauernd war das richtige Wort – es hatte tatsächlich etwas Raubtierhaftes, wie er da am Fuß der Treppe kauerte, sprungbereit.

»Machen wir 'ne kleine Spritztour mit dem Boot«, sagte er.

Der Glanz in seinen Augen gefiel mir nicht, aber dafür gefiel mir der Gedanke an eine Spritztour mit dem Boot, denn soweit ich es hatte herausfinden können, war das die einzige Möglichkeit, um zur Gunbolt Bay zu kommen.

»Gebongt«, sagte ich.

Wir folgten dem Pfad bis zum Pier, an dem ein Segelboot, ein metallicrotes Wasserskiboot und diverse Kajaks festgemacht waren.

Mein Blick wanderte an der Küstenlinie der Insel entlang, die durchgängig zerklüftet war und eine ganze Reihe von Buchten und schmalen Meeresarmen bildete.

»Was glaubst du, könnte dein Loser-Vater sich so was hier leisten?«, fragte Tristan, während er einen Schlüssel aus einem Versteck fischte und ich zu ihm in das Motorboot stieg, dessen zwei Außenborder ziemlich überdimensioniert zu sein schienen.

»Vermutlich nicht«, sagte ich, obwohl ich inzwischen wusste, dass unser Ferienhaus tatsächlich größer war als das der Jazys.

Tristan machte die Leinen los und drehte den Zündschlüssel. Die beiden Monsteraußenborder erwachten brüllend zum Leben, das Boot vibrierte.

Tristan legte zunächst den Rückwärtsgang ein, doch als wir uns ein Stück vom Pier entfernt hatten, trat er plötzlich das Gaspedal durch. Die Außenborder röhrten, das Boot hob sich, und ich wurde nach hinten geschleudert. Hätte ich nicht gerade so eben noch einen der Haltegriffe zu fassen bekommen, wäre ich im Wasser gelandet.

Tristan lachte, und mir schoss kurz der Gedanke durch den Kopf, dass er mich umbringen wollte.

Sicher, es war ein absurder Gedanke, ein lächerlicher Gedanke.

Sicher? Denn je länger ich darüber nachdachte, desto günstiger schien die Gelegenheit: zwei Jungs in einem übermotorisierten Wasserskiboot, das schrie geradezu nach einem tragischen Unfall.

Einen Augenblick lang überlegte ich, die Mission abzubrechen und Tristan zu sagen, dass ich zurückwollte. Doch ich durfte mir diese Chance nicht entgehen lassen – ich musste einfach durchhalten. Außerdem konnte ich mir nur zu gut Tristans Reaktion vorstellen, wenn ich ihn bat zurückzufahren – und er würde bestimmt dafür sorgen, dass ich sie nie mehr vergaß.

Ich glaube nicht, dass man Läufer sein kann, ohne die Geschwindigkeit zu lieben, sogar eine, die ausschließlich dadurch zustande kommt, dass man kanisterweise fossile Brennstoffe durch einen Motor jagt.

Während das Boot übers Wasser sprang und der Fahrtwind mir ins Gesicht blies, musste ich einfach grinsen.

Wir folgten der Küstenlinie und kamen an Häusern vorbei, die immer größer und pompöser zu werden schienen. Und Tristan wusste offenbar bei jedem einzelnen, wem es gehörte.

»Die Hütte da drüben ist die von Cameron Jamison«, rief er und zeigte auf ein weiß schimmerndes Riesenanwesen. »Er war Nummer siebenundachtzig auf der Liste der zweihundert reichsten Australier.«

Gut möglich, dass Mr Jazy Tristan unterschätzte; gut möglich, dass »Seine Hoheit« später im gleichen Business landete wie sein Vater. Bloß ohne dessen ausufernde Gesichtsbehaarung.

Inzwischen waren keine Häuser mehr zu sehen, nur noch Regenwald, der sich bis hinunter ans Meer erstreckte.

»Imogen ist echt ziemlich besessen von diesem Zolt, was?«, sagte ich. »Sieht aus, als würde sie ihn für unbesiegbar oder so halten.«

Tristan dachte eine Weile darüber nach. »Und du glaubst ernsthaft, dass du weißt, wo er ist?«

»Ich hab so ’ne ungefähre Idee«, sagte ich.

»Wieso?«, wollte er wissen, was eine durchaus berechtigte Frage war: Ich meine, warum sollte ausgerechnet ich, Dominic Silvagni, auch nur den blassesten Schimmer haben, wo sich der Zolt aufhielt, wenn alle anderen überhaupt keinen Schimmer hatten?

»Ich hab recherchiert«, antwortete ich.

»Wieso?«, wollte er wissen, was erneut eine durchaus berechtigte Frage war.

Ich zog den zusammengefalteten Steckbrief aus meiner Tasche und reichte ihn ihm.

»Na und?«, sagte er.

»Dreißig Riesen? Das nennst du ›Na und‹?«

»Ich hab immer geglaubt, ihr Silvagnis hättet Kohle bis unters Dach.«

»Wir haben Kohle bis unters Dach«, sagte ich, weil es keinen Zweck hatte, es zu leugnen. »Aber das Geld gehört meinen Eltern, nicht mir.«

Tristan gab mir den Steckbrief zurück, und ich dachte, das wär's, ich würde einen anderen Weg finden müssen, um an mein Ziel zu kommen.

Doch dann sagte er: »Okay, wenn wir den Kerl schnappen, kannst du das Geld behalten. Aber ich bin derjenige, der ihn bei den Bullen abliefert, klar?«

»Klar«, stimmte ich zu.

»Also, wo soll's hingehen?«

»Gunbolt Bay.«

»Die ist meilenweit weg.«

»Was denn, gibt's etwa nicht genug Sprit im Tank?«

»Dieses Monstrum hier hat genug Sprit für 'ne Tour nach Neuseeland, wenn's sein muss«, sagte er. »Los geht's!«

Natürlich kam mir der Gedanke, dass Tristan womöglich noch einen anderen sehr guten Grund hatte, so weit zu fahren. Falls es am Ende doch noch zu einem tragischen Unfall kommen sollte, könnte Seine Hoheit sich viel leichter aus der Sache herausreden.

Wenn wir bisher schnell gefahren waren, dann flogen wir jetzt; der Bootsrumpf schien das Wasser nicht einmal mehr zu berühren. Unterwegs begegneten wir nur zwei anderen Booten: einem

Fischkutter, der seine Schleppnetze ausgebracht hatte, und einer Jacht, deren Segel schlaff an den beiden Masten hingen.

Tristan schien durchaus zu wissen, was er tat, und doch fragte ich mich unwillkürlich, was wohl passieren würde, wenn wir bei diesem Tempo mit irgendwas kollidierten, einer schwimmenden Holzplanke zum Beispiel. Wie viele Male sich das Boot wohl überschlagen würde. Wie übel zugerichtet unsere Leichen wohl wären. Wie sehr die Haie sich wohl über das unerwartete Festmahl freuen würden.

Trotz meiner Vorliebe für Geschwindigkeit war es daher eine kleine Erlösung für mich, als er schließlich den Fuß vom Gaspedal nahm.

»Da drüben ist es«, sagte er und deutete auf einen halbrunden Sandstreifen zwischen zwei felsigen Landzungen. »Und was jetzt?«

»Fahren wir hin und sehen uns um«, antwortete ich.

Tristan kippte die beiden Außenborder ins Boot, und wir ließen uns auf den Strand zutreiben.

»Okay, wirf den Anker«, sagte Tristan.

Ich warf den Anker.

Tristan zog den Zündschlüssel ab und verstaute ihn wieder in seinem Versteck. Dann stiegen wir aus dem Boot und wateten durch das knietiefe Wasser zum Strand hinüber.

Kein Laut war zu hören außer dem Rauschen der Wellen über den Sand, dem Rascheln der Blätter in den Bäumen.

Was, wenn der Zolt hier war? Und was, wenn er, wie die Polizei zu glauben schien, außerdem schwer bewaffnet war?

Wir saßen – tada! – auf dem Präsentierteller, als leichte Beute.

Kaum war mir dieser Gedanke gekommen, schämte ich mich auch schon für ihn. Nach all meinen Recherchen hatte ich den

Eindruck, diesen Otto Zolton-Bander ganz gut zu kennen. Ja, er hatte Flugzeuge geklaut. Und Boote. Und Autos. Und DVD-Player. Und Spielekonsolen. Und Handys. Und MP3-Player. Na schön, er hatte 'ne Menge Sachen geklaut. Aber er hatte nie jemandem ein Haar gekrümmt.

Wie die meisten Leute auf seiner Facebook-Seite glaubte auch ich nicht, dass er schwer bewaffnet war. Und selbst wenn er es war, würde er niemals auf zwei wehrlose Teenager schießen.

Nein, es war nicht der Zolt, über den ich mir Sorgen machen musste, es war Tristan.

Er könnte mir seine Stahlfaust in die Eingeweide rammen, mir sogar mit einem Stein den Schädel einschlagen, und keiner würde es je erfahren.

»Na los, lass uns reinhauen!«, rief Tristan, warf sich in geduckte Nahkampfpose und verpasste der Strandluft ein paar Karateschläge.

»Lass uns reinhauen« stand auf meiner Liste der halbwegs erträglichen Ausdrücke zweifellos ganz weit unten, doch inzwischen hatte ich das sichere Gefühl, dass wir dem Versteck des Zolt bereits ziemlich nah waren.

»Okay«, sagte ich. »Lass uns reinhauen.«

Wir hauten rein, marschierten von einem Strandende zum anderen, aber wir konnten nirgendwo eine Spur entdecken, nirgendwo eine Schneise, die in den dichten Regenwald führte.

»Na klasse, Silvagni«, sagte Tristan. »Bei *Survivor* würdest du nicht mal die erste Folge durchhalten.«

Mir fiel plötzlich der Satz aus dem Lockpicking-Handbuch wieder ein: *Projizieren Sie all Ihre Sinne ins Schloss, um sich ein umfassendes Bild davon zu machen, wie es auf Ihre Manipulationsversuche reagiert.*

Okay, hier ging es zwar nicht ums Schlösserknacken, aber die Theorie schien mir durchaus übertragbar: Hör auf, diesen Ort mit deinen Augen zu sehen, betrachte ihn lieber mit den Augen eines anderen – nämlich mit denen des Zolt.

Unter keinen Umständen würde jemand, der so clever war wie der Zolt, jemand, der so lange einer Verhaftung entkommen war, irgendwelche Wegweiser zu seinem Schlupfwinkel aufstellen.

Ich untersuchte den Strand ein zweites Mal und bemühte mich, ihn jetzt mit den Augen des Zolt zu sehen.

»Du verschwendest bloß deine Zeit«, brummte Tristan und kickte Löcher in den Sand.

Aber das stimmte nicht: Auf der östlichen Landzunge wirkten die Felsen, die bis zum Rand des Regenwalds reichten, an einigen Stellen merkwürdig abgenutzt.

Ich fing an zu klettern, folgte den Stellen, und es wurde ziemlich bald klar, dass sie mit Griff- und Trittpunkten übereinstimmten.

Bei manchen von ihnen musste ich mich allerdings ziemlich strecken, um sie zu erreichen. Doch dann fiel es mir wieder ein – der Zolt war eins fünfundneunzig groß!

»Hier lang!«, brüllte ich Tristan zu.

Er kam mir nach, während ich weiter hinauf und in den Wald hinein kletterte.

»Aus dem Weg!«, fauchte er nur kurze Zeit später, und mir blieb nichts anderes übrig, als anzuhalten und ihn vorbeizulassen. Schließlich erreichte ich einen ebenen Pfad, der entlang einer steilen Felswand verlief.

»Was trödelst du so?«, fragte Tristan.

Keine Wellen, kein Wind – hier oben war es sogar noch stiller, und das einzige Geräusch war das Knirschen der trockenen Blätter

unter unseren Schuhen. Nach einem fünfminütigen Fußmarsch standen wir auf einer schmalen Lichtung.

»Und?«, fragte Tristan. »Sind wir da?«

Ich rief mir das Foto in Erinnerung, auf dem der Zolt mit Handschellen an einen Baum gefesselt war. Hinter ihm war ein Felsbrocken zu sehen gewesen.

Mein Blick wanderte aufmerksam über die riesigen Bruchsteine am Fuß der Felswand. Erneut entdeckte ich einige leicht abgegriffene Stellen.

»Hier lang«, sagte ich und folgte ihnen bis hinauf auf eine schmale Anhöhe.

Erneut kletterte Tristan mir nach, und doch war er der Erste, der auf der anderen Seite der Kuppe in Otto Zolton-Banders Unterschlupf hinunterstieg.

»Wow!«, sagte er.

»Wow!«, stimmte ich zu.

Wow! Wow! Und noch mal wow!

Das hier war zweifellos der mit Abstand wow-würdigste Ort, den ich je gesehen hatte. Die Felswand sprang einige Meter vor und bildete dadurch einen natürlichen Wind- und Wetterschutz. In ihrem Schatten sahen wir einen Ring rußschwarzer Steine, Kochgeschirr, Konservendosen, einen aus alten Planken gezimmerten Stuhl. Dahinter lag der Eingang zu einer Höhle.

Ich folgte Tristan ins Innere.

Durch einige Risse im Felsgestein über mir drang Tageslicht. Eine Schaumstoffmatratze samt Schlafsack lag in einer Ecke. Es gab einen Stuhl aus Treibholz. Davor einen Schreibtisch aus einer umgedrehten großen Transportkiste, darauf einen Stapel Landkarten.

»Der Vogel ist längst ausgeflogen«, sagte Tristan, und ich vermutete stark, dass er damit recht hatte: Das Versteck wirkte tatsächlich verlassen.

Ich blätterte durch die Karten und begriff sofort, dass ich mit mindestens einer meiner Annahmen falsch gelegen hatte: Es waren Seekarten, keine Landkarten, und sie zeigten verschiedene Küstenabschnitte.

Manche der Karten waren alt, ihr Papier war weich, geschmeidig, während andere deutlich neuer wirkten, ihr Papier steifer war. Doch sie alle hatten eines gemeinsam: Es waren Karten des Seegebiets, in dem wir uns befanden.

Ich faltete eine der älteren auseinander.

Sie war voller Bleistiftmarkierungen, und zwar besonders auf den blauen Flächen, dem Meer. Einige von ihnen bestanden aus Zahlen, andere wirkten wie rätselhafte Hieroglyphen.

»Das hier scheint so ’ne Art Tagebuch zu sein«, sagte Tristan.

Ich hob den Blick und sah, dass er in einem kleinen Notizbuch blätterte.

Wenn im Fernsehen die Cops irgendwem auf der Spur sind, finden sie meistens nur wenige Hinweise – eine weggeworfene Zigarettenkippe, einen Zettel mit einer hingekritzelten Telefonnummer –, aber das hier war quasi so was wie der Hinweis-Himmel.

Und ich war mir nicht ganz sicher, was ich mit alldem anfangen sollte. Ich faltete die Karte wieder zusammen und legte sie zurück auf den Stapel. Dabei fiel mir auf, dass in blasser Tinte ein Name darauf geschrieben stand: *Dane G Zolton.*

»Wow, die Höhle geht hier ja noch weiter.« Tristans Stimme hallte ein wenig.

Ich sah auf und rief: »Was treibst du denn dahinten?«

»Muss mal pissen.«

»Dann geh nach draußen!«

Während Tristan nach draußen ging, schnappte ich mir das Notizbuch, in dem er geblättert hatte.

Schlug es auf.

Von draußen kam ein Geräusch, der scharfe Knall einer abgefeuerten Waffe. Tristan erschien, die Augen vor Panik aufgerissen, die Hose vor Panik durchnässt.

»Der Zolt, er wollte mich abknallen!«

»Hast du ihn gesehen?«, fragte ich.

»Der Typ hat 'ne Knarre!«

Noch ein Geräusch. Erneut eine abgefeuerte Waffe.

»Hier lang«, sagte ich, schob das Notizbuch in meine Tasche und hetzte in den hinteren Teil der Höhle.

Sie verengte sich schon sehr bald zu einem Tunnel, sodass wir auf Händen und Knien kriechen mussten.

»Was, wenn das hier 'ne Sackgasse ist?«, hörte ich hinter mir Tristans ängstliche Stimme.

Ich hatte auch schon daran gedacht, aber ich konnte mir einfach nicht vorstellen, dass jemand, der so clever war wie der Zolt, keinen Fluchtplan hatte. Alles andere an diesem Schlupfwinkel war absolut perfekt – unmöglich, dass er nur einen einzigen Ausgang hatte.

»Es geht noch weiter«, antwortete ich und stieß mir im selben Moment den Kopf an der Tunneldecke.

Ich ließ mich auf den Bauch fallen und kroch weiter, indianermäßig.

»Ich kehr um!«, keuchte Tristan.

»Jetzt dreh bloß nicht durch«, zischte ich. »Das hier ist der Weg nach draußen.«

War er das wirklich? Mittlerweile war es stockdunkel, und die Angst überfiel mich in Schüben. Jedes Mal wenn ich das Gefühl hatte, die Kontrolle zu verlieren, tat ich, was ich als Läufer gelernt hatte: machte tiefe Atemzüge, versuchte, meine galoppierenden Gedanken zu zügeln.

Die Ärzte sagen, du bist koimetrophobisch, nicht klaustrophobisch, redete ich mir gut zu. *Du hast Angst vor Friedhöfen, nicht vor engen Räumen.*

Als ich vor mir einen schmalen Lichtspalt bemerkte, schwieg ich. Doch als dieser Spalt immer breiter wurde, schwieg ich nicht mehr: »Ich seh den Ausgang.«

»Gott sei Dank!«, sagte Tristan.

Dem Zolt sei Dank, dachte ich.

Ich krabbelte hinaus in blendendes Sonnenlicht und auf einen Felsvorsprung, der zehn Meter über dem Wasser hing und zwei Leuten kaum genug Platz zum Stehen bot.

»Aufpassen«, sagte ich zu Tristan, der sich neben mir aus dem Tunnel schob.

Als ihm klar wurde, wo wir uns befanden, huschte etwas über sein Gesicht. Hatte er Angst? Doch der Ausdruck verschwand sofort wieder und wich Tristans üblicher Miene.

»Sei nicht so ’n Weichei«, sagte er.

Möglicherweise war der Plan des Zolt hier ja tatsächlich am Ende, was seinen Fluchtweg anging.

Doch ich weigerte mich, das zu glauben. Ich linste über den Rand, hielt Ausschau nach einem Weg, von hier wegzukommen. Die Steilklippe war massiv und eben; einen solchen Abstieg würde sogar ein Profi-Felskletterer mit Klebefingern nicht schaffen.

»Kannst du noch mal kurz zurückkriechen?«, fragte ich Tristan. »Ich brauche ein bisschen Platz, um mich auf den Bauch zu legen.«

Er tat, worum ich gebeten hatte, und ich kroch rückwärts zurück in den Tunnel. Dann, mit ausgestreckten Armen und Beinen, schob ich mich wieder nach vorn, bis ich mit Kopf und Schultern über dem Abgrund hing.

Ich sah etwas Rotes aufblitzen, aus Kunststoff.

»Da unten gibt es ein Kajak«, sagte ich und stemmte mich behutsam erneut auf die Beine. Ich hatte also doch recht gehabt – der Zolt würde uns hier oben nicht einfach im Stich lassen.

»Und wie sollen wir zu dem Ding runterkommen?«, fragte Tristan und schob sich vorsichtig auf den Felssims.

»Ich würde sagen, da hast du zwei Möglichkeiten: entweder Fuß- oder Kopfsprung.«

»Wahnsinnig witzig, Silvagni.«

»Findest du?« Ich drehte mich um, stieß mich ab und sprang von der Klippe.

Zum Glück trug ich Schuhe, denn der Aufprall meiner Füße war hart, und dann tauchte ich ein, sank immer tiefer und tiefer. Das Wasser war kalt und klar; unter mir konnte ich ein Bett aus Seetang erkennen, dessen Wedel mir zuwinkten, mich willkommen hießen.

Ich sank zu tief, allmählich ging mir die Luft aus, also schlug ich mit den Beinen, streckte die Arme nach oben und machte kräftige Schwimmzüge. Es funktionierte, ich begann aufzutauchen, kam schließlich an die Oberfläche, schnappte nach Luft.

Hoch oben an der Klippe sah ich den Felsvorsprung, Tristan spähte über den Rand. Ich winkte ihm zu, und er sprang. Er landete knapp einen Meter neben mir; es spritzte gewaltig. Als er wieder auftauchte und seine Lunge mit frischer Luft füllte, lächelte er mich tatsächlich an.

»Das war komplett verrückt!«, keuchte er.

Wir lösten die Leine des Kajaks, mit der es an einer Baumwurzel festgemacht war. Zogen das Paddel aus einer Lücke zwischen Wurzel und Fels.

Obwohl es ein Einerkajak war, fanden wir schließlich zu zweit darin Platz. Tristan schob sich, so weit es ging, Richtung Heck, dann rutschte ich nach hinten, bis ich zwischen seinen Beinen eingeklemmt war.

»Mal halblang, Silvagni!«, brummte er.

Mir stand auch nicht gerade der Sinn danach, Tristan dermaßen nahe zu kommen. Denn Tristan dermaßen nahe zu kommen bedeutete üblicherweise Schmerzen. Aber ich war oft genug mit Kajaks unterwegs gewesen, um zu wissen, dass sie nur sehr schwer zu steuern waren, wenn man das Gewicht nicht möglichst weit ans Heck brachte.

Ich fing an zu paddeln.

Wir kamen schnell zu dem Schluss, dass wir zum Boot zurückkehren mussten, dass wir es mit diesem Kajak unter keinen Umständen bis zu Tristans Haus schaffen würden. Ich hielt uns so dicht an der Klippe wie möglich. Hinter einer Biegung war der Blick frei auf die Gunbolt Bay. Unser Boot lag an derselben Stelle, an der wir es zurückgelassen hatten. Doch jetzt lag daneben noch ein zweites Motorboot. Blau, größer als unseres.

»Das muss seins sein«, flüsterte Tristan.

Ein weiterer Paddelzug, dann kam die andere Landzunge in Sicht – die, auf die wir geklettert waren. Am Strand saß ein Mann, den Blick vom Meer abgewandt. Selbst auf diese Entfernung erkannte ich ihn: Es war der Mann mit dem roten Bikerkopftuch, der am Tag meines Treffens mit Hound de Villiers den Eingang des An-und-Verkaufsladens versperrt hatte.

»Ist er's?«, flüsterte Tristan. »Ist das der Zolt?«

»Nein«, sagte ich.

Ich bin ein Läufer, kein Schwimmer, aber Coach Sheeds schwört – anders als Gus – auf Crosstraining, sodass wir pro Woche mehrere Stunden in der Schwimmhalle verbringen.

Ich steuerte das Kajak zurück, bis wir wieder außer Sichtweite waren.

»Ich schwimm rüber und hol das Boot«, sagte ich.

»Der Typ wird dich abknallen«, erwiderte Tristan.

»Er rechnet nicht damit, dass irgendwer sich vom Meer aus nähert«, sagte ich. »Der Kerl konzentriert sich nur auf den Pfad.«

»Der Typ wird dich abknallen«, wiederholte Tristan.

»Wir treffen uns dann genau hier«, sagte ich.

»Der Typ wird dich abknallen«, sagte Tristan zum dritten Mal.

Ich glitt aus dem Kajak und schwamm los, mit Brustzügen, um so wenig Wasser wie möglich aufspritzen zu lassen. Abermals kam der Strand in Sicht. Der Mann hatte sich nicht gerührt; sein Blick war ebenso wie der Lauf seines Gewehrs fest auf die Felsen der Landzunge gerichtet. Mit dem leichten Wellengang näherte ich mich dem Boot.

Stimmen vom Strand.

»Ich bin's.«

»Okay, Waffe ist unten.«

»Immer noch drin.«

»Wieso räucherst du ihn nicht aus?«

»Muss ich vielleicht.«

Als ich nahe genug beim Boot war, holte ich Luft und tauchte. Jetzt waren mir die Schuhe lästig: Sie fühlten sich klobig und schwer an, während ich Richtung Grund schwamm. Ich sah die gespannte Ankerleine und folgte ihr bis zum Ende. Meine Finger tasteten unruhig herum, während ich versuchte, den Knoten zu lösen.

Wenn ich doch nur ein Messer hätte, dachte ich.

Aber ich hatte keins.

Tastende Finger.

Brennende Lunge.

Der Knoten löste sich.

Pochender Schmerz hinter den Augen.

Ich schob das Seilende durch die Aufhängung, dann ein zweites Mal. Nach dem dritten Mal war das Seil frei. Ich wickelte es eng um mein Handgelenk und schwamm wieder nach oben.

Als ich auftauchte, schnappte ich gierig nach Luft. Mit jedem Atemzug ließ der stechende Kopfschmerz ein wenig nach.

Würde ich hier versuchen, an Bord zu klettern und den Motor zu starten, würde der Kerl mich garantiert mit dem ersten Schuss kaltmachen.

Ich schwamm los Richtung Kajak, zog das Boot hinter mir her. Zu meinem Glück glitt der Rumpf relativ leicht durchs Wasser.

Vom Strand aus war ich jetzt nicht mehr zu sehen. Noch ein weiterer Zug und auch das Boot wäre außer Sicht, sodass ich an Bord klettern könnte.

Dann wieder dieses Geräusch – der Knall einer abgefeuerten Waffe –, eine Kugel zischte über die Wasseroberfläche.

Das hier war kein Computerspiel, kein Actionfilm; diese Kugel war echt, und sie hatte mich knapp verfehlt! Ich wäre gerne entsetzt gewesen, oder zumindest erstaunt, doch mir blieb keine Zeit dafür, also zerrte ich stattdessen am Seil.

Ein weiterer Schuss, eine weitere Kugel. Aber inzwischen war auch das Boot außer Sicht, also schwang ich mich an Bord, holte den Schlüssel aus seinem Versteck, schob ihn ins Zündschloss, drehte ihn. Die Außenbordmotoren stotterten, dann erwachten sie lautstark zum Leben.

Ich rammte den Ganghebel nach vorn, trat das Gaspedal durch. Die Motoren brüllten, doch das Boot rührte sich nicht.

Scheiße! Die Außenborder waren hochgeklappt.

Aber welcher Knopf war dafür zuständig?

»Der rote Knopf!«, kam eine Stimme über das Wasser.

Tristan paddelte fieberhaft auf mich zu.

Welcher rote Knopf?

Das ferne Gebrüll eines Motors – das andere Boot würde sich jeden Moment in Bewegung setzen.

Das Kajak donnerte gegen den Bootsrumpf, Tristan schwang sich über die Reling und auf den Fahrersitz. Er drückte auf einen Knopf, und die Außenborder senkten sich ins Wasser. Dann gab er Gas. Das Boot bäumte sich auf wie ein Wildpferd, sackte zurück in die Waagerechte und jagte los.

Das andere Boot war hinter uns. Wir flogen, schossen vorwärts wie eine Rakete, und es schien absolut unmöglich, dass unsere Verfolger uns einholen könnten. Doch sie kamen näher, und es fühlte sich beinahe so an, als hätten sie etwas Übernatürliches an sich, als wären sie nicht an die Naturgesetze gebunden. Auf ihrem Boot konnte ich drei Gestalten ausmachen, zwei davon trugen Gewehre.

»Schneller kann ich nicht fahren!«, brüllte Tristan. »Deren Boot ist größer und stärker als das hier.«

Sollten wir einfach anhalten? Ihnen erklären, wer wir waren? Ihnen erklären, dass keiner von uns Otto Zolton-Bander hieß?

Tristans Augen hefteten sich auf die GPS-Anzeige.

»Da«, rief er und zeigte auf etwas.

Er riss das Steuer herum und hielt auf den Strand zu. Ich fragte mich, was wohl sein Plan war: das Boot in den Sand rammen und dann versuchen, zu Fuß zu fliehen?

Ganz mieser Plan, Tristan, dachte ich. Diese Typen würden uns mit nur zwei Schüssen erledigen.

Doch dann sah ich sie, die schmale Lücke in einem tief liegenden Strandabschnitt. Ein schmaler Meeresarm.

»Vor ein paar Monaten war ich mit dem Kajak da drin«, erklärte er. »Das Wasser ist ziemlich flach.«

Jetzt begriff ich.

»Zu flach für deren Boot?«

»Das ist der Plan.«

Tristan nahm ein wenig den Fuß vom Gas, als wir die Mündung des Wasserlaufs erreichten. Doch mit all den Bäumen, die so dicht an uns vorbeiwischten, dass ich mich nur hätte hinauslehnen müssen, um sie zu berühren, fühlte es sich an, als wären wir zwanzigmal schneller als vorher.

Mein ganzes Gefasel, dass Läufer einfach die Geschwindigkeit lieben? Okay, ich nehm's zurück. Komplett.

Ich blickte nach hinten. Das andere Boot war immer noch da, holte immer noch auf. Einer der Männer hatte sein Gewehr im Anschlag, zielte auf uns. Tristan konzentrierte sich auf das Echolot.

Die Nadel stieg schnell, das Wasser wurde rasch flacher: *3 Meter, 2 Meter, 1 Meter, 0,5 Meter.*

Die Propeller gruben sich in den Grund, sodass das Boot plötzlich zur Seite schwenkte und das Wasser in einem schlammigen Braun sprudelte. Doch im nächsten Moment waren sie wieder frei, und wir jagten weiter.

Wieder warf ich einen Blick nach hinten. Das Boot war zurückgefallen. Tristans Plan hatte funktioniert.

Ein ferner Schuss.

Wir duckten uns, hörten jedoch keine zischende Kugel.

Sie waren bereits zu weit weg, um uns gefährlich zu werden.

Der Meeresarm weitete sich, dann waren wir zurück in der Bucht.

»Klasse gemacht«, sagte ich und klopfte Tristan ein paarmal auf die Schulter.

Er erwiderte die Geste, doch als er mit der Klopferei fertig war, packte er mit einer Hand mein tropfnasses Shirt und riss einmal kräftig daran, was zur Folge hatte, dass ich über die Reling taumelte und ins Wasser fiel.

ANGESCHOSSEN

Wie schon gesagt: Ich bin ein Spitzenläufer, aber beileibe kein Spitzenschwimmer. Trotzdem, meine Lungenkapazität ist ganz ordentlich, und als Tristan das Motorboot wendete und mit dem messerscharf durchs Wasser schneidenden Rumpf auf mich zusteuerte, pumpte ich so viel Luft wie nur möglich in meine ganz ordentliche Lungenkapazität und wartete bis zur allerletzten Sekunde, ehe ich untertauchte.

Ich konnte es immer noch nicht richtig fassen: Tristan versuchte tatsächlich, mich umzubringen. Ich hörte das schrille Aufheulen der Außenborder, spürte das Wirbeln der Propeller dicht über mir. Ich blieb unter der Oberfläche, bis nichts mehr zu hören war, dann tauchte ich auf.

Tristan und sein rotes Wasserskiboot waren keine zwei Meter von mir entfernt.

Er hatte mich ausgetrickst, nur die Motoren gestoppt.

»Na los«, sagte er. »Rein mit dir.«

»Du hast gerade versucht, mich umzubringen!«, brüllte ich.

»Jetzt übertreib mal nicht, hab bloß 'n bisschen Spaß gemacht.«

Ach ja?

Dann knallte ein Schuss, und Tristan sackte zusammen, schlug mit dem Kopf auf die Skiseilstange und fiel mit dem Gesicht nach unten auf den Rücksitz. Am fernen Ufer sah ich den Mann mit dem roten Bikerkopftuch, das Gewehr im Anschlag. Ich schwamm hektisch zum Boot hinüber, hievte mich an Bord.

»Tristan! Alles okay, Tristan?«

Ein Ächzen als Antwort.

Blut strömte von irgendwo aus einer Wunde, rann über die Sitzfläche, bildete eine Lache am Boden.

Ein zweiter Knall, und erneut zischte die Kugel über unsere Köpfe hinweg. Auf allen vieren kroch ich zum Bug, streckte den Arm nach oben und drehte den Zündschlüssel.

Die Außenborder sprangen an.

Das Zischen einer dritten Kugel knapp über mir. Die eine Hand am unteren Ende des Lenkrads, die andere hart auf dem Gaspedal, hob ich leicht den Kopf, um wenigstens etwas zu sehen, und wendete das Boot, bis ich in die richtige Richtung fuhr.

Weitere zischende Kugeln.

Und weiteres Ächzen von Tristan.

Als endlich keine Kugeln mehr kamen, reckte ich vorsichtig den Kopf ein Stück höher und blickte nach hinten. Von Rotkopf war nichts mehr zu sehen, doch ich wartete noch eine Weile ab, bevor ich mich aufsetzte.

»Tristan, alles klar?«

»Die Typen haben mich angeschossen«, stöhnte er. »Die haben mich angeschossen.«

Ich zog mein T-Shirt aus und wischte Tristan damit das Blut aus dem Gesicht. Es wurde ziemlich schnell klar, was passiert war: Er hatte sich im Fallen das Kinn an der Skiseilstange aufgeschlagen.

»Muss ich sterben?«, ächzte er.

»Wahrscheinlich«, sagte ich.

»Ich darf noch nicht sterben! Ich darf nicht!«, wimmerte er.

Eigentlich hätte ich ihn gern noch ein bisschen leiden lassen – als Revanche dafür, dass er mich aus dem Boot gestoßen hatte –, doch ich brachte es nicht fertig, es wäre einfach zu mies gewesen.

»Du bist gar nicht angeschossen worden«, klärte ich ihn auf.

Inzwischen hatte ich den Verdacht, dass wir beide längst tot wären, wenn diese Typen uns tatsächlich hätten umbringen wollen. Denen ging es nicht ums Erschießen, denen ging es um Abschreckung.

»Und wo kommt dann deiner Meinung nach das ganze Blut her, du Idiot?«

Eine durchaus berechtigte Frage – es war wirklich ziemlich viel Blut für eine so kleine Wunde, bei Kopfverletzungen ist das meistens so. Aber irgendwann schaffte ich es, Tristan davon zu überzeugen, dass er nicht angeschossen worden war, dass er keine Löcher in seinem Körper hatte, die nicht schon da waren, als er geboren wurde.

Schließlich hörte das Blut auf zu fließen, und das, was bereits ins Boot getropft war, ließ sich einfach wegwischen.

Als wir den Pier ansteuerten, wartete Imogen schon auf uns und saß im Schneidersitz an der Kante. Ihr Haar war offen, und die Brise wehte es ihr ins Gesicht. Sie wirkte wie eine Figur aus einer Werbekampagne für irgendwas Reines und Heilsames. Und ich hatte Lust loszuheulen. Ob es daher kam, dass Imogen so wunderschön aussah, oder daher, dass man vor Kurzem auf uns geschossen hatte, war schwer zu sagen. Aber fest stand, dass in diesem Moment so eine Art Megagefühlssturm durch meinen Körper wirbelte.

»Was habt ihr zwei denn getrieben?«, fragte sie.

Ich sah hinüber zu Tristan, zu der Kerbe in seinem Kinn, wo ein Stück Haut fehlte, zu den Blutflecken auf seinen Klamotten.

»Mordsspaß mit Booten«, antwortete ich.

»Und was ist mit deinem Kinn passiert?«, fragte Imogen mit sorgenvoller Stimme.

»Er ist auf 'nen Felsen gefallen«, sagte ich.

»Tristan?«, überhörte sie mich.

»Bin auf 'nen Felsen gefallen«, sagte er ausdruckslos.

Imogen schien nicht überzeugt. »Auf dem Boot?«

»Beim Landgang«, sagte ich. »Wir wollten diese echt coole Insel erkunden. Und dabei ist Tristan ausgerutscht und gestürzt. Ist nicht weiter wild. Bloß ein Kratzer. Stimmt's, Kumpel?« Ich sah Tristan fest in die Augen und fügte hinzu: »Eigentlich ein echtes Wunder, dass er sich nichts gebrochen hat.«

Er öffnete den Mund, und ich dachte schon, er würde alldem ein Ende machen und losschreien: »Ich wär fast erschossen worden!«, doch stattdessen sagte er einfach: »Ist 'n echtes Wunder.«

Mr und Mrs Jazy saßen bei einem späten Frühstück im Garten, und für sie mussten wir anschließend dasselbe Theater aufführen.

Diesmal allerdings spielte Tristan dankenswerterweise deutlich glaubwürdiger. Und auch wenn Mrs Jazy sich offenbar ein paar Sorgen machte, machte Mr Jazy sich keine.

»Jungs sind eben Jungs, was?«, brummte er und wühlte in seinem Bart.

»Na los, drehen wir 'ne Runde im Benz«, sagte er dann zu seinem Sohn. »Ich muss bei den Catering-Typen vorbei, um sicherzugehen, dass alles klar ist für morgen.«

Hervorragend, dachte ich. Jetzt konnte ich mich endlich in mein Zimmer verziehen, um mir das Notizbuch anzusehen, das immer noch in meiner Tasche steckte. Ich hatte die starke Befürchtung, dass es inzwischen unlesbar geworden und die ganze Arbeit – das Zolt-Versteck aufzuspüren, auf uns schießen zu lassen – komplett für die Katz gewesen war.

Doch kurz vor der Treppe fing Imogen mich ab.

»Was ist wirklich passiert?«, fragte sie energisch und in einem ziemlich un-Imogenischen Tonfall.

»Hab ich doch schon ge–«

»Du bist ein erbärmlicher Lügner, Dom«, fauchte sie. »Hast du ihm noch irgendwas anderes angetan?«

»Ich ihm?«, erwiderte ich, und jetzt wurde auch ich langsam sauer.

Ich ihm noch irgendwas anderes angetan?

Was war mit der Stahlfaust, die er mir in die Eingeweide gerammt hatte? Was war mit seinem Versuch, mich mit dem Boot zu überfahren?

»Japp, hab versucht, ihn umzubringen. Weil ich dich dann ganz für mich allein hätte.«

Kaum waren mir diese völlig bescheuerten Sätze über die Lippen gekommen, wollte ich sie auch schon wieder zurücknehmen. Sie reichten viel zu nah an die Wahrheit.

»Wirklich lustig, Dom«, sagte Imogen. Und stürmte davon.

BLUMEN, BRR, OTTOS TOT

Ich zog das Notizbuch aus der hinteren Shortstasche. Es war komplett durchweicht, die Seiten völlig verklebt. Ich dachte an all die Hinweise, die wir gefunden hatten, daran, wie überheblich ich gewesen war – Hinweis-Himmel hatte ich es genannt –, und jetzt blieb mir bloß dieser Klumpen Papier. Ich benutzte den marokkanischen Fön im marokkanischen Badezimmer, um ihn zu trocknen. Dann machte ich mich daran, die Seiten voneinander zu trennen, jedoch mit frustrierend wenig Erfolg. Nach zwei Stunden Mühe hatte ich nichts weiter als einen beschriebenen Fetzen Papier. Obwohl die Tinte gelitten hatte, waren die Worte noch lesbar.

blumen, brr, ottos tot

Lesbar, aber besonders viel Sinn ergaben sie nicht. Dennoch, irgendetwas an ihnen kam mir merkwürdig bekannt vor. Ich loggte mich auf meinem Handy bei Facebook ein.

Die Fan-Seite des Zolt.

Mittlerweile hatte er 1466253 Fans.

Ich begann, die Posts zu überfliegen, Bildschirmseite für Bildschirmseite. Immer wieder und wieder und wieder, bis mir die Augen wehtaten.

Noch zehn Bildschirmseiten, sagte ich mir. *Noch zehn Bildschirmseiten, dann geh ich zurück nach unten.* Auf der achten entdeckte ich schließlich exakt dieselbe Zeile, in einem Eintrag von jemandem namens Turbulenz.

bei luna, liebend freund
meistert die holde trauer
blumen, brr, ottos tot

Der Post war ein einziges Mal geliket worden, von einer Person mit dem Facebook-Namen Hera.

Und die Zeile, so seltsam sie auf dem Notizbuchfetzen gewirkt hatte, schien plötzlich nicht mehr ganz so seltsam zu sein. Allerdings kannte ich mich mit Gedichten, ob nun über die Liebe oder sonst irgendwas, nicht gerade gut aus, und ich hatte nicht die leiseste Ahnung, wovon dieses Gedicht wirklich handelte.

Aber dann dämmerte es mir: Wie konnte das hier ein vielleicht wehmütiges Liebesgedicht an den Zolt sein, wenn doch er derjenige war, der es geschrieben hatte – zumindest die letzte Zeile?

Also musste Turbulenz der Zolt sein, folgerte ich.

Und Hera musste die Person sein, mit der er in Verbindung stand. Das Liken war die Bestätigung, dass der jeweils andere den Post gelesen hatte. Aber wieso benutzten die beiden Facebook für die Kontaktaufnahme?

Es dauerte eine Weile, bis ich die Lösung hatte, und plötzlich klang sie absolut einleuchtend: Sie benutzten Facebook, weil alle anderen gängigen Kommunikationswege – Brief, Telefon, E-Mail – von der Polizei überwacht wurden.

Und wer war Hera?

Nach einer schnellen Google-Suche hatte ich zumindest eine Antwort: Hera war die Mutter der Götter. Daraus schloss ich auf eine zweite: Hera war die Mutter des Zolt, sie musste es sein.

Allmählich begriff ich, wie genial die Methode der beiden war: Selbst wenn die Polizei Heras Computer überwachte, würde es wohl kaum Verdacht erregen, wenn sie sich die Fan-Seite ihres Sohnes ansah und dabei ab und zu auf den Like-Button klickte.

Aber was wollte der Zolt seiner Mutter mit dem Gedicht sagen?

Ich las die Zeilen noch einmal, dann wieder und wieder, um einen Hinweis zu finden.

Irgendwann schwirrte mir derart der Kopf, dass mein Blick verschwamm und die Gedichtzeilen auch noch den letzten erkennbaren Sinn verloren. Ich sah nichts weiter als Buchstabensuppe.

Und genau das war das Beste, was mir passieren konnte, denn mir wurde schlagartig klar, dass ich mich allzu sehr auf die offensichtliche Art der Buchstabenanordnung konzentriert hatte, nämlich auf die Wörter.

Doch was, wenn das Ganze eigentlich eine andere, weniger offensichtliche Ordnung hatte? Wenn es so etwas wie einem versteckten Code folgte?

Ich beschloss, mir erst einmal nur die Zeile aus dem Notizbuch vorzunehmen: *blumen, brr, ottos tot.*

Ich schnappte mir einen Stift und schrieb *b*, den ersten Buchstaben von dem Wort *blumen*, auf ein Blatt Papier. Dann wandte ich mich *brr* zu, dem zweiten Wort.

bb ergab zunächst keinerlei Sinn, also schrieb ich ein *r* neben das *b*; jetzt hatte ich *br*.

Ich machte weiter mit *ottos* und hatte *o*, *t* und *s* zur Auswahl. *brt* und *brs* waren ziemlich unwahrscheinlich, demnach blieb *bro* übrig.

Nun zu *tot*, dem letzten Wort.

Ich ergänzte *bro* mit den verbliebenen Buchstaben – *brot*, *broo* und wieder *brot*.

Wenn man bedachte, in welcher Zwickmühle der Zolt steckte, von der Welt abgeschnitten in seinem Unterschlupf, klang das Wort *brot* ziemlich vielversprechend.

Als ich mir anschließend die Zeile im Ganzen vornahm und die gefundenen Buchstaben jeweils unterstrich, stieß ich nach kurzem Herumprobieren mit *blumen, brr, ottos tot* auf ein deutlich erkennbares Muster: erster Buchstabe des ersten Wortes, letzter Buchstabe des zweiten Wortes, erster Buchstabe, letzter Buchstabe.

Konnte die Sache tatsächlich so einfach sein? Mit wachsender Aufregung stellte ich meine Theorie auf die Probe und unterstrich die entsprechenden Buchstaben in den ersten beiden Gedichtzeilen:

bei luna, liebend freund
meistert die holde trauer

Es war also doch kein wehmütiges Liebesgedicht. Sondern eine ziemlich einfache Botschaft: *bald mehr brot* – der Zolt bat um neue Vorräte.

Zu sagen, dass ich über diese Entdeckung begeistert war, wäre eine Untertreibung – das hier war mein erster großer Durchbruch. Und den hatte ich außerdem ganz allein geschafft.

Mit einem Mal schien es nicht mehr völlig unmöglich, den Zolt bis zum Ende des Monats zu fangen. Und für mich stand bereits fest, dass ich morgen Hera, der Mutter des Zolt, einen Besuch abstatten würde.

SELBSTBEWUSSTE FRISUR

Wieder wachte ich früh auf. Wieder schlüpfte ich in meine Laufklamotten. Auch wenn ich mir inzwischen mehrfach dazu gratuliert hatte, gestern mein Handy nicht mitgenommen zu haben – es wäre sehr, sehr nass geworden –, beschloss ich, es heute einzustecken. An diesem Morgen lauerte niemand am Fuß der Treppe, kein kauerndes Raubtier, sodass ich unbehelligt das Haus verließ.

Während ich am Haupttor den Sicherheitscode eingab, fuhr ein Lkw in die Einfahrt, auf dessen Seite *Reverie Catering* stand. Heute fand die Wohltätigkeitsgrillparty der Jazys statt.

Gus war nicht allzu glücklich gewesen, dass ich mit auf die Insel gefahren war. Gestern Abend hatte er mir eine SMS geschickt: *Vergiss bloß nicht dein Training!*

Also stellte ich den Timer an meiner Uhr auf vierzig Minuten und lief los, die Straße entlang Richtung Stadt. Reverie war ein herrlicher Ort zum Laufen, sodass ich es nach einer Weile tatsächlich schaffte, all meine Sorgen zu vergessen. Doch dann vibrierte der Timer an meiner Uhr, der Vierzig-Minuten-Lauf war zu Ende, und es war Zeit, mich wieder an die Arbeit zu machen.

Ich war nicht unbedingt das, was man einen erfahrenen Anhalter nennen würde, aber da es hier gerade keine Busse und auch keine Lexusse gab, blieb mir keine Wahl. Ich streckte den Daumen aus, und gleich der erste vorbeikommende Wagen hielt an. Und was für ein Wagen. Ein Ferrari.

»Wo willst du hin?«, fragte der Fahrer.

Er war etwa so alt wie mein Dad. Trug die gleiche Sorte Designer-Sonnenbrille. Rolex am Handgelenk. Die gleiche selbstbewusste Frisur.

»In die Stadt«, antwortete ich.

»Da hast du Glück«, sagte er. »Spring rein.«

Ich wollte einsteigen, doch auf dem Sitz lag ein Stapel Bücher.

Als der Mann mein Zögern bemerkte, sagte er: »Leg sie einfach auf den Boden.«

Das tat ich, stieg ein, schnallte mich an, und er fuhr los. Schon nach wenigen Augenblicken wusste ich, dass er ein guter Fahrer war. Dass der Ferrari an ihn nicht verschwendet war.

»Das ist ein echt toller Wagen«, sagte ich.

Er blickte zu mir herüber. Und lächelte.

Sein Gesicht war nicht so ebenmäßig wie das meines Dads, nicht so glatt wie das meines Dads.

Das hier war ein Gesicht, das schon ein paarmal zur Generalüberholung in der Werkstatt gewesen war.

»Du bist also Gast bei den Jazys«, sagte er.

»Das stimmt«, erwiderte ich, auch wenn ich nicht davon ausging, dass er eine Frage gestellt hatte. »Kennen Sie sie?«

»Auf dieser Seite der Insel kennt jeder jeden«, sagte er.

Im nächsten Moment fiel mein Blick auf den Titel des Buchs, das ganz oben auf dem Stapel lag: *Goldkrieger – Amerikas geheime Suche nach dem Yamashita-Gold.*

Ich deutete darauf. »Gestern hat mir im Laden irgendein alter Mann von Yamashitas Schatz erzählt. Ist das ein gutes Buch?«

»Kompletter Mist«, sagte er, und nach der Art zu urteilen, wie er das Wort »Mist« aussprach, gab es zwischen den Buchdeckeln tatsächlich nichts anderes als fauligen Dung.

»Warum?«, fragte ich.

»Weil's Mist ist«, sagte er.

Offenbar war das nicht sein bevorzugtes Gesprächsthema, denn er wechselte es übergangslos. »Warst du das gestern mit dem jungen Tristan auf dem Motorboot?«

»Ganz recht«, sagte ich.

War er vielleicht dieser Wie-hieß-er-noch-gleich?, fragte ich mich. Nummer 87 auf der Liste der zweihundert reichsten Australier?

»Ihr Kids wart wohl 'n bisschen jagen, was? Hab 'n paar Schüsse gehört.«

»Nein, da waren irgendwelche Proleten«, sagte ich.

»Proleten?« Er schwieg, und einen kurzen Moment lang dachte ich, er würde mit irgendeiner erstaunlichen Erkenntnis über Proleten herausrücken. Doch er beließ es dabei.

Ein Mazda zuckelte vor uns her. Da die Straße an dieser Stelle sehr kurvig war, konnten wir nicht überholen.

»Ich hätte den Hubschrauber nehmen sollen«, sagte er.

»Sie haben einen Hubschrauber?«

Selbst mein Dad hatte keinen Hubschrauber.

»Klar, und außerdem hatte ich noch ein hübsches kleines Flugzeug, bis Mr Zolton-Bander Lust auf 'ne Bruchlandung bekam.«

Bei dieser seltsam beiläufigen Erwähnung des Zolt zuckte eine Art elektrischer Schock durch meine Wirbelsäule. Ich war mir nicht sicher, wieso. Reverie Island hatte nicht allzu viele Einwohner. Und der Zolt war ein ziemlich umtriebiger Krimineller. Früher oder später musste ich ja auf eins seiner Opfer stoßen.

»Also, was glauben Sie, wo er ist?«, fragte ich. »Noch auf der Insel?«

Die Straße vor uns verlief plötzlich wieder gerade. Nummer 87 trat aufs Gas, der Ferrari fauchte, dann schossen wir an dem Mazda vorbei.

»Nein, das halte ich für unwahrscheinlich«, sagte er. »Was treibt dich eigentlich in die Stadt?«

»Ähm. Milchkaffee«, sagte ich, weil mir die vielen Cafés dort wieder eingefallen waren. »Die Maschine bei den Jazys macht echt miserablen Espresso. Und ich bin ein ziemlicher Milchkaffee-Freak.«

»Kann ich verstehen«, sagte er, und dann erklärte er mir lang und breit, wo in der Stadt man den besten Milchkaffee bekam.

Als wir angekommen waren, bestand er darauf, mich zum Café zu begleiten und mich auf einen Milchkaffee mit einem Stück Apfelstrudel als Beilage einzuladen. Auf der Karte sah ich, dass die hier einen *Zoltocino* machten – einen doppelten Espresso mit einem Schuss Guarana, *der garantiert jeden Flüchtigen auf den Beinen hält.*

Während wir dort saßen, kamen immer wieder Leute an unseren Tisch, um meinem Begleiter Hallo zu sagen.

»Sie kennen hier anscheinend ja wirklich fast jeden«, sagte ich.

»Ich bin auf dieser Insel geboren und aufgewachsen.«

Als wir kurz darauf unsere Milchkaffees ausgetrunken hatten, sagte Nummer 87: »Hör mal, ich hab in der Stadt nur rasch dies und das zu erledigen, also wenn du willst, nehm ich dich anschließend wieder mit zurück.«

»Danke«, erwiderte ich, »aber ich will mir unbedingt ausführlich ... die Architektur hier in der Stadt ansehen.«

»Du interessierst dich für Architektur?«

»Kann gar nicht genug davon kriegen.«

»Na schön, falls du's dir anders überlegst, hier ist meine Karte. Ich bin noch für ungefähr eine Stunde in der Stadt.«

»Danke«, sagte ich und nahm die Karte entgegen. »Und danke auch für den Milchkaffee.«

Cameron Jamison, las ich.

Wie ich es mir gedacht hatte: Er war es. Nummer 87.

Ich schlenderte zurück durch die Stadt und kam an einem Schaufenster voller Zolt-Artikel vorbei. Der Laden platzte vor lauter Kunden aus allen Nähten, und sie alle wollten sich ein kleines Stück Zolt besorgen.

Als ich hineinging, hörte ich eine Frau sagen: »Ich nehme fünf T-Shirts. Meine Verwandten in den Staaten sind ganz scharf auf die Dinger.«

Ich zog einen *Lauf-Zolt-Lauf*-Kaffeebecher vom Regal und drehte ihn um. *Made by RBY Enterprises.* Ich überprüfte das Label in einem der T-Shirts. *Made by RBY Enterprises.*

»Kann ich dir helfen?«, fragte mich die Verkäuferin.

»Diese Becher hier sind ganz cool«, antwortete ich.

»Wir haben auch ein ganz neues Modell, gerade frisch reingekommen«, sagte sie und reichte mir einen Kaffeebecher mit dem Aufdruck *Der Zolt ist kein kalter Kaffee!*.

Ich warf einen Blick auf den Becherboden. Erneut RBY Enterprises.

»Was wohl passiert, wenn er geschnappt wird?«, sagte ich.

»Ich nehme an, dann wandert der ganze Kram hier zurück ins Lager«, erwiderte die Verkäuferin. »Und mein Chef hört schlagartig auf, mit diesem riesigen Grinsen im Gesicht rumzulaufen.«

Mit einiger Sicherheit war ihr Chef also kein Mitglied der BBvRI.

»Und, soll's die nun sein?«, fragte sie.

»Nein –«, begann ich, überlegte es mir dann aber anders. »Doch, gerne, und können Sie sie mir als Geschenk einpacken?«

»Selbstverständlich«, sagte die Verkäuferin.

Mit dem Paket in der Hand marschierte ich schnell aus der Stadt und anschließend die Inselstraße entlang. Als ich hinter mir ein Auto näher kommen hörte, warf ich einen prüfenden Blick über die Schulter. Es war ein schwarzer Hummer, nicht der Ferrari, also streckte ich meinen Daumen aus.

Der Hummer hielt an.

Das Fenster glitt nach unten.

»Steig ein«, sagte der Fahrer.

»Eher nicht«, sagte ich.

Doch im selben Moment fuhr der Hound-Teleskoparm aus, und die riesige Hound-Hand packte eine Faustvoll von meinem Shirt. Dann zerrte Hound mich durchs Fenster und hinein in den Hummer.

»Anschnallen, Punk«, knurrte er. »Du und ich machen jetzt mal 'ne kleine Spritztour.«

Als wir zwei Minuten später von der Hauptstraße auf einen ausgefahrenen Schotterweg abbogen und kurz darauf einen Ort erreichten, der anscheinend die inoffizielle städtische Müllkippe war, stieg mein Angstpegel allmählich in neue Höhen. Ich sah rostige Autowracks und ausgediente Matratzen und haufenweise vor sich hin rottende Abfälle. Es war genau die Sorte Ort, an der ein bisschen Extramüll, zum Beispiel eine Teenagerleiche, nicht weiter auffallen würde. Hound stellte den Motor ab. Durchbohrte mich mit seinem Söldnerblick.

Und fragte: »Wo ist mein GPS-Gerät?«

»Welches GPS-Gerät?«, spielte ich den Unschuldigen.

Bloß dass es nichts bringt, den Unschuldigen zu spielen, wenn man es mit jemandem wie Hound zu tun hat.

Sein Blick wurde noch unerbittlicher, sein Gesicht blieb starr. »Du bist in mein Büro eingebrochen, du kleines Arschloch.«

»Aber Ihr GPS-Gerät hab ich nicht geklaut.«

Und dann kapierte ich, wie alles zusammenhing: Der Vampir hatte das GPS-Gerät an Rotkopf vertickt, Rotkopf hatte herausgefunden, dass das Teil Hound gehörte, war auf das Foto vom Zolt gestoßen und hatte sofort ein paar Gangstertypen angeheuert, um sich den Zolt zu schnappen und die Belohnung zu kassieren.

»Der Kerl mit dem roten Bikerkopftuch hat es«, verkündete ich.

Hound brütete eine Weile über dieser Neuigkeit, dann sagte er: »Pass auf, ich hab schwer den Eindruck, dass wir beide hinter derselben Sache her sind. Bin zwar nicht sicher, was dein Motiv ist – 'nem reichen Knaben wie dir geht's nicht ums Geld. Aber ich würd trotzdem vorschlagen, dass wir aufhören, uns gegenseitig auf die Füße zu treten, und stattdessen unsere Kräfte bündeln.«

»Aber Sie wollen ihn kaltmachen«, sagte ich.

»Natürlich will ich ihn nicht kaltmachen. Das hab ich bloß gesagt, um dir 'nen tüchtigen Schreck einzujagen. Hey, ich hab drei Exfrauen und sieben Kinder, um die ich mich kümmern muss; ich brauch die Belohnungskohle.«

Ich war mir nicht sicher, ob ich ihm glauben sollte. Für jemanden wie meinen Dad waren dreißig Riesen nicht allzu viel Geld. Für jemanden wie Hound allerdings vielleicht schon.

»Also, dann verklicker mir mal, was du weißt«, sagte er.

Irgendwas musste ich Hound liefern, so viel war klar. Ansonsten würde ich deutlich Gefahr laufen, auf dem Müll zu landen.

»Ich weiß, dass er über Facebook mit einer anderen Person in Verbindung steht«, erklärte ich. »Sein Username ist Turbulenz.«

Hound grinste mich an.

»Bist 'n cleveres Kerlchen. Ich sag dir was: Falls du's je satthaben solltest, 'n stinkreicher Rotzlöffel zu sein, geb ich dir 'nen Job.«

Plötzlich musste ich an dieses angebliche Shakespeare-Zitat denken, das mein Englischlehrer Mr McFarlane uns ständig auftischte: *Er schmeichelt, um zu täuschen.*

»Und wie hast du das rausgekriegt?«, fragte er.

»Ich bin sämtliche Einträge auf seiner Facebook-Seite durchgegangen«, antwortete ich. »Immer und immer wieder, und allmählich kamen mir einige davon verdächtig vor.«

Hound nickte.

»Als ich mich erst mal auf diese Posts eingeschossen hatte, war's nicht mehr allzu schwierig, den Code zu knacken. Im Grunde war's sogar echt einfach«, fuhr ich fort und gestattete mir einen Anflug von Arroganz.

»Genau genommen ist das kein Code, sondern eine Verschleierung, aber hey, gefällt mir trotzdem, was du so treibst. Na schön, also raus damit, Wunderknabe: Mit wem steht er da in Kontakt?«

Ich war schon kurz davor zu sagen: »Mit seiner Mum natürlich«, doch ich konnte mich noch gerade so eben zurückhalten.

»Kräfte bündeln«, sagte er, aber von seiner Seite war diese Bündelei bisher ziemlich mager gewesen.

»Wieso ist er Ihnen eigentlich durch die Lappen gegangen?«, fragte ich.

Das Blut schoss ihm ins Gesicht. Seine Hände krallten sich um das Lenkrad, seine Knöchel wurden mit einem Mal weiß. Hound hatte offensichtlich ein Aggressionsproblem, und für einen kurzen Moment dachte ich, er würde durchdrehen.

Doch es gelang ihm, sich zu beherrschen. »Berechtigte Frage«, sagte er. »Ich war dabei, ihn mit 'nem Boot aufs Festland zu schaffen. Er war gut verschnürt, hatte keine Chance, sich aus dem Staub zu machen.«

»Hat's aber trotzdem geschafft«, sagte ich.

»Das Boot kam aus dem Nichts. Überall Waffen. Irgendwelche Geheimdienstvisagen an Bord, ASIO-Typen. Erzählten mir, der Knabe wär 'ne Gefahr für die nationale Sicherheit und sie könnten nicht zulassen, dass ich ihn aufs Festland bugsiere. ›Selbstverständlich erhalten Sie Ihre Belohnung‹, erzählen die mir. ›Sie sind ein Volksheld‹, erzählen die mir. Also überlass ich ihnen den Knilch.«

»Aber die waren nicht von der ASIO?«

»Natürlich nicht«, erwiderte er. »Der älteste Trick im Universum, und ich fall drauf rein.«

Er schien von sich selbst tatsächlich geradezu angewidert zu sein, und er tat mir leid.

»Hey, jeder erwischt mal 'nen schlechten Tag«, sagte ich.

»In 'nem Spiel wie dem hier kannst du dir aber keinen erlauben«, erwiderte Hound. »Ein schlechter Tag zu viel, und du bist 'ne Leiche.«

»Und das Nutella?«, fragte ich.

»Das Nutella ist Scheißdreck. Hast du kapiert? Scheißdreck. Irgend so 'n Hirni schmiert diesen Mist ins Internet, und dann guckst du kaum zweimal hin, und schon ist der Kram über den ganzen Erdball verteilt.«

Ich konnte nicht anders, ich lachte los. Hounds gewaltige Pranke legte sich um meinen Hals, drückte zu.

Wie gesagt, Aggressionsproblem.

»Was ist so lustig?«, knurrte er.

»Nutella, über den ganzen Erdball verteilt. Ich hab gedacht, Sie machen 'nen Witz«, krächzte ich, indem ich die Worte durch meine verengte Luftröhre presste.

Hound lockerte seinen Griff.

»Ich mach keine Witze. Kapiert? Niemals.«

»Kapiert«, sagte ich.

»Okay, du bist dran: Mit wem steht der Knabe deiner Meinung nach über Facebook in Kontakt?«

»Mit seiner Mum natürlich«, sagte ich.

Hound grinste mich an. »Genau das hab ich mir auch gedacht. Also wird's langsam Zeit, dass du Mrs Bander 'nen kleinen Höflichkeitsbesuch abstattest, findest du nicht?«

»Ich?«, hauchte ich, und es war das womöglich kleinlauteste, zittrigste »Ich«, das mir jemals über die Lippen gekommen war.

»Mich mag sie nicht besonders«, sagte Hound. »Also musst du die Sache erledigen.«

DAHEIM BEI DEN ZOLTS

Mir fiel wieder ein, was Mrs Jazy darüber gesagt hatte, dass es hier »in den Siebzigern noch eine lebendige kleine Gemeinde« gegeben habe.

Ich würde sagen, Überreste davon ließen sich noch erkennen. Es gab ein altes Lehmziegelgebäude, das in der Mitte zusammengesackt war wie ein misslungener Kuchen und früher offenbar als eine Art Gemeindezentrum gedient hatte. Direkt daneben befand sich ein Spielplatz oder das, was von einem Spielplatz noch übrig war – das Gestell einer Rutsche; das Gerüst einer Schaukel ohne Schaukeln, an dem eine einsame rostige Kette baumelte.

Es gab nirgendwo Schilder mit Straßennamen, nirgendwo Hausnummern, nichts außer einem Gewirr von Schotterwegen. Die einzige Methode, Mrs Banders Haus zu finden, bestand also darin, mich durchzufragen. Die erste Person, der ich begegnete – ein Junge, etwa so alt wie ich, dafür aber ungefähr fünfmal so breit –, hockte auf einem Ölfass und schaufelte sich aus einer Dose löffelweise Kakaopulver in den Mund.

»Hallo«, sagte ich.

Er beäugte mich, dann nahm er noch einen Löffel Kakaopulver.

»Du kannst mir wohl nicht zufällig sagen, wo Mrs Bander wohnt, oder?«, fragte ich.

»Hast recht, kann ich nicht«, sagte er.

Die zweite Person steckte ihren Kopf gerade unter die geöffnete Motorhaube eines Wagens. Der Mann wirkte ziemlich verwahrlost – krakelige Tattoos, fettiges Haar, schmutzige Klamotten. Im Gegensatz dazu war sein Auto – ich glaube, es war irgendein Monaro – absolut makellos, wie eins von den Dingern, die bei diesen Muscle-Car-Rallyes teilnehmen.

»Entschuldigung«, sagte ich.

Er sah auf, in der Hand einen Schraubenschlüssel.

»Wieso, hast du gefurzt oder so was?«, erwiderte er und lachte.

»Können Sie mir verraten, wo Mrs Bander wohnt?«, fragte ich.

»Kommt drauf an.«

»Kommt drauf an?«

Er rieb mit dem Daumen über die Finger.

Toby hatte mich über den Tisch gezogen, Hound hatte mich über den Tisch gezogen, und jetzt wollte dieser Schmierlappen hier mich auch noch über den Tisch ziehen.

Auf keinen Fall, sagte ich mir und ging weiter.

Die dritte Person, die ich fragte, war ein Mädchen. Sie war etwa in Tobys Alter, hockte auf einem alten Autositz und las ein Buch. An ihren Füßen lag ein Hund, der noch räudiger war als die anderen, die ich gesehen hatte, und hinter ihr stand ein ausgemusterter Schulbus auf Böcken.

»Hi«, sagte ich.

Sie sah auf. Obwohl ihre langen Haare zu Heidi-Zöpfen geflochten waren und sie eine schiefe Brille auf der Nase hatte, war die Familienähnlichkeit nicht zu übersehen.

Sie musste Zolts kleine Schwester Zoe sein.

»Willst du mit meiner Mutter sprechen?«, fragte sie.

»Wenn das geht.«

»Sie ist wahrscheinlich noch im Bett.«

Ich warf einen Blick auf die Uhr: Es war schon nach elf.

»Sie steht meistens erst um die Mittagszeit auf«, sagte Zoe Zolton-Bander.

Mein iPhone vibrierte, also zog ich es aus der Tasche. Eine SMS von Imogen: *Wo bist du?*

»Ist das das neue?«, fragte Zoe.

»Ja.«

Sie kramte ein älteres Modell hervor.

»Das hier ist meins«, sagte sie. »Ist echt erbärmlich.«

»Willst du dir meins mal ansehen?«, schlug ich vor. »Ich hab 'n paar nette Apps.«

Ich zeigte ihr eine, bei der ich sicher war, dass sie ihr gefallen würde – eine App namens »Fake-a-Call«.

»Wär toll, wenn die auf meinem Teil auch laufen würde«, sagte sie.

»Tut sie«, log ich. »Wie ist deine Nummer? Ich kann dir den Link simsen.«

Sie zögerte, und ich bin mir sicher, dass ich einen Ausdruck von Misstrauen über ihr Gesicht huschen sah.

»Ich kann ihn dir auch per E-Mail schicken, wenn du willst«, sagte ich.

»SMS passt«, erwiderte sie und nannte mir ihre Nummer.

Ich tippte die Zahlen in mein Handy und speicherte das Ganze unter *Zoe.*

Hab dich, sagte ich mir im Stillen.

Während ich ihr die App schickte, von der ich wusste, dass sie auf ihrem Handy nicht funktionieren würde, hörte ich ein lautes Ächzen aus dem Innern des Busses. Dann das Rauschen einer Toilettenspülung.

»Mum ist wach«, sagte Zoe.

Kurz darauf ertönte eine schroffe Reibeisenstimme. »Wo ist mein gottverdammter Kaffe, Zoe?«

»Schon in der Mikrowelle, Mum.«

Während der folgenden Stille stellte ich mir Mrs Zolton-Bander vor, wie sie ihren Kaffe fand und einen großen Schluck nahm.

Dann: »Mit wem redest du da draußen?«

»Dom«, formte ich lautlos mit den Lippen.

»Dom«, sagte Zoe.

»Dom wer?«

»Silvagni«, formte ich lautlos mit den Lippen.

»Silvagni«, sagte Zoe.

»Irgend'ne Verwandtschaft mit Bobby Silvagni, dem Buchmacher?«

Ich schüttelte den Kopf.

»Nein«, sagte Zoe.

»Umso besser für ihn. Ist 'n verfluchter Drecksgauner, der Bobby.«

Ich sonnte mich gerade in dem Gefühl, nicht mit einem verfluchten Drecksgauner wie Bobby Silvagni verwandt zu sein, da donnerte Mrs Bander: »Und wer zum Henker bist du dann, Dom Silvagni?«

»Ich bin Vorsitzender des Facebook-Fanclubs von Ihrem Sohn«, rief ich.

Dieses »Vorsitzender des Facebook-Fanclubs von Ihrem Sohn« war Hounds Idee gewesen. Mir hatte sie nicht gefallen, und sie gefiel mir auch jetzt nicht.

Mrs Bander erschien, Kaffeetasse in der einen, Laptop in der anderen Hand. Ich hatte Fotos von ihr in der Zeitung und online gesehen, sodass ich zu wissen glaubte, was mich erwartete.

Und sie sah tatsächlich so aus wie auf den Fotos: strähniges blondes Haar, das in der Mitte gescheitelt war und ihr glatt auf die Schultern fiel; eckige Riesensonnenbrille, darunter geschürzte Lippen. Sie trug ein leopardengemustertes Top, eine schwarze Hose und verschnörkelte Ohrringe.

Doch es gab da noch etwas an ihr, das ich nicht erwartet hatte: eine starke Ausstrahlung von Autorität, die bewirkte, dass ich mich auf der Stelle wieder fühlte wie ein kleines Kind.

Sie reichte den Laptop an ihre Tochter weiter und sagte: »Kannst du mir meine E-Mails abrufen? Die verdammte Kiste macht dauernd Ärger.«

Zoe warf mir ein kaum merkliches Lächeln zu. Ich wusste genau, was es bedeuten sollte – warum sind alte Leute bei technischen Sachen bloß immer dermaßen hilflos?

Dann wandte Mrs Bander ihre Aufmerksamkeit mir zu, und sie starrte mich ohne die geringste Scheu so lange an, dass es mir wie eine Ewigkeit vorkam.

Schließlich sagte sie: »Na, bist jedenfalls um Längen ansehnlicher als diese Fettbacke Bobby Silvagni.«

Ich war mir nicht sicher, was ich darauf antworten sollte, doch dann erinnerte ich mich wieder an die Tasse, die ich gekauft hatte.

»Das ist für Sie«, sagte ich und überreichte ihr das Päckchen.

Nachdem sie mit blitzenden Fingernägeln das Geschenkpapier entfernt hatte, drehte sie den Becher um.

»Was steht da?«, fragte sie und hielt ihrer Tochter den Boden unter die Nase. »Kann kein Wort lesen ohne meine Brille«, erklärte sie mir.

»*RBY Enterprises*«, las Zoe vor.

»Da kriegen wir keinen Anteil, oder?«

»Nein, kriegen wir nicht«, antwortete Zoe und gab ihrer Mutter den Becher wieder.

»Diebische Saftsäcke!«, fauchte Mrs Bander.

Und ich muss zugeben, ich zuckte zusammen. Ich wollte wirklich nicht in der Haut eines dieser diebischen Saftsäcke stecken, falls Mrs Bander sie irgendwann mit ihren langen, glitzernden Fingernägeln erwischte.

»Zeig ihm mal die Preise«, sagte sie zu Zoe.

Zoe drückte auf ein paar Tasten und drehte den Laptopbildschirm zu mir. Ein geöffnetes Word-Dokument:

Interview Zeitung	*$500*
Interview Zeitung mit Foto	*$650*
Interview Fernsehen	*$2000*
Führung durch Ottos Zimmer	*$250*

»Ich bin nicht wegen eines Interviews gekommen«, sagte ich.

»Und warum, Schätzchen, bist du dann hier?«, fragte Mrs Bander und übergab ihrer Tochter einen Tabaksbeutel.

»Wie Sie vermutlich schon wissen, hat Ihr Sohn auf seiner Facebook-Seite inzwischen knapp anderthalb Millionen Fans, und jeder einzelne davon sehnt sich nach Neuigkeiten über ihn«, sagte ich.

Mit geschickten Fingern drehte Zoe eine Zigarette und reichte sie ihrer Mum. Mrs Bander steckte sie sich zwischen die Lippen, zündete sie mit einem Feuerzeug an, inhalierte kräftig und blies zwei schulbuchmäßige Rauchfahnen aus ihren Nasenlöchern.

»Die Gebühren stehen alle da drin«, sagte sie und deutete auf den Laptop.

»Sie verstehen vielleicht nicht ganz, was –«, begann ich.

»Schätzchen, hast du den Eindruck, ich wär irgendwie schwer von Kapee oder so was? Sämtliche Zahlen sind da drin.«

»Okay, ich hab's begriffen«, sagte ich und hob die Hände. »Es tut mir sehr leid, Sie gestört zu haben.«

»Echt, hab mir doch gleich gedacht, dass die App auf meinem Modell nicht läuft«, sagte Zoe, vertieft in ihr Smartphone.

»War nett, Sie beide kennenzulernen«, sagte ich. »Dann bis irgendwann mal.«

Eigentlich wollte ich am liebsten losrennen, um so schnell wie möglich hier wegzukommen, vorbei an dem schmierigen Mechaniker, vorbei an dem kakaolöffelnden Dicken, den ganzen Weg zurück bis zur Hauptstraße.

Doch ich tat es nicht, ich ging nur zügig.

Als ich zum Hummer zurückkam, hatte Hound bereits seine Überwachungsgerätschaften installiert.

»Hast du Staub aufgewirbelt?«, fragte er.

»Denke schon«, sagte ich.

»Okay, warten wir ab, was sich so tut.«

Wie auf Kommando erschien eine Meldung auf dem Bildschirm seines Laptops: *Ausgehender Anruf … 0400 230592.*

»Sie ruft irgendwen von ihrem Handy aus an«, sagte Hound.

»Hallo, Sage«, meldete sich jemand.

»Hör zu, ich weiß, du hast gesagt, die Sache mit diesen Filmfritzen wär ein Geduldsspiel …«

Während das Gespräch weiterging und Hound auf jedes Wort lauschte, klinkte ich mich aus.

Er zapft das falsche Telefon an.

Der Zolt stand auf Facebook nicht mit seiner Mutter in Kontakt. Denn erstens war sie eine Computer-Analphabetin – es war abso-

lut unmöglich, dass sie diese Einträge auf Facebook gepostet hatte. Und zweitens schien sie einfach nicht zu der Sorte Mensch zu gehören, die sich in solcher Weise um das Wohlergehen ihres Sohnes kümmern würde.

Nein, seine Kontaktperson war jemand anders.

Jemand, der mit Computern umgehen konnte. Der schlauer war. Und netter.

Seine Schwester.

Sie war diejenige, deren Handy Hound hätte anzapfen sollen.

Trotzdem musste ich noch eine geschlagene Stunde im Wagen hocken, während Hound der falschen Person dabei zuhörte, wie sie die falschen Gespräche führte.

Als die ein- und ausgehenden Anrufe auf Mrs Banders Handy schließlich ein Ende gefunden hatten, ließ Hound mich wissen, dass er mich jetzt zu meinen Gastgebern zurückbringen werde.

GEKLAUTES AUTO

Im selben Moment, als Hound vor dem Haupttor der Jazys hielt, meldete sich mein Handy.

Empfangene Nachricht von Zoe, stand auf dem Display.

Ich öffnete sie, doch die Nachricht war leer.

Das war merkwürdig, überlegte ich, dachte dann aber nicht weiter darüber nach, weil Hound sagte: »Ich glaub, das hier ist deine Haltestelle, Kleiner.«

»Danke«, antwortete ich, doch es war ein reflexhaftes Danke, eins von der Sorte, die meine Eltern mir beigebracht hatten zu sagen, wenn jemand mir einen Gefallen getan hatte.

Ich wollte gerade die Autotür aufmachen, als Hounds Pranke schwer wie ein Schinken auf meiner Schläfe landete. Die Ohrfeige kam so unerwartet, so beiläufig, dass mir für einen Moment die Worte fehlten.

»Wofür war die denn?«

»Bleib einfach sauber, okay, Partner?«

Mit dröhnendem Kopf und rotem Ohr stolperte ich aus dem Hummer. Gab den Code ein und ging durchs Tor. Mr Jazy kam mir entgegen, und er sah aufgebracht aus: wütendes Gesicht, wütende Gesichtsbehaarung.

»Wo zum Geier hast du gesteckt, Dom?«

»Ich war laufen.«

»Du warst den ganzen Vormittag weg.«

»Ich war lange laufen.«

»Dir ist doch wohl klar, dass du bei uns zu Gast bist und ich die Verantwortung für dich trage. Ich kann beim besten Willen nicht dulden, dass du einfach so abhaust, ohne auch nur einem von uns Bescheid zu sagen, wo du bist.«

»Es tut mir leid, Mr Jazy«, sagte ich, und es tat mir wirklich leid, denn er schien reichlich mitgenommen. »Kommt nicht wieder vor.«

»Dann ist also alles okay mit dir?«, fragte er.

»Ja, mir geht's bestens.«

»Na, das ist doch die Hauptsache«, sagte Mr Jazy und legte mir den Arm um die Schultern. »Komm schon, genießen wir den festlichen Nachmittag.«

Zu beiden Seiten der Auffahrt waren Wagen geparkt, einschließlich Mr Jazys riesigem Oldtimer-Mercedes 450 SEL 6.9, doch einer von ihnen erregte besonders viel Aufmerksamkeit. Eine Gruppe Männer stand um ihn herum; sie streichelten ihn, sie sprachen mit ihm, sie überschütteten ihn mit Auto-Liebe. Anscheinend war es ein Maserati Quattroporte. Anscheinend war er zweihundertfünfzigtausend Dollar wert.

Ich ging ins Haus, duschte. Als ich gerade dabei war, mich anzuziehen, hörte ich von der anderen Seite der Tür Imogens Stimme. »Dom, bist du da drin?«

»Komm rein«, sagte ich und knöpfte weiter mein Hemd zu.

Imogen trat ins Zimmer, und ich merkte sofort, dass sie sich über irgendwas Sorgen machte.

»Dieser Unfall, den Tristan gestern gehabt hat«, begann sie.

»Ganz genau, der Sturz«, sagte ich und überlegte, wie viel sie wohl darüber wusste, ob Tristan ihr vielleicht etwas erzählt hatte.

»Ihr zwei habt doch nicht irgendwelche Drogen eingeworfen, oder?«, fragte sie.

»Nein, natürlich nicht!«, antwortete ich. »Was ist denn?«

»Es ist bloß ... Tristan wirkt irgendwie, ich weiß auch nicht, irgendwie durch den Wind.«

»Was soll daran neu sein?«

»Nein, ich mein's ernst. Da läuft irgendwas Merkwürdiges.«

Allmählich bekam ich wegen Tristan ein leicht schlechtes Gewissen, aber ich wusste nicht recht, warum. Immerhin war er einverstanden gewesen, in die Gunbolt Bay zu fahren, ich hatte ihn nicht gezwungen. Und außerdem hatte er mich aus dem Boot gestoßen, oder etwa nicht?

Allerdings kann man mit den eigenen Gefühlen nicht diskutieren, und mein schlechtes Gewissen blieb.

»Ich werd nachher mal mit ihm reden«, sagte ich.

Die Wohltätigkeitsgrillparty der Jazys war eine ziemlich große Sache. Immer mehr Autos drängten sich auf der Auffahrt, und am Pier waren mindestens zwanzig Boote vertäut. Eine Liveband spielte. Für die Kleinen gab es Kinderschminken. Eine Hüpfburg. Ponyreiten.

Tristan stand, nur in Boardshorts, am äußersten Ende des Piers und blickte aufs Wasser hinaus.

Es war eine ziemlich seltsame Pose, irgendwie heldenmäßig, die Art von Pose, in die man sich wirft, wenn einen jemand beobachtet.

Doch niemand beobachtete Tristan, mal abgesehen von mir, und auch das wusste er nicht.

»Hi, Tristan«, sagte ich. »Wie läuft's?«

»Weißt du, ich bin heute Morgen aufgewacht und hab plötzlich eins begriffen: Ich wär gestern beinahe getötet worden«, sagte er, und in seiner Stimme schwang etwas mit, eine Mischung aus Freude und Stolz.

Ich war mir immer noch sicher, dass diese Typen nicht auf uns geschossen hatten, um uns zu töten, denn wenn sie uns hätten töten wollen, wären wir jetzt Garnelenfutter. Aber das würde ich Tristan nicht auf die Nase binden.

»War 'n echt wilder Ritt«, antwortete ich und dachte darüber nach, warum ich nicht fühlte, was er offenbar gerade fühlte.

»Schon mal was von Nietzsche gehört?«, fragte Tristan.

»Sicher«, sagte ich, obwohl ich eigentlich nur den Namen kannte und nicht den leisesten Schimmer hatte, wer der Knilch war.

»Nietzsche hat gesagt, dass für außergewöhnliche Menschen die üblichen Regeln nicht gelten.«

»Klar«, sagte ich, weil mir dazu einfach nichts anderes einfiel.

Imogen hatte recht, Tristan wirkte tatsächlich irgendwie seltsam.

Er sah mich an, lächelte ein strahlendes Lächeln und sagte: »Werde, was du bist.«

Und dann umarmte er mich. Kein Scherz: eine dicke, fette, knuddelige Umarmung.

»Das war der beste Tag meines Lebens«, verkündete er.

Im nächsten Moment fand dieses reichlich schräge Gespräch glücklicherweise ein Ende, und zwar durch die Ankunft nicht eines, sondern gleich zweier Hubschrauber. Ich hastete auf die andere Seite des Hauses und kam gerade rechtzeitig, um sie kurz nacheinander auf dem Rasen landen zu sehen. Aus dem ersten stieg Cameron Jamison, der Mann, der mich am Morgen mit in die Stadt genommen hatte. Im zweiten saß meine Familie: Dad, Mom, Miranda und Toby.

Jetzt war mir klar, weshalb Mr Jazy und seine Gesichtsbehaarung sich dermaßen aufgeregt hatten. Nicht auszudenken, wenn ich bei der Ankunft meiner Eltern nicht da gewesen wäre und die Leute, die auf mich hätten aufpassen sollen, keine Ahnung gehabt hätten, wohin ich verschwunden war.

Dicke Mummy-Umarmung von Mom. Dicke Daddy-Umarmung von Dad.

Tobys Nasenflügel zuckten bereits.

»Wo wird hier gekocht?«, fragte er.

Doch es war Miranda, meine geniale Computerfreak-Schwester, über deren Auftauchen ich mich wirklich freute. »Wo habt ihr denn den Heli her?«

»Hat Dad sich von Rocco Taverniti geliehen«, antwortete sie. Und fügte flüsternd hinzu: »Die Nummer hier scheint echt noch schlimmer zu sein, als ich dachte.«

Dann führten die Jazy-Eltern und die Silvagni-Eltern ihr gegenseitiges Ehrbezeugungsritual auf, sodass ich Miranda mühelos von dem Schauspiel weg und auf die andere Seite des Hauses lotsen konnte, außer Sichtweite der übrigen Partygäste.

»Stell dir vor, er ist jetzt wahrscheinlich irgendwo da draußen«, sagte sie, während sie genau da stand, wo zuvor Tristan gestanden hatte, und über das gekräuselte Wasser blickte.

»Er ist weg«, antwortete ich.

»Wieso bist du dir da so sicher?«

»Du weißt schon, der Augenzeuge oben im Norden.«

Miranda grinste spöttisch. »Japp, von wegen. Dieser Tankstellentyp hat's sich inzwischen anders überlegt und zugegeben, dass es doch nicht der Zolt war, den er gesehen hat.«

Wo war Otto Zolton-Bander? Obwohl ich Hound seine Geschichte abkaufte, hatte ich dennoch dieses merkwürdige Gefühl, dass der Zolt immer noch auf der Insel war.

Der Zeitpunkt schien mir so gut wie jeder andere, das Thema anzusprechen, zumal ich mir dafür bereits eine clevere Strategie zurechtgelegt hatte.

»Woher weiß man eigentlich, ob das eigene Telefon abgehört wird?«, fragte ich.

»Wieso?«

»Weil mein Handy so komische Sachen macht, und ich hab mir überlegt, vielleicht ist es ja verwanzt«, log ich.

Miranda hob eine Augenbraue, als wollte sie sagen: *Wozu sollte irgendwer sich diese Mühe machen?*

»Ist 'n paar Kids aus meiner Schule passiert«, sagte ich. Noch eine Lüge.

»Na schön, lass mich mal sehen«, erwiderte sie.

»Hier, bitte.« Ich reichte ihr mein Handy.

Sie prüfte es mit fliegenden Daumen, dann sagte sie: »Was hältst du davon, wenn ich das Ding jailbreake?«

»Muss das sein?«, fragte ich zurück, weil ich in der Schule gehört hatte, dass manche iPhones nach einem Jailbreak den Geist aufgaben und nicht mehr funktionierten.

»Na ja, ich brauche Zugriff auf die Rootdateien, und 'nen anderen Weg gibt's nicht.«

Was Technikkram anging, hatte ich vollstes Vertrauen zu Miranda. Doch offenbar sah ich trotzdem skeptisch aus, denn sie fügte hinzu: »Ich bin auch ganz vorsichtig.«

Schließlich gab ich nach. »Okay, also los, Schwester.«

Ich hatte mir immer vorgestellt, dass so ein Jailbreak eine Riesensache wäre, mächtig viel Lärm, mächtig viel Action, wie ein echter Gefängnisausbruch eben. Doch da hatte ich mich gründlich getäuscht.

Erneut fliegende Daumen, ein paar schnelle Blicke auf ihr eigenes iPhone, ein Neustart. Dann sagte Miranda gelassen: »Alles klar, fertig.«

»Aber es sieht noch genauso aus wie vorher«, sagte ich.

»Es ist auch noch genauso wie vorher«, erwiderte sie. »Bloß dass wir uns jetzt sämtliche Innereien angucken können.«

Nachdem sie ungefähr zehn Minuten lang genau das getan hatte, sagte Miranda: »Auf deinem Handy ist nicht eine Wanze.«

Ich hatte ein leicht schlechtes Gewissen, sie auf eine dermaßen sinnlose Suche geschickt zu haben. Im Grunde wusste ich ja, dass sich in meinem Handy keine Wanze befand, und außerdem war mir inzwischen längst klar, dass ich selbst nicht den blassesten Schimmer hatte, wie man es anstellte, ein Handy zu verwanzen.

»Sondern zwei.«

Zuerst hielt ich das für einen Witz, doch dann fiel mir wieder ein, dass Computerfreaks wie meine Schwester über Computerfreakkram keine Witze machen.

»Du hast ein Spionageprogramm auf deinem Handy, das all deine Anrufe, Textnachrichten und sonstigen Daten an einen fremden Computer weiterleitet«, fuhr sie fort.

»Und wie ist das Programm da gelandet?«

»Hast du von irgendwem 'ne SMS bekommen, sie geöffnet und dann festgestellt, dass sie leer war?«

Zoe, Zolts Schwester!

»Ja«, sagte ich.

»Dabei hast du's unbemerkt installiert«, erklärte Miranda. »Wenn ich's mir recht überlege, könnten die Typen wahrscheinlich sogar das Mikro von deinem Handy einschalten und das kleine Gespräch belauschen, das wir zwei gerade führen.«

»Die belauschen uns?«

»Nein, ich hab gesagt, sie könnten. Das Mikro ist aus. Dein zweites Problem besteht darin, dass die Basisstation, bei der sich dein Handy eingeloggt hat, keine echte ist. Sondern etwas, das wir IMSI-Catcher nennen. Die hören also außerdem deine Telefonate ab. Und überwachen vermutlich deinen Aufenthaltsort.«

Das musste Hound sein, schoss es mir durch den Kopf, als mir das ganze Hightech-Überwachungszeug wieder einfiel, das er in seinem Hummer spazieren fuhr.

»Die haben dich echt am Sack«, sagte Miranda.

Ich brauchte ein bisschen, um diese Information zu verdauen. Dann fragte ich: »Okay, also wenn die mich am Sack haben, kann ich dann umgekehrt die am Sack packen, ohne dass die mitkriegen, dass ich sie am Sack hab?«

»Was läuft hier, Dom?«, entgegnete Miranda, und ihre Stimme klang untypisch ernst.

»Wie gesagt, dieser Kerl aus der Schule hat ein paar Handys verwanzt und –«

»Falls du's noch nicht gemerkt hast, ich bin nicht komplett bescheuert. Irgendwas geht hier vor, und zwar mehr als 'ne dämliche Schulgeschichte. Gus und Dad und du, ihr habt irgend so 'n geheimes Männerding laufen.«

Ich wünschte mir nichts sehnlicher, als Miranda davon zu erzählen. Ihr vom Clan zu erzählen. Von Gus' Bein. Von Dad. Von allem. Sie war meine Schwester, warum sollte ich also nicht? Es mir von der Seele reden. Den Mund aufmachen und alles rauslassen.

»Wenn ich mal raten darf – du kannst es mir nicht sagen, oder?«, fragte Miranda.

Ich schüttelte den Kopf. »Noch nicht, nein.«

Sie schwieg einen Moment. »Na schön, sehen wir mal, wie wir die Sache mit deinem Handy hinkriegen.«

Miranda brauchte eine Weile, musste sogar einen Freund anrufen, um sich Rat zu holen, aber schließlich sagte sie: »Okay, die Sache funzt folgendermaßen.«

Nachdem sie mit ihrer Erklärung fertig war, sah ich mich um und entdeckte Imogen, die neben der Hüpfburg stand.

Ich winkte ihr zu, doch sie erwiderte die Geste nicht.

Also bedankte ich mich bei Miranda und lief zu Imogen hinüber.

»Was ist los?«, fragte ich, als ich fast bei ihr war.

»Hast du 'ne Ahnung, wo –«, begann sie, aber der Rest ihres Satzes ging im heiseren Gebrüll eines startenden Sportwagens unter.

Ich sprintete zur Vorderseite, Imogen dicht hinter mir, und hörte noch, wie jemand schrie: »Das ist der Maserati!« Ein Tumult brach aus, die Leute liefen wild durcheinander.

»Der Zolt«, sagten sie immer wieder.

Der Zolt. Der Zolt. Der Zolt.

Ich hastete zu der riesigen Rasenfläche, auf der die beiden Hubschrauber gelandet waren, und sah Cameron Jamison neben seinem schnittigen schwarzen Heli.

»Können Sie ein Paar frische Teenageraugen gebrauchen?«, rief ich ihm zu.

»Klar«, antwortete er. »Steig ein.«

Das ließ ich mir nicht zweimal sagen. Doch als ich zu dem Hubschrauber hinüberrannte und auf einen der Passagiersitze sprang, merkte ich, dass Imogen immer noch hinter mir war.

»Ich komme mit«, sagte sie.

»Keine gute Idee«, entgegnete ich. Sie war nicht gerade die Person, die ich um mich haben wollte, wenn ich dem Zolt von Angesicht zu Angesicht gegenübertrat.

Imogen wollte einsteigen, und mir blieb einfach keine Wahl – mit einem Ruck schob ich die Plexiglastür ins Schloss. Inzwischen hatte Cameron Jamison den Motor gestartet, und wir waren bereit zum Abheben.

Während wir aufstiegen, schaute ich hinunter zu Imogen, die uns mit gekränkter Miene nachstarrte und immer kleiner und kleiner wurde, bis sie aus meinem Blickfeld verschwand.

»Haben die Cops hier eigentlich keine eigenen Helis?«, fragte ich Cameron Jamison, als wir die Küstenlinie entlangglitten und dem Verlauf der Hauptstraße folgten.

Cameron lachte kurz, dann sagte er: »Es gibt vier Polizisten auf dieser Insel, und die haben gar nichts, besonders kein Hirn.«

»Ein ziemlich hartes Urteil, oder?«

»Glaubst du ernsthaft, dass jemand, der auch nur ein bisschen Grips hat, sich von 'nem dahergelaufenen Teenagerpunk dermaßen lange zum Narren halten lassen würde?«

»Da ist er!«

Ein ganzes Stück vor uns bog der Maserati von der Hauptstraße in einen schmalen Weg ab, der ins Inselinnere führte.

Mein Handy klingelte. Es war Mr Jazy. »Bist du das, Dom?«

»Ja.«

»Du sitzt im Hubschrauber, richtig?«

»Roger«, bestätigte ich aus irgendeinem Grund in astreiner Actionfilmsprache.

»Habt ihr ihn gefunden?«

Ich dachte an all die Alphamännchen dort unten, diese Leitwölfe in ihren Jaguars und Porsches und Mercedes, die allesamt einer Hetzjagd entgegenhechelten und nur darauf warteten, dass ich, ihr Himmelsauge, ihnen die Richtung wies.

»Fang den Zolt«, das hatte der Clan mir aufgetragen. Mir. Nicht Mr Jazy. Oder Hound. Oder den hirnlosen Cops. Mir.

»Tut mir leid, die Verbindung bricht ab. Kann Sie kaum hören. Schlechter Empfang«, sagte ich und legte auf.

Wir waren jetzt direkt über dem Maserati, der die schmale Straße entlangraste.

»Der Knabe tritt mächtig drauf«, sagte Cameron. »Das sind über hundertachtzig.«

Ich stellte mir vor, wie der Zolt mit seinen eins fünfundneunzig unter uns durch die Gänge jagte.

»Er ist viel zu schnell!«, rief Cameron.

Im nächsten Moment begriff ich, warum – am Ende der Straße war eine T-Kreuzung.

Langsamer, Zolt. Fahr langsamer.

Doch er tat es nicht.

Der Wagen schoss schnurgerade über die Kreuzung hinaus, kam ins Schleudern, hob ab und überschlug sich ganze drei Mal, ehe er schließlich liegen blieb.

Cameron landete den Hubschrauber auf der Straße, und ich sprang bereits aus der Tür, kaum dass er richtig am Boden war.

Ich hetzte zu dem völlig zusammengedrückten Maserati.

Blickte durch das offene Fahrerfenster. Sah den noch halb vollen Airbag.

Sah Tristan!

Er schaute mich an, lächelte und sagte: »Werde, was du bist.«

Dann schlossen sich seine Augen, und er sackte nach vorn, sein Gesicht verschwand in den Falten des Airbags.

Ich rannte zum Heli zurück, wo Cameron stand und telefonierte.

»Das ist nicht der Zolt«, sagte ich. »Es ist Tristan.«

»Sein Vater ist auf dem Weg«, erwiderte Cameron.

Wenige Minuten später kam der erste Wagen – ein BMW. Dann Mr Jazy in seinem Mercedes. Weitere Autos, immer mehr. Dann die Polizei. Ein Krankenwagen. Ein zweiter Krankenwagen.

Ich zog mich immer weiter zurück, fort von dem Maserati, von der Meute, von Tristan.

Doch als ich Imogen aus dem Wagen von Mrs Jazy steigen sah, stürmte ich sofort auf sie zu.

»Gott sei Dank lebt er noch«, sagte ich und wollte sie in den Arm nehmen.

Aber Imogen trat einen Schritt nach hinten, weg von mir und meiner Umarmung.

»Was ist da gestern passiert?«, fragte sie, die Arme vor der Brust verschränkt. »Was ist da passiert mit Tristan und dir?«

»Hab ich dir doch erzählt, wir hatten diesen Unfall und –«

»Lüg mich nicht an!«, fauchte Imogen.

Ich antwortete nicht. Was hätte ich darauf antworten sollen?

»Solang du mir nicht die Wahrheit sagst, werde ich nie wieder auch nur ein einziges Wort mit dir reden«, sagte Imogen und sah mir dabei fest in die Augen.

KALTE LEBLOSE HAND

Ich schloss die Augen, und sie blieben geschlossen; diese Schlacht würde der Schlaf gewinnen.

»Vielleicht sollten wir uns jetzt auf den Heimweg machen, Schatz«, sagte Mom und strich mir sanft mit dem Zeigefinger über die Wange.

Früher, als ich noch klein war, hatte sie das ständig getan, doch das letzte Mal war schon so lange her, dass ich mich nicht mehr daran erinnern konnte. Plötzlich war ich zurück in dieser behaglichen Kinderwelt, diesem Kokon aus Trost und Geborgenheit.

Das Gefühl war allerdings nicht von Dauer. Es hielt nur so lange, wie ich brauchte, um die Augen zu öffnen und zu sehen, wo ich mich befand: in einem Wartezimmer des Mater Hospital.

Sicher, das Mater war das nobelste Krankenhaus an der Gold Coast, eher so was wie ein Fünf-Sterne-Hotel, in dem das Personal Stethoskope trug, und für die Wartenden gab es gratis Pay-TV und eine Espressomaschine und haufenweise erstklassige Schokoladenkekse. Trotzdem, es blieb ein Krankenhaus.

Ich sah auf meine Uhr: Es war nach eins in der Nacht, und

wir hockten hier schon seit sechs am Vorabend, nachdem Rocco Tavernitis Heli uns auf dem Hubschrauberlandeplatz des Krankenhauses abgesetzt hatte.

»Du hast doch gehört, was Mr Jazy gesagt hat«, fuhr Mom fort. »Im Augenblick sind wir hier sowieso keine Hilfe. Also können wir uns ebenso gut auf den Heimweg nach Halcyon Grove machen.«

Richtig, genau das hatte Mr Jazy gesagt, vor ungefähr einer Stunde. »Tristan liegt im Koma«, hatte er erklärt. »Aber sein Zustand ist stabil. Wir sind euch ehrlich dankbar für eure Unterstützung, aber ihr könnt euch jetzt ebenso gut auf den Heimweg machen. Falls sich irgendwas tut, geben wir euch Bescheid.«

Alle anderen hatten Mr Jazys Worte beherzigt und waren nach Hause gefahren. Sogar Imogen.

»Na los, Dom. Komm mit nach Hause«, sagte Mom, einen Anflug von Ungeduld in der Stimme.

»Geh ruhig«, gab ich zurück. »Aber ich bleibe hier.«

»Du bist fünfzehn Jahre alt«, erwiderte Mom. »Ich lass dich hier nicht einfach allein.«

Ich stemmte die Füße auf den Boden, verschränkte die Arme: *Ich bleibe.*

Jetzt war Mom sauer; ich konnte es ihr vom Gesicht ablesen.

Aber sie blieb es nicht lange, denn kurz darauf machte sie es wie so oft: verwandelte sich von der Ich-bin-sauer-Mom in die Problemlöser-Mom.

Sie zog ihr Handy aus der Tasche. »Bin in fünf Minuten zurück.«

Tatsächlich brauchte sie zehn Minuten, doch als sie wiederkam, lächelte sie. Und sagte: »Geritzt.«

Kurze Zeit später betrat unsere kambodschanische Putzfrau Hue Lin das Zimmer.

»Mir ist eingefallen, dass Hue Lin hier ganz in der Nähe wohnt«, erklärte Mom, so als würde die Kambodschanerin nicht direkt neben ihr stehen. »Sie hat angeboten, heute Nacht auf dich aufzupassen.«

Als Mom gegangen war, warf ich Hue Lin einen verschämten Blick zu. »Tut mir leid«, sagte ich.

»Muss es nicht«, antwortete sie. »Deine Mutter zahlt mir den doppelten Stundensatz.«

Dann zog sie ein riesiges Buch aus der Tasche – *Präparative Chromatographie bei Feinchemikalien und pharmazeutischen Wirkstoffen* –, schlug es an der mit einem Lesezeichen markierten Stelle auf und fing an zu lesen.

Ich sah fern, zappte durch die Kanäle, wobei nichts meine Aufmerksamkeit für mehr als ein paar Minuten fesseln konnte.

Schließlich döste ich ein und schlief eine Weile.

Als ich aufwachte, dachte ich: *Kekse!*

Ich startete mit dem Schokokekskuchen, dann machte ich mit den Minztalern weiter.

Als ich es irgendwann bis zu den Tim Tams geschafft hatte, war mir mächtig übel. Und zwar diese Viel-zu-viel-Süßkram-zum-Frühstück-Sorte von mächtig übel.

Also verließ ich das Wartezimmer, um aufs Klo zu gehen und vielleicht sogar rauszufinden, ob ich irgendwo duschen konnte. Dabei begegnete ich Mrs Jazy, die schnurstracks an mir vorbeilief.

»Mrs Jazy!«, sagte ich.

Sie drehte sich um und schaute mich an, und es war deutlich zu sehen, dass sie Mühe hatte, mein Gesicht einzuordnen.

Schließlich sagte sie: »Dominic, was machst du denn noch hier?«

Ich zuckte mit den Schultern.

Und fragte mich, wie viel sie wohl wusste. Hatte Tristan ihr von unserem Trip mit dem Boot erzählt? Oder hatte sie, wie Mütter es häufig tun, einfach gespürt, dass etwas passiert war?

»Du musst wirklich nicht hierbleiben«, fuhr sie fort.

Erneutes Schulterzucken.

»Wenn du Tristan kurz sehen könntest, würdest du dann nach Hause fahren?«

Ich nickte.

»Na schön«, sagte sie. »Komm mit.«

Wir gingen den Flur entlang bis zu einer Tür mit der Aufschrift *Intensivstation Zimmer 2B*.

Mrs Jazy trat ein, ich folgte ihr.

Tristan lag im Bett. Weißes Gesicht auf weißem Kissen. Augen geschlossen. Bewegungslos.

Äußerlich regte sich nichts. Doch die unzähligen sirrenden, piependen, blinkenden Monitore deuteten darauf hin, dass innerlich alles weiterlief. Die Lungenflügel füllten und leerten sich. Das Herz schlug. Blut zirkulierte. Innerlich war er am Leben. Aber äußerlich regte sich nichts.

Mr Jazy saß neben dem Bett, auf einem orangeroten Stuhl.

Er sagte kein Wort, wies nur auf einen zweiten orangeroten Stuhl an der anderen Seite des Betts: *Setz dich.*

Das tat ich.

»Es tut mir leid, Tristan«, flüsterte ich. »Furchtbar leid.«

Eine Serie von Bildern flackerte mir durch den Kopf: wie ich mich selbst in sein Ferienhaus eingeladen hatte, wie ich ihn für die Suche nach dem Zolt eingespannt hatte, der Trip mit dem Boot, die Schüsse auf uns, die glückliche Flucht, der Moment, als ich vom Hubschrauber aus mit ansah, wie der Maserati über die T-Kreuzung hinausschoss.

Ich legte meine Hand auf Tristans. Sie fühlte sich kalt an, leblos.

Abermals flackernde Bilder. Es kam mir so vor, als ob mein Gedächtnis mir irgendwas mitteilen wollte, bloß was?

Tristans Monitore sirrten, piepten, blinkten weiter.

Die Tür schwang auf, eine Intensivschwester kam herein. Ihr Blick fiel auf mich, und sie sagte mit irischem Akzent: »Tut mir leid, aber momentan können wir absolut keine Besuche gestatten.«

»Schon gut«, sagte ich und stand auf.

Mrs Jazy lächelte mir zu. »Dann gehst du jetzt also nach Hause, ja, Dominic?«

Ich nickte.

Mr Jazy wühlte in seinem Bart, dann streckte er mir seine Hand entgegen.

Erneut fragte ich mich, wie viel die beiden wohl wussten.

Ich schüttelte seine Hand; sein Griff war überraschend fest, und ich zuckte ein wenig zusammen.

Im Wartezimmer las Hue Lin noch immer ihr Buch.

»Ich fahr jetzt nach Hause«, sagte ich zu ihr.

Wir machten uns auf den Weg ins Erdgeschoss, und sie sah zu, wie ich ins Taxi stieg.

»Wo soll's hingehen?«, fragte der Fahrer.

»Gold Coast«, antwortete ich. »Halcyon Grove.«

Als wir auf der Schnellstraße waren, ging links von uns langsam die Sonne auf, hob sich schwerfällig aus dem Meer.

Erneut schlief ich ein.

Und wachte wieder auf, als mein Handy piepte.

Mom, dachte ich. Die wissen wollte, wie es mir geht.

Oder Neuigkeiten von Tristan.

Doch nein.

Die SMS war von Zoe Zolton-Bander.

Müssen reden dringend im bus treffen am busbahnhof 8 uhr

»Halcyon Grove ist die nächste nach der Abzweigung Richtung Robina, oder?«, fragte der Taxifahrer.

»Neues Ziel«, sagte ich. »Bringen Sie mich stattdessen zum Busbahnhof.«

»Laut der chinesischen Lady beim Krankenhaus geht deine Tour aber nach Halcyon Grove«, erwiderte der Fahrer.

Ich zog das Geld aus der Tasche, das Mom mir gegeben hatte, und wedelte mit den Scheinen.

»Die chinesische Lady beim Krankenhaus ist eigentlich Kambodschanerin«, sagte ich. »Und nicht sie bezahlt meine Tour, sondern ich.«

»Auch gut«, brummte der Fahrer und schlug das Lenkrad ein, um die nächste Ausfahrt zu nehmen.

SCHILDKRÖTENZEIT

Als ich das Selbstbedienungscafé am Busbahnhof betrat, hockte Zoe an einem der Ecktische.

Ich hielt Abstand und beobachtete sie eine Weile, unsicher, ob das hier so was wie eine Falle sein könnte, ob sie vielleicht einen Komplizen dabeihatte.

Denn mal ehrlich, wie weit konnte ich ihr trauen? Sie hatte mein Handy mit Spyware verwanzt. Ihr Bruder war ein berüchtigter Krimineller. Und ihre Mutter war ... na ja, ich bin immer noch nicht ganz sicher, was ihre Mutter war, aber ich wusste genau, dass man auch ihr nicht über den Weg trauen durfte.

Wer also war der Komplize? Die da vielleicht, überlegte ich und musterte die Rucksacktouristin am Nebentisch. Oder der da, der Geschäftsmann mit dem Handy am Ohr. Oder womöglich sogar einer aus der japanischen Reisegruppe da drüben.

Doch im nächsten Moment dämmerte mir, dass ich allmählich paranoid wurde. Irgendwann muss man zwangsläufig irgendwem trauen. Irgendwie.

»Hi«, sagte ich, als ich an Zoes Tisch trat.

Ruckartig stand sie auf und flüsterte: »Lass uns hier verschwinden.«

»Wieso?«

»Wir werden beobachtet.« Mit einem Kopfnicken deutete sie auf die Gestalt am Nebentisch.

Der Mann wirkte absolut nichtssagend: ein dicklicher Glatzkopf mittleren Alters, vertieft in die Sportseiten einer Zeitung. Zoe allerdings konnte nicht schnell genug von ihm wegkommen.

»Was sollte das eben?«, fragte ich, nachdem wir das Café verlassen hatten.

»Wir müssen vorsichtig sein«, antwortete Zoe und rückte dabei ihre Brille zurecht.

»Und wo willst du jetzt hin?«

»Irgendwohin, wo viele Menschen sind.«

»Wie wär's mit dem Zoo? Zu Fuß sind das nur zehn Minuten von hier.«

»Perfekt«, sagte Zoe Zolton-Bander. »Pärr-fäckt.«

Es waren Schulferien, sodass die Leute am Eingang Schlange standen.

»Ich stell mich in keine Schlange«, verkündete Zoe, und als die nächste Großfamilie durchs Tor ging, hängte sie sich einfach an sie dran.

Und ich marschierte ihr hinterher.

Ich war seit Jahren nicht mehr im Zoo gewesen, das letzte Mal als kleiner Junge. Inzwischen hatte sich eine Menge verändert, der Beton und die Gitterstäbe waren durch Freigehege und Designer-Käfige ersetzt worden.

Doch die Geräuschkulisse war noch immer dieselbe, voll von all diesen Tierlauten – dem Bellen, Trompeten, Kreischen und Schnattern –, und auch der Geruch war derselbe, von Kacke, Zookacke.

»Lust auf irgendwas Bestimmtes?«, fragte ich.

»Ich kann Affen nicht besonders gut leiden«, antwortete Zoe.

»Überbewertet?«

»Komplett, vor allem die mit den Technicolor-Hintern.«

Wir machten einen Bogen um die Affen, vor allem um die mit den Technicolor-Hintern, und fanden eine Bank vor dem Gehege mit den Galapagos-Schildkröten.

Außer uns war niemand hier, und den beiden Schildkröten schien das ganz gut zu gefallen, denn sie taten nicht das Geringste dafür, ein größeres Publikum anzulocken.

»Okay, ich zuerst«, sagte ich. »Woher wusstest du, dass ich zurück an der Gold Coast bin?«

»Reverie ist 'n ziemliches Nest«, erwiderte sie.

»Und dann hast du den Nachtbus genommen, nur um dich mit mir zu treffen?«

Zoe nickte. »Jetzt ich.« Sie blickte sich gewissenhaft um, ehe sie weitersprach. »Du bist ein Lügner. Von wegen Vorsitzender des Fanclubs von meinem Bruder.«

»Na und? Du hast mein Handy verwanzt«, blaffte ich.

»Als ob du nicht dasselbe mit meinem vorhattest«, konterte sie. »Ich war bloß schneller.«

Ein älteres Pärchen kam auf uns zu, und Zoe verkrampfte sich.

»Nur die Ruhe«, sagte ich.

Die beiden schlurften heran, blieben genau vor uns stehen und glotzten in das Gehege.

»Was zum Geier soll das denn sein?«, fragte der Mann.

»Das sind Galapagos-Schildkröten, Sir«, gab ich Auskunft.

»Machen die irgendwas?«, erkundigte sich die Frau.

»Nein, nicht viel. Fressen ein bisschen Gemüse.«

»Lachhaft«, sagte der Mann, dann schlenderten die beiden davon.

Zoe wartete, bis sie längst außer Sicht waren, bevor sie mit ruhiger Stimme fragte: »Fangen wir noch mal von vorne an?«

»Keine schlechte Idee«, sagte ich. »Also, warum wolltest du dich mit mir treffen?«

Zoe dachte über meine Frage nach und sah dabei ein bisschen so aus wie eine der Galapagos-Schildkröten, die gerade über das Stückchen Weißkohl nachdachte, das direkt vor ihrer Nase lag.

Schließlich seufzte sie, als hätte sie soeben eine folgenschwere Entscheidung getroffen. »Weil ich dachte, du wüsstest vielleicht, wo Otto ist.«

»Weißt du das denn nicht?«, erwiderte ich und bemühte mich gar nicht erst, die Überraschung in meiner Stimme zu verbergen.

»Nicht mehr.«

»Seit er Hound de Villiers entwischt ist?«

»Hound de Villiers ist ein Trottel.«

»Da bin ich nicht so sicher – immerhin hat er rausgekriegt, wo dein Bruder war.«

»Bloß weil jemand es ihm gesteckt hat.«

»Jemand?«, wiederholte ich, aber ich hatte bereits eine leise Ahnung, wer dieser Jemand war.

»Deine Mum?«, fragte ich.

Zoe nickte. »Otto ist nicht entwischt, er wurde weggeschafft.«

»Wie kommst du darauf?« Ich erinnerte mich an Hounds Geschichte über das Boot mit diesen angeblichen ASIO-Typen an Bord.

»Weil Otto sich bei mir gemeldet hätte, wenn er auf eigene Faust getürmt wäre.«

»Mit eurem Facebook-Code – sorry, eurer Verschleierung.«

Ein überraschter Ausdruck huschte über Zoes Gesicht. »Du weißt davon?«

»Mal sehen«, sagte ich und suchte nach einer Verschleierung für das Wort ›Ja‹. »Junges Drama.«

Zoe lächelte. »Er hätte Facebook benutzt oder wäre irgendwie anders mit mir in Kontakt getreten.«

»Anstatt ein Flugzeug zu klauen und damit über die Stadt zu fliegen?«

»Glaubst du ernsthaft, mein Bruder würde einen dermaßen billigen Stunt abziehen?«, erwiderte Zoe.

»Ich war dabei.«

»Ach, dann hast du ihn also mit eigenen Augen gesehen, obwohl er ein paar Hundert Meter weit weg war, ja?«

Die Schildkröte hatte wohl mittlerweile beschlossen, dass Weißkohl nicht ganz nach ihrem Geschmack war, und sich einem Stück Blumenkohl zugewandt. Und ich brauchte dringend eine Verschnaufpause. Das waren zu viele Informationen in zu kurzer Zeit, mein Hirn war mit der Verarbeitung schlicht überfordert.

Nach einer Weile sagte ich: »Worauf willst du hinaus? Dass irgendwer deinen Bruder gekidnappt hat?«

»Genau darauf will ich hinaus.«

»Aber wer denn?«

Nachdem sie sich den ganzen Morgen über nicht hatte blicken lassen, strahlte die Sonne jetzt durch einen Riss in der Wolkendecke. Mit einem Mal war es warm. Zoe nahm den Hut ab und schüttelte ihre Haare.

»Wieso bist du eigentlich dermaßen hinter meinem Bruder her?«, fragte sie.

Die naheliegendste, weil logischste Antwort wäre gewesen: »Wegen der Belohnung natürlich«, doch etwas sagte mir, dass Zoe sich damit nicht abspeisen lassen würde. Sie war clever. Sie hatte mit Sicherheit gründliche Recherchen über mich angestellt und längst herausgefunden, dass mein Vater einer der reichsten Männer in Queensland war.

»Nicht wegen der Belohnung, falls du das denkst«, sagte ich daher. »Das Geld brauche ich nicht. Ich mag die Herausforderung. Die Cops konnten ihn nicht schnappen. Hound stand am Ende mit leeren Handschellen da. Ich dachte einfach, womöglich könnte ich ja der Typ sein, der den Zolt fängt.«

Erneut ließ Zoe sich Zeit, Schildkrötenzeit, um über das nachzudenken, was ich gerade gesagt hatte.

Anscheinend gab sie sich mit meiner Erklärung zufrieden, denn schließlich seufzte sie: »Ich hab echt nicht den blassesten Schimmer, wieso jemand meinen Bruder kidnappen sollte.«

»Vielleicht geht es um irgendwas, das er weiß«, schlug ich vor.

Sie schwieg eine Weile.

»Ich werde bloß diesen komischen Gedanken nicht los, dass der sicherste Platz für meinen Bruder im Moment das Gefängnis wäre.«

Sie hatte recht: Der Gedanke war komisch, doch mir blieb keine Zeit mehr, darüber nachzugrübeln, *wie* komisch er war, denn beim Erdmännchengehege waren zwei Männer in Jeans und Lederjacken aufgetaucht, die jetzt geradewegs auf uns zukamen.

»Cops!«, zischte Zoe und sprang hektisch auf, bereit zur Flucht.

Doch es war schon zu spät; die beiden waren fast bei uns.

»Bundesbehörde«, sagte der Größere der beiden, zog eine Brieftasche heraus und ließ irgendeine Dienstmarke aufblitzen.

Wow, dachte ich. Zoe hatte tatsächlich allen Grund, paranoid zu sein.

»Bist du Dominic Silvagni?«, fragte der Typ.

»Bin ich«, antwortete ich und überlegte, woher er wohl meinen Namen kannte.

»Wir möchten, dass du mit uns kommst und ein paar Fragen beantwortest.«

»Ich glaube, Sie sprechen mit der falschen Person«, erwiderte ich und warf einen Blick hinüber zu Zoe, Schwester und Komplizin des berüchtigten Kriminellen Otto Zolton-Bander.

»Dominic Silvagni?«, sagte jetzt der Kleinere. »Wohnhaft in Halcyon Grove? Geboren am 17. Februar 1997?«

»Ja, das bin ich.«

»Dann bist du die richtige Person, zweifellos. Gehen wir, Kumpel.«

»Du bist minderjährig!«, rief Zoe. »Die dürfen dich nicht verhören, wenn kein Erziehungsberechtigter dabei ist.«

Ich bin sicher, dass Zoe recht hatte. Doch ich fand, ich könnte diese Geschichte – was immer sie zu bedeuten hatte – ebenso gut einfach hinter mich bringen.

»Ist schon okay«, sagte ich zu ihr. »Lass uns in Kontakt bleiben.«

Wir gingen, ließen Zoe bei den Galapagos-Schildkröten zurück. Die zwei Männer sprachen kein Wort, bis ich auf der Rückbank eines dunklen Wagens saß, der unmittelbar vor dem Eingang des Zoos im Parkverbot stand.

Dann fragte ich: »Wo fahren Sie mit mir hin?«

»Wart's ab«, sagte der größere Cop.

Zehn Minuten später hielten wir auf dem Parkplatz eines nichtssagenden Bürogebäudes, und die beiden forderten mich auf auszusteigen. Ich folgte ihnen zu einer Hintertür, durch einen nichtssagenden langen Flur und schließlich in einen nichtssagenden Raum.

Ich setzte mich. Sie setzten sich.

Sie starrten mich an. Ich starrte sie an.

Wer waren diese Typen?

»Könnte ich vielleicht noch mal Ihre Dienstmarke sehen?«, fragte ich.

Der größere Cop kramte eine Brieftasche aus seiner Jacke, hielt sie mir vor die Nase und klappte sie auf.

Das Abzeichen sah ziemlich echt aus: Es zeigte ein Känguru und einen Emu, eingerahmt von den Worten *Australian Federal Police*.

»Okay«, sagte ich.

Selbst wenn das keine echte Dienstmarke war, selbst wenn die beiden sich bloß als Bundespolizisten ausgaben, war ich doch mächtig gespannt, was sie von mir wollten.

»Dominic, wir möchten uns mit dir über Otto Zolton-Bander unterhalten«, begann der kleinere Cop.

»Klar«, sagte ich, weil es vermutlich ohnehin keinen Zweck hatte, so zu tun, als wüsste ich nichts über ihn.

»Soweit uns bekannt ist, könnte es durchaus sein, dass du kürzlich gemeinsam mit Mr Jazy in seinem Unterschlupf warst.«

»Könnte durchaus sein«, erwiderte ich, auch wenn ich schon jetzt das Gefühl hatte, dass diese Sache mich langsam hoffnungslos überforderte.

»Wir brauchen daher von dir sämtliche Informationen über die Ereignisse des gestrigen Tages«, sagte der kleinere Cop.

»Lass dir Zeit«, ergänzte der andere.

Mich immer hoffnungsloser überforderte.

Doch ich tat, worum sie mich gebeten hatten, und war im nächsten Moment wieder auf Reverie Island.

Ich saß im Hubschrauber mit Cameron Jamison. Hetzte los.

Blickte durch das offene Fahrerfenster. Sah den noch halb vollen Airbag. Hörte Tristan sagen: »Werde, was du bist.« Rannte zum Heli zurück, wo Cameron stand und telefonierte.

»Das ist nicht der Zolt«, sagte ich. »Es ist Tristan.«

»Sein Vater ist auf dem Weg«, erwiderte Cameron.

Aber woher wusste Cameron Jamison, dass Tristan im Wagen saß? Wieso hatte er nicht wie alle anderen angenommen, dass es der Zolt war?

Im Grunde gab es darauf nur eine einzige Antwort: Cameron wusste genau, dass es nicht der Zolt war, weil er sich den Zolt geschnappt hatte!

»Dominic?«, riss der kleinere Cop mich aus meinen Gedanken. »Was kannst du uns darüber erzählen?«

Mir fiel wieder ein, was Zoe gesagt hatte: »Die dürfen dich nicht verhören, wenn kein Erziehungsberechtigter dabei ist.«

»Ich will einen Erziehungsberechtigten dabeihaben!«, verkündete ich.

Doch kaum hatte ich den Satz ausgesprochen, begriff ich, dass ich meine Mum und meinen Dad in diesem Moment von allen Menschen am wenigsten sehen wollte.

»Eigentlich will ich meinen Anwalt«, sagte ich.

Die beiden Männer wechselten einen Blick.

»Lass uns die Anwälte doch lieber aus dieser Geschichte raushalten, ja?«, antwortete der Kleinere.

»Ich will meinen Anwalt«, wiederholte ich.

Der andere Cop zuckte die Schultern. »Ist zwar keine sonderlich schlaue Idee von dir, aber du hast natürlich das Recht, deinen Anwalt anzurufen.«

Das Problem war bloß: Ich hatte keinen Anwalt.

Ich scrollte durch die Kontakte auf meinem Smartphone und

suchte nach jemandem, der zumindest entfernte Ähnlichkeit mit einem passablen Rechtsbeistand hatte. Jeremy Gallards Mutter war eine Spitzenwirtschaftsanwältin, doch Jeremy war schon zweimal dabei erwischt worden, wie er irgendwas aus der Schulkantine geklaut hatte, womit seine Mum schon wieder aus dem Rennen war. Ich kannte tatsächlich niemanden, aber das wollte ich die Cops definitiv nicht merken lassen.

Die zwei waren clever, beherrschten mit Sicherheit sämtliche Cop-Tricks aus dem Cop-Handbuch, und ich brauchte jede Hilfe, die ich kriegen konnte.

Also rief ich Gus an. Als ich das Handy ans Ohr hob, stand der Kleinere auf und verließ den Raum.

»Dom?«, meldete sich Gus.

»Mr Giuseppe«, sagte ich. »Hier spricht Dominic Silvagni.«

»Dom«, wiederholte Gus. »Was ist los?«

»Richtig, Mr Giuseppe –«, begann ich, doch mit einem Mal war die Leitung tot.

Ich machte mich daran, erneut zu wählen, doch der größere Cop sagte: »Wenn du willst, kannst du gehen, Dominic.«

»Ich kann gehen?«

»Du kannst gehen.«

Der Kleinere kam wieder ins Zimmer, und ich registrierte, dass er seinem Partner fast unmerklich zuzwinkerte. »Wir bringen dich wieder zum Zoo, falls du das möchtest«, sagte er.

»Könnten Sie mich auch nach Hause fahren?«, fragte ich.

»Klar.«

Draußen hatte der Wind aufgefrischt, schwarze Wolkenberge schoben sich Richtung Küste. Die Cops setzten mich vor der Toreinfahrt nach Halcyon Grove ab, doch noch auf dem Weg zu unserem Haus piepte mein Handy.

Es war eine Nachricht von Zoe: *Alles ok?*

Während ich noch an der Antwort tippte, piepte es ein zweites Mal, ein anderer Ton als zuvor.

Auf dem Display erschien eine Meldung: *Warnung! Unautorisierte Basisstation unternimmt Verbindungsversuch mit Ihrem Telefon. Erlauben oder Ablehnen?*

Es dauerte ein paar Sekunden, bis ich kapierte, dass sie von der App kam, die Miranda mir installiert hatte, der Anti-Spyware-App.

Dann erinnerte ich mich wieder daran, dass einer der Cops während meines Anrufs bei Gus den Raum verlassen hatte.

Diese Typen versuchten, mein Telefon anzuzapfen!

Was zum Henker fiel denen ein?

Ich wollte gerade auf »Ablehnen« klicken, da überlegte ich es mir noch mal anders: Vielleicht sollte ich ihr Spiel einfach mitspielen, sie einfach für eine Weile meine Telefonate mithören lassen. Dann würden sie hoffentlich ziemlich schnell einsehen, dass ich kein Meisterverbrecher war, und mich nicht länger unter die Lupe nehmen.

Sicher, es war riskant, aber ich klickte auf »Erlauben«.

Zurück in meinem Zimmer, klappte ich meinen Laptop auf, öffnete Facebook und ging auf die Zolt-Fanpage.

Ich erstellte ein falsches Profil unter dem Namen Technicolor-Affe und fand sogar ein Foto von einem für mein Profilbild.

Dann schrieb ich einen Eintrag.

zolt: spacko, echt

Prompt erhielt ich zwei Antworten – *von wegen!* und *du bistn idiot* –, aber keine davon war von Hera, also ignorierte ich sie. Ich wartete noch eine halbe Stunde, doch es kamen keine weiteren Reaktionen mehr, sodass ich ins Bett ging, um dringend benötigten Schlaf nachzuholen.

Als ich aufwachte, stellte ich fest, dass Hera sich inzwischen auf meinen Post gemeldet hatte.

jämmalicha schwätza!

Sofort machte ich mich an meine Antwort.

irrtum, mac hera!
wildere gerne in schottlands steppen
weil die räudigen
ottos meist trollen, wo
heldendämliche hera tobt

Na schön, damit würde ich wahrscheinlich nicht gerade den Gedichtwettbewerb unserer Schule gewinnen, aber es funktionierte, denn kaum eine Minute später kam Zoes Antwort.

sülze mac hera kein elend, viel lieber
trample gar ernsthaft auf fies rostige nägel

*

Gus hockte draußen vor seinem Haus und las ein Buch.

»Ich starte am Samstag beim Jedermann-Meilenrennen auf Reverie Island«, erklärte ich ihm. »Und du fährst mich hin.«

Er hatte natürlich ungefähr tausend Gründe – und die meisten davon waren wirklich gut –, weshalb das eine schlechte Idee war.

»Na schön«, erwiderte ich. »Du fährst mich also nicht.«

»Das ist die Ansage.«

»Dann muss ich eben per Anhalter fahren und darauf hoffen, dass mich nicht irgendein durchgeknallter Serienkiller aufgabelt.«

Schweigen, gefolgt von einem Seufzen, gefolgt von dem Satz: »Abfahrt ist Samstagmorgen Punkt sechs.«

»Das ist die Ansage«, bestätigte ich.

EIN RENNEN ZUM GEWINNEN?

Für jemanden, dessen ganzes Leben sich um Geschwindigkeit dreht, der seit seiner Jugend Läufer dazu gebracht hat, so schnell zu laufen, wie sie nur können, ist Gus ein ziemlich langsamer Fahrer. Ja, sein klappriger Pick-up ist ein ziemlich langsames Auto, aber Gus fährt sein ziemlich langsames Auto auch ziemlich langsam. Sogar die Musik, die er dabei hört – Delta Blues –, ist ziemlich langsam.

Der einzige Gesprächsstoff während unserer ziemlich langsamen Langsamfahrt nach Reverie Island war das Rennenlaufen. Gus schärfte mir ein, wie skrupellos manche Profis sein konnten, und versorgte mich mit Geschichten, die ein Beweis für diese Skrupellosigkeit waren.

Als wir die Insel schließlich erreichten, blieb noch eine Stunde bis zum Start des Rennens. Viele der Straßen, einschließlich der Hauptstraße, waren für den Autoverkehr gesperrt, und überall hingen Massen von bunten Fähnchen. Der Jedermann-Lauf war anscheinend eine große Sache. Und als wir mich anmeldeten, hatte ich plötzlich dieses typische Bauchkribbeln: In kaum einer

Stunde lief ich ein Rennen! Allerdings kam ich schnell wieder zur Vernunft. Denn ich war nicht wegen des Laufs hier. Ich sagte Gus, ich würde ihn kurz vor dem Start an der Startlinie treffen.

»In Ordnung«, antwortete er, und ich nahm an, er ahnte, dass es bei diesem Ausflug mehr um den Clan ging als darum, irgendein verrücktes Rennen zu laufen.

Es saßen nur wenige Gäste in dem Café: ein Pärchen, so sehr ins Gespräch vertieft, dass ihre Nasen sich fast berührten, und eine waschechte Hippie-Braut mit strähnigem Haar vorm Gesicht und schmuddeligen Klamotten.

Ich bestellte einen Zoltocino, setzte mich an einen Ecktisch und wartete.

Ich war ziemlich nervös: Sie war bereits fünf Minuten zu spät, und unser Plan basierte auf peinlich genauem Timing. Nach einer Viertelstunde wurde mir klar, dass ich ihr nie hätte trauen dürfen.

Und um das Ganze noch schlimmer zu machen, kam jetzt auch noch die Hippie-Braut an meinen Tisch spaziert. Wollte die eine kleine Spende von mir? Oder mir irgendwelche Drogen verticken? Schwer zu sagen, aber zur Sicherheit schob ich rasch meinen Stuhl nach hinten, bereit zur Flucht. Da hauchte die Hippie-Braut: »Dom.«

Ich dachte noch: *Woher zum Geier weiß diese Hippie-Braut, wie ich heiße?*, doch im nächsten Moment ging mir auf, dass die Hippie-Braut gar keine Hippie-Braut war.

»Drangekriegt«, sagte Zoe Zolton-Bander.

»Meinetwegen«, erwiderte ich.

Sie setzte sich zu mir an den Tisch, und ich fragte: »Hast du sie dabei?«

Ihre Hand verschwand in der Jackentasche, und als sie sie wieder herauszog, lagen darin fünf SIM-Karten von fünf verschiedenen Mobilfunkanbietern.

»Und die sind wirklich alle …«, begann ich, ehe ich mir auf die Zunge biss – na klar waren sie alle okay. Schließlich hatte ich es hier mit einer Zolton-Bander zu tun, nicht mit irgendeinem dahergelaufenen Amateur.

»Also dann, an die Arbeit«, sagte sie.

»Hier?«

»Ist so gut wie anderswo.«

Wir machten uns an die Arbeit.

Fast eine halbe Stunde lang steckten wir die SIM-Karten abwechselnd in unsere Handys und schickten Nachrichten an meine Nummer. Als das erledigt war, schob ich meine eigene Karte zurück in mein Handy und schaltete es ein.

»Und du bist dir absolut sicher, dass die deine SMS überwachen?«, fragte sie.

Ich öffnete Mirandas App. *Warnung! Unautorisierte Basisstation ist mit Ihrem Telefon verbunden.*

»Absolut«, sagte ich.

Ich schrieb eine Nachricht: *Erstes treffen der teenage-hacker-society heute um 4 @ 242 the esplanade, reverie island.* Und schickte sie an die anderen fünf Handynummern. Inzwischen blieb mir nur noch eine Viertelstunde bis zum Start.

Nachdem wir unseren Plan noch ein letztes Mal durchgesprochen hatten, ließ ich meinen Rucksack bei Zoe und hetzte zurück durch die Stadt. Dieses Rennen war tatsächlich eine große Sache, Massen von Leuten säumten die Strecke. Ich hatte zuvor kurz überlegt, gar nicht mitzulaufen, dann aber beschlossen, dass das keine gute Idee war. Immerhin war das Rennen der Grund für meine Anwesenheit auf der Insel, mein Alibi, und sowenig mir auch nach Laufen zumute war, ich musste sicherstellen, dass meine Tarnung nicht aufflog.

Im Startbereich hatten die übrigen Läufer bereits ihre Trainingsanzüge abgelegt und mit den Aufwärmübungen begonnen. Gus stand mit besorgter Miene am Rand und hielt nach mir Ausschau, doch die Unruhe verschwand sofort, als er mich entdeckte.

»Sieh's heute einfach als Trainingslauf«, sagte er. »Du trittst hier nicht an, um irgendwas zu gewinnen.«

»Ach nein?«

»Hör zu, ich weiß genau, wie diese Wohltätigkeitsrennen ablaufen. Irgendwelche stinkreichen Typen lassen 'nen Tausender springen, um die Sache ein bisschen anzuheizen. Für die mag das nicht viel Kohle sein, aber für die armen Schlucker im Profi-Zirkus ist das 'ne Menge. Versuch gar nicht erst, bei denen mitzumischen, Dom. Die sind bissig wie Schrottplatz-Köter.«

Kaum war Gus mit seinen Erklärungen fertig, kam eine Durchsage über die Lautsprecher.

»Verehrte Damen und Herren, es gibt tolle Neuigkeiten! Die lokale Persönlichkeit Mr Cameron Jamison hat soeben das zuvor ausgelobte Preisgeld verdoppelt, sodass es für unsere Wettkämpfer nun um eine Siegprämie von zweitausend Dollar geht.«

Im nächsten Moment entdeckte ich Cameron Jamison ein Stück hinter den Reihen der Zuschauer. Unsere Blicke trafen sich, und ein schiefes Grinsen erschien auf seinem Gesicht. Sofort wandte ich mich ab.

»Schrottplatz-Köter«, wiederholte Gus.

Als ich mich an der Startlinie aufstellte, erkannte ich schlagartig, was Gus gemeint hatte: Auf vielen Gesichtern der anderen Läufer lag der merkwürdig ausgehungerte Ausdruck des halbprofessionellen Athleten. Sie sahen sich um, ihre kalten Augen musterten abschätzend die Konkurrenz.

»Auf die Plätze! Fertig! Los!«, brüllte der Starter, und unter tosendem Jubel liefen wir los, die Hauptstraße hinunter.

Schon auf den ersten Metern gab es heftiges Gerangel, überall flogen die Ellbogen. Also hielt ich mich fürs Erste aus dem Gröbsten raus und lief ziemlich weit außen, dicht an den Zuschauerreihen entlang.

Ist bloß 'n lockerer Anderthalb-Kilometer-Spaziergang, sagte ich mir, als wir aus der Stadt hinausliefen. Und genoss das herrliche Postkartenidyll.

Doch als kurz nach der 500-Meter-Marke eine Gruppe von fünf Läufern plötzlich das Tempo anzog, konnte ich nicht anders: Obwohl Gus' »Sieh's einfach als Trainingslauf« mir als Dauerschleife im Kopf herumschwirrte, hängte ich mich an sie dran.

Einer der Schrottplatz-Köter warf einen Blick über die Schulter, und während der Geifer ihm von den Eckzähnen schäumte, ließ er mich wissen, dass meine Gesellschaft im Moment nicht erwünscht sei – wenn auch nicht mit exakt diesen Worten.

Ich drosselte das Tempo.

Ein anderer Läufer schloss zu mir auf. Er war groß, sehnig, taufrisch; erinnerte nicht mal entfernt an einen Köter.

»Weißt du, wie weit es noch ist?«, fragte er.

»Vier- oder fünfhundert, glaub ich.«

»Danke«, sagte er noch, ehe er antrat und blitzschnell davonzog.

Er hatte einen schnörkellosen, geschmeidigen Stil und wirkte auf mich wie ein echter Siegkandidat. Doch als er das Rudel an der Spitze eingeholt hatte und Anstalten machte vorbeizuziehen, fuhr einer der Schrottplatz-Köter das Hinterbein aus und brachte ihn ins Stolpern. Er landete hart auf dem Asphalt und überschlug sich ein paarmal, ehe er ausgestreckt auf dem Bauch liegen blieb.

»Alles okay?«, fragte ich und hielt neben ihm an.

»Geht schon«, sagte er. »Schnapp sie dir, Kumpel, lauf los und schnapp dir die Schweinehunde.«

Ich sah auf: Die Schweinehunde hatten inzwischen einen gehörigen Vorsprung.

Das hier ist für dich bloß ein Trainingslauf, sagte ein Teil von mir, als ich loslief. *Das hier ist bloß dein Alibi*, sagte ein zweiter. Doch ein dritter Teil wollte davon nichts wissen.

Ich drückte aufs Gas, machte rasch Boden gut auf die Spitzengruppe. Zu meinem Glück hatte keiner der fünf bisher einen Spurt angezogen; sie waren alle immer noch dicht beieinander, verstrickt in ihr Positionsgerangel. Und wenn ich *Gerangel* sage, dann meine ich das absolut wörtlich – das Ganze sah eher nach mobilem Ringkampf aus als nach Langstreckenlauf.

Als wir erneut auf die Hauptstraße einbogen, war ich direkt hinter ihnen. Und als das Band über der Ziellinie in Sicht kam, ungefähr hundert Meter voraus, zogen sie alle gleichzeitig das Tempo an.

Doch ich war darauf vorbereitet und blieb an ihnen dran, hielt mich ganz außen.

Fünfzig Meter vor dem Ziel waren wir nur noch zu dritt, kurz darauf noch zu zweit: ich und der Typ, der mich vorhin so derb angefaucht hatte.

Zwanzig Meter vor dem Ziel sah ich aus dem Augenwinkel, wie der Schmerz sein Gesicht verzerrte, hörte das Rasseln seines keuchenden Atems.

Ich fühlte mich gut, ich fühlte mich super.

Mir fiel wieder ein, was Gus gesagt hatte: dass zwei Riesen für reiche Leute nicht viel waren, für einen mittelmäßigen Profi-Läufer jedoch eine Menge Geld. Ich ging vom Gas und ließ den Schrottplatz-Köter mitsamt seinem rasselnden Atem zu mir aufschließen. Doch als das Zielband in Reichweite kam, erfasste mich eine Welle der Kraft, der Stärke, des Stolzes, des Irgendwas – und spülte mich als Ersten über die Linie.

Der Schrottplatz-Köter trat auf mich zu, um mir zu gratulieren.

»Gut gemacht«, sagte er, bevor er die Stimme senkte. »Du bist tot, Kleiner.«

»Ich will das Geld nicht«, antwortete ich. »Sie können es haben.«

»Untersteh dich, mich zu beleidigen«, zischte er.

Gus zeigte sich ebenfalls wenig beeindruckt. »Hast du mir vorhin eigentlich nicht zugehört?«

»Hey, immerhin hab ich das Rennen gewonnen, oder?«

»Das war kein Rennen zum Gewinnen.«

Ich sah auf die Uhr.

»'tschuldige, ich muss gehen«, sagte ich.

»Du tust, was du tun musst«, antwortete Gus. Die Sonne beleuchtete jetzt auf so seltsame Weise sein von Falten und Runzeln zerfurchtes Gesicht, dass es an eine Landschaft im Outback erinnerte. »Willst du, dass ich auf dich warte?«

Und ob ich wollte, dass er auf mich wartete – der Gedanke daran war ungeheuer beruhigend –, aber ich wusste, dass ich dann scheitern würde. Ich musste den Zolt fangen, und zwar allein.

»Nein, ist okay«, sagte ich. »Ich werd schon irgendwie einen Weg zurück zur Gold Coast finden.«

Gus öffnete den Mund, und ich ahnte bereits, was er gleich sagen würde: *Ich kann dich nicht einfach so hierlassen.* Doch im nächsten Moment erschien ein schicksalsergebener Ausdruck auf seinem Gesicht, und der Mund schloss sich wieder.

Ich wollte mich gerade auf den Weg machen, als mir noch etwas einfiel.

»Kannst du das Preisgeld für mich abholen?«

Er warf mir einen grimmigen Blick zu, aber hey, er schuldete seinem Mafioso-Bruder ja auch keine dreihundert Piepen, von dem Schnitt ganz zu schweigen, oder?

DEN STÖPSEL ZIEHEN

Ich traf Zoe am verabredeten Ort, direkt vor dem kleinen Laden, in dem Imogen knapp eine Woche zuvor die Postkarten gekauft hatte.

Als sie mir meinen Rucksack zurückgab, hielt neben uns ein Wagen mit glänzendem Lack und blitzblank poliertem Chrom.

Ich kannte den Fahrer – es war der Mann mit dem fettigen Haar und den krakeligen Tattoos, dem ich vor ein paar Tagen begegnet war. Der Typ, der mir nur gegen Geld hatte zeigen wollen, wo Zoe wohnte.

»Bist du sicher, dass wir dem trauen können?«, fragte ich Zoe, bevor ich einstieg.

»Das ist mein Onkel Doug«, antwortete sie und schenkte mir einen vernichtenden Blick.

Das schien mir noch ein Grund mehr zu sein, ihm nicht zu trauen, aber uns blieb nicht viel Zeit, also schwang ich mich auf die Rückbank.

»Seht bloß zu, dass ihr zwei dahinten nix versaut«, brummte Onkel Doug, ehe er Gas gab.

Wenn Gus unfähig war, schnell zu fahren, dann war Onkel Doug unfähig, langsam zu fahren. Sogar wenn er langsam fuhr, fuhr er schnell, gab ständig Zwischengas und hämmerte durch die Gänge.

Als er uns beim Jazy-Haus absetzte, knurrte er: »Wehe, ihr zwei habt dahinten was versaut«, und gab Gas.

»Was hast du ihm erzählt, was wir vorhaben?«, fragte ich Zoe.

»Ich hab ihm gar nichts erzählt.«

»Aber wollte er's denn gar nicht wissen?«

»Unsere Familie gehört nicht zur Will's-wissen-Sorte«, antwortete sie.

Ich hackte den Code in den Nummernblock an der Einfahrt zum Jazy-Anwesen. Das Tor öffnete sich mit einem Klacken, und wir schlüpften hindurch.

Der Schlüssel zum Boot war noch im selben Versteck.

Der Motor sprang schon beim ersten Mal an.

Zoe machte die Leine los.

Ich schaltete in den Rückwärtsgang und trat aufs Gaspedal. Das Boot machte einen Satz vorwärts und donnerte gegen den Pier.

»Was zum Teufel machst du da?«, fauchte Zoe, während sie sich wieder aufrappelte. »Du hast mir gesagt, du wüsstest, wie man ein Motorboot fährt!«

»Tu ich auch«, erwiderte ich und achtete darauf, dass diesmal tatsächlich der Rückwärtsgang eingelegt war.

Behutsam trat ich erneut aufs Gas.

Das Boot bewegte sich rückwärts.

Ich wartete, bis der Pier weit genug weg war, dann schaltete ich in den ersten Gang und lenkte den Bug in Richtung Cameron Jamisons Haus.

Als Tristan am Steuer gestanden hatte, war mir das Motorbootfahren wie die einfachste Sache der Welt vorgekommen. Es gab keine Schilder, die man beachten, keinen anderen Verkehr, den man im Auge behalten musste – bloß eine einzige riesige Straße aus Wasser. Jetzt allerdings, da ich es war, der am Steuer stand, merkte ich, dass die Sache doch um einiges kniffliger war, als sie aussah. Am heftigsten war dieser Haufen PS aus den zwei mächtigen Außenbordern am Heck. Selbst wenn ich nur ein winziges bisschen mehr Gas gab, reagierte das Boot mit gewaltigem Schub. Außerdem lag das Meer heute nicht mehr so still da wie noch vor ein paar Tagen. Es gab eine Menge Wind, die Bucht war voll schaumiger Wellen, und das Boot sprang launisch herum und schleuderte dichte Gischtfontänen zu uns herauf.

Als wir eine Landzunge umfahren hatten und der hintere Teil von Cameron Jamisons Anwesen in Sicht kam, nahm ich den Fuß vom Gas. Zoe kramte in ihrer Tasche, zog ein Fernglas heraus und richtete es auf den Strand.

Ich grinste sie an; in Sachen Komplizenschaft entpuppte sie sich allmählich als echter Glücksfall.

»Da liegt nur ein einziges Motorboot«, sagte sie und reichte mir das Fernglas.

Sie hatte recht: nur ein einziges Motorboot. Mit doppeltem Außenborder, wie bei dem, das wir uns ausgeborgt hatten.

Soweit ich erkennen konnte, rührte sich nichts.

Ich steuerte ein wenig näher an die Landzunge heran, sodass man uns von der Villa aus nicht mehr sehen konnte, dann warf ich den Anker.

»Willst du etwa von hier aus schwimmen?«, erkundigte Zoe sich überrascht.

»Wenn wir noch näher ranfahren, ist das zu verdächtig«, erwiderte ich und zog mein T-Shirt aus.

Ich überprüfte noch einmal den Inhalt von meinem Rucksack – Zange, Gummistopfen mit Schnur –, bevor ich ihn mir auf den Rücken schwang und die Riemen festzog.

Dann stieg ich vorsichtig über die Reling und ließ mich ins Wasser gleiten.

*

Als ich mich zwanzig Minuten später wieder an Bord hievte, hatte der Wind abgeflaut und das Meer war glatt wie ein Spiegel. Der Strand lag so still, er schien wie gemalt, wie eine Theaterkulisse. Und diese Stille wirkte gewaltig, unüberwindlich, als könnte nichts und niemand sie stören.

»Gab's Schwierigkeiten?«, fragte Zoe.

»Nein, alles erledigt.«

Zoe sah auf ihr Handy.

»Noch zwei Minuten«, sagte sie.

Ich sah auf meine Uhr.

»Bei mir sind's noch drei«, sagte ich.

»Zwei, drei, ist doch egal – jedenfalls sollte langsam mal was passieren!«

Es gab so viele Unwägbarkeiten in unserem Plan, so viele Dinge, die schieflaufen konnten, dass ich Zoe die Unruhe nicht übel nahm.

Nach einer weiteren Viertelstunde war ihre Unruhe verschwunden, denn inzwischen hatte sie die Hoffnung aufgegeben.

»Du warst umsonst baden, Kumpel«, sagte sie. »Lass uns Scheiße noch mal hier abhauen.«

»Bleiben wir noch ein paar Minuten«, erwiderte ich, startete den Motor und manövrierte das Boot ein Stück auf die Villa zu.

»Vergiss nicht, in meiner SMS war das Treffen für vier angekündigt. Die warten bestimmt auf mögliche Nachzügler.«

Zoe rollte mit den Augen und setzte zu einer Antwort an, doch ich schnitt ihr das Wort ab.

»Sei still!«

»Wieso?«

»Sei einfach still.«

Zoe schwieg.

»Hörst du das?«, flüsterte ich.

Das Geräusch von Autos, von brüllenden Leuten, von splitterndem Holz.

Zoe spähte erneut durchs Fernglas.

»Omeingott«, keuchte sie. »Omeingott!« Eindeutig die Ich-trau-meinen-Augen-nicht-Sorte von Omeingotts.

»Was ist los?«

Aber ich wusste bereits, was los war.

Ich konnte sehen, wie drei Gestalten, eine davon barfuß und ein ganzes Stück größer als die zwei anderen, aus der Hintertür stürzten, hinunter zum Pier rannten und ins Boot sprangen. Mein Plan war aufgegangen: Die Cops hatten sie aus dem Nest gescheucht.

»Ist es dein Bruder?«

Zoe nickte.

»Die halten ihn anscheinend mit 'ner Waffe in Schach«, sagte ich.

»Ich weiß, wer das ist«, zischte Zoe. »Die Mattner-Brüder.«

»Miese Typen?«

»Ich sag's mal so: Als die noch in der Schule waren, haben sie regelmäßig lebendigen Schlangen den Kopf abgebissen.«

»Okay, also echt miese Typen.«

Das Boot setzte sich in Bewegung und nahm Kurs auf das offene Meer.

»Was meinst du, wie lang wird das dauern?«, wollte Zoe wissen.

»Laut meinen Nachforschungen ungefähr fünf Minuten.«

Ich hielt uns auf Abstand – mir war nicht danach, dass die zwei Typen ein Zielschießen auf uns veranstalteten.

»Hatten diese Mattner-Jungs damals eigentlich auch Spaß am Feuerlegen?«, fragte ich.

»Woher weißt du das?«

»Dann sind die beiden mit ziemlicher Sicherheit Psychopathen«, sagte ich.

Was bedeutete, dass ihnen jegliches Mitgefühl fehlte und dass sie keinerlei Gewissensbisse hätten, wenn sie sich notgedrungen ein paar lästige Teenager vom Hals schaffen müssten.

»Das Boot liegt ziemlich tief im Wasser«, sagte Zoe.

Ich griff nach dem Fernglas. Es stimmte: Das Boot sank, und es sank schnell.

Ich hatte den Stopfen an der Entwässerungsöffnung am Heck durch einen passenden Gummistöpsel ersetzt und die daran befestigte Schnur an den Pier gebunden. Beim Losfahren hatten die Typen sich dann selbst den Stöpsel gezogen. Seit diesem Moment strömte pausenlos Wasser ins Boot.

»Sollten wir nicht ein Stück näher ranfahren?«, fragte Zoe.

»Nicht solange die noch auf uns schießen können«, antwortete ich. »Bei Psychopathen kann man nicht vorsichtig genug sein.«

Doch kaum hatte ich das gesagt, versank das Boot plötzlich komplett, und seine drei Passagiere landeten platschend im Wasser.

Jetzt konnten sie definitiv nicht mehr auf uns schießen, also startete ich den Motor und steuerte auf sie zu.

Im Näherkommen fiel mir auf, dass die beiden Mattners sich Schwimmwesten geschnappt hatten, während Otto sich ohne abmühte.

»Otto!«, schrie Zoe.

»Zoe, bist du das?«

Bis dahin hatte ich Otto Zolton-Bander noch nie ein Wort sagen hören. Und in Anbetracht dessen, dass er über eins neunzig groß war, dass er der Zolt war, ein berüchtigter Krimineller, hatte ich eine tiefe, männliche Stimme erwartet, die Stimme von einem, der friedliche Bürger in Schrecken versetzt und Flugzeuge klaut. Doch seine Stimme war hoch und schrill, geradezu quäkig, eine Stimme, die zu einer Nebenfigur in einem Disney-Cartoon gepasst hätte.

»Bist du okay?«, rief Zoe.

»Ich bin okay«, quäkte Otto.

»Okay«, rief Zoe.

Schluss jetzt mit den Okays.

»Otto, wir holen dich raus!«, brüllte ich. »Aber diese zwei Typen lass ich nicht mal in die Nähe von meinem Boot.«

Otto war blitzschnell von Begriff, das muss ich ihm lassen. Blitzschnell von Begriff, und ebenso blitzschnell beim Abtauchen, denn von einer Sekunde zur nächsten war er verschwunden.

»Er ist bestimmt ein echt guter Schwimmer, oder?«, fragte ich Zoe.

»Sieh einfach hin«, erwiderte sie.

Ich sah hin und sah hin und sah hin.

Nur Spitzentaucher brachten es fertig, dermaßen lange die Luft anzuhalten, schoss es mir durch den Kopf.

Doch dann tauchte Otto unmittelbar neben dem Boot wieder auf, und wir zerrten ihn an Bord. Es war ein komisches Gefühl: Jemand, der für mich bisher bloß im Internet existiert hatte, auf an

Laternen geklebten Steckbriefen, auf Fox News, stand plötzlich vor mir, live in 3-D.

Die Zolton-Banders fielen sich um den Hals, und ich spürte einen Anflug von Eifersucht: Mein jüngerer Bruder hatte mehr fürs Schnittmachen übrig als fürs Umarmen. Zoe schaute zu mir herüber und sagte lautlos: »Danke.«

Ich wendete das Boot, bis der Bug wieder Richtung Strand zeigte.

»Ihr könnt uns doch nicht einfach hierlassen!«, brüllte einer der Mattners.

»Rettet uns!«, schrie der andere.

Für den Bruchteil einer Sekunde überlegte ich, die beiden aufzusammeln. Aber im nächsten Moment wurde mir klar, dass es ein gewaltiger Fehler wäre, sich diese Typen mitsamt ihrer Unfähigkeit zu Mitgefühl und Gewissensbissen an Bord zu holen.

Sicher, sie konnten offenbar nicht allzu gut schwimmen, aber sie hatten Rettungswesten, und das Wasser war warm.

Also gab ich Gas, und die Zolton-Banders zeigten den Mattners den Ein-Finger-Abschiedsgruß, als wir an ihnen vorbeifuhren.

Während ich das Boot zum Haus der Jazys zurücksteuerte, saßen Zoe und Otto im Heck und redeten. Der Fahrtwind verwehte das meiste von dem, was sie sagten, doch ich hörte genug, um mitzubekommen, dass Otto nicht besonders begeistert war von der Idee, sich freiwillig der Polizei zu stellen.

»Aber die Mattners werden dich umbringen«, flehte Zoe.

Otto erwiderte etwas, von dem ich jedoch nur die letzten Worte verstand: »... 'ne hübsche Leiche übrig.«

Zoe schlang die Arme um ihren triefnassen Bruder. Und fing an zu weinen. Und als wir schließlich am Pier anlegten, hatte er dem Wunsch seiner kleinen Schwester offenbar nachgegeben.

»Otto ist damit einverstanden, dass wir ihn bei der Polizei abliefern«, sagte Zoe. »Vorausgesetzt, wir bringen ihn nicht zu den örtlichen Cops.«

Er musterte mich eine Weile, und ich hatte den Eindruck, dass er mich einzuschätzen versuchte. Dann sagte er mit seiner unpassend piepsigen Stimme: »Wenn ich mich freiwillig stelle, was meinst du, teilen wir zwei uns dann die Belohnungskohle?«

»Teilen?«, wiederholte ich, denn ehrlich gesagt hatte ich die Belohnung inzwischen völlig vergessen.

»Japp, halbe-halbe. Immerhin mach ich's dir ja hier grade echt leicht und so.«

Echt leicht?

Ich dachte an Tristan in seinem Krankenhausbett, an seine Hand, so kalt und leblos. An die verstummte Imogen.

»Das kannst du knicken«, sagte ich.

Otto sah mich erneut forschend an.

Er wusste, dass ich keine Waffe hatte.

Er wusste, dass er jetzt einfach weggehen könnte und ich nicht in der Lage wäre, ihn aufzuhalten.

»Deine Schwester ist diejenige, die sich das Geld verdient hat, nicht du«, fuhr ich fort.

Otto ließ seinen Blick langsam von mir zu Zoe wandern.

»Traust du dem Knaben?«, fragte er seine Schwester.

»Ich trau überhaupt keinem«, gab sie zurück. »Aber ob ich glaube, dass er das Geld mit mir teilt? Absolut.«

»Na schön, also wie wollen wir die Sache angehen?«

Ich erklärte es ihm.

Als ich damit fertig war, sagte er: »Der Zolt lässt sich nicht kutschieren.«

Weshalb wir uns kurz darauf in der Garage wiederfanden und

Mr Jazys geliebten Mercedes von seinem Schutzüberwurf befreiten.

»Ich geh dann mal die Schlüssel suchen«, seufzte ich.

»Spar's dir«, sagte der Zolt, griff unters Armaturenbrett und riss zwei Kabel heraus.

Er steckte sich eins davon in den Mund und zog mit den Zähnen die Isolierschicht vom Draht. Wiederholte das Ganze mit dem anderen Kabel. Verband die zwei Enden, und der Motor sprang an.

»Dann mal nichts wie raus aus der Hütte!«, quäkte er, hob die Hände ans Lenkrad und ließ den Motor aufheulen.

Ich schwang mich auf den Beifahrersitz, Zoe hockte sich auf die Rückbank.

Gekonnt manövrierte der Zolt den Oldtimer rückwärts aus der Garage. Am Haupttor stieg ich aus, tippte den Code in den Nummernblock und stieg wieder ein, während das Tor zur Seite glitt. Und den Blick auf einen Wagen freigab, der quer in der Einfahrt parkte. Hound de Villiers' Hummer. Hound de Villiers stand davor. Auf den Lippen ein Grinsen. In der Hand eine Waffe. Und die zielte direkt auf den Kopf des Zolt.

Ich bin nicht ganz sicher, was meine Reaktion wäre, wenn jemand mit einer Waffe auf einen Punkt zwischen meinen Augen zielen würde. Mir in die Hose pinkeln? Vermutlich. Zum Zeichen der Wehrlosigkeit die Hände nach oben reißen? Ganz sicher. Und damit würde ich ziemlich wahrscheinlich nicht das tun, was der Zolt tat, nämlich einen gespenstischen Urschrei ausstoßen, das Gaspedal durchtreten und auf Hound zurasen.

Hound de Villiers hob leicht die Waffe, zielte sorgfältig und drückte ab.

Zoe schrie. Ich schrie. Riss die Arme hoch, um mein Gesicht zu schützen. Die Frontscheibe splitterte.

Ich linste hinüber zum Zolt, und er war tot.

Na ja, das hatte ich jedenfalls erwartet, aber er war ganz und gar nicht tot.

Er war immer noch bei Bewusstsein, gab immer noch Gas, stieß immer noch seinen gespenstischen Urschrei aus.

Hound zielte ein weiteres Mal, doch unser Mercedes war schon zu nah, sodass ihm keine Zeit mehr zum Abdrücken blieb.

Im letzten Moment sprang er zur Seite, dann krachten wir in den Hummer. Metall knirschte, die Wucht des Aufpralls katapultierte Hounds Wagen gut einen Meter nach vorn.

Der Zolt setzte zurück und fuhr eine neue Attacke, nahm diesmal aber das Heck ins Visier. Es funktionierte: Als wir den Hummer rammten, wirbelte er herum wie ein Drehkreuz, und wir brachen durch auf die Straße.

Eine Kugel zischte vorbei.

Zoe schrie. Ich schrie.

Ich warf einen Blick über die Schulter.

Hound de Villiers senkte die Waffe und stieg wieder in seinen Hummer.

Der Wagen fuhr ein paar Meter, dann blieb er stehen. Unter der Motorhaube quoll Rauch hervor.

»Feierabend für Hound«, sagte ich.

»Ich hätt nicht gedacht, dass der Typ echt auf mich schießt!«, keuchte der Zolt und pflückte sich ein paar Glassplitter von den Wangen.

Er klang ziemlich geschockt.

»Der kann dich wirklich nicht allzu gut leiden«, erwiderte ich, während wir auf der Hauptstraße dahinbrausten.

Wir hörten Sirenengeheul, dann jagte ein Polizeiwagen mit blitzenden Lichtern in Gegenrichtung an uns vorbei.

»Ich glaube, von der Insel hier kommen wir nicht mehr weg«, sagte ich.

Der Zolt grinste.

»Jedenfalls nicht mit dem Auto«, antwortete er.

PATT

Wir rumpelten über holprige Nebenstraßen, und Otto Zolton-Bander fing an zu erzählen. Wie Cameron Jamison ihn gefangen gehalten hatte. Wie Cameron Jamison ihm gesagt hatte, er würde ihn wieder laufen lassen, sobald er einen Filmdeal unter Dach und Fach hätte. Sobald er die Buchrechte geklärt hätte.

Es war eine ziemlich aufregende Geschichte, aber irgendetwas daran klang für mich nicht ganz glaubwürdig.

»Und das war's schon?«, fragte ich. »Mehr wollte er nicht von dir?«

»Das war's.« Der Zolt nickte.

»Und er hat dir nichts angetan oder so was?«

»Onkel Cam, mir was antun?«

»Onkel Cam?«, echote ich.

»Er ist nicht mein richtiger Onkel«, sagte der Zolt.

Diese Sache wurde allmählich immer vertrackter.

»Aber er ist mein Patenonkel«, fuhr er fort.

»Unser Dad und Cameron Jamison waren früher mal Geschäftspartner«, erläuterte Zoe.

»Und dann war mein Dad tot, und Onkel Cam wurde reich«, sagte ihr Bruder.

Zu viele Informationen in zu kurzer Zeit – mein Hirn meldete eine akute Verdauungsstörung.

Daher war es eine Art Erleichterung, als Otto begann, Fragen zu stellen. Er war neugierig, wie wir es fertiggebracht hatten, ihn aufzuspüren. Wie wir das Boot versenkt hatten.

»Schick«, sagte er, als wir mit unserem Bericht am Ende waren, und ich fühlte Stolz in mir aufsteigen – einer der berüchtigtsten Kriminellen des Landes hatte mich soeben mit einem »Schick« bedacht.

Doch im nächsten Moment sah er mich an und fragte: »All das bloß für dreißig Riesen?«, und sämtlicher Stolz war wie weggeblasen.

Ich nickte. »Dreißig Riesen sind 'ne Menge Geld.«

»Kauf ich dir nicht ab«, erwiderte er.

»Aber ich komme aus 'ner echt armen Familie.«

»Na klar doch«, sagte er. »Und deswegen siehst du auch haargenau so aus wie die ganzen andern reichen Kids, die in der Ferienzeit meine Insel kapern.«

Wir überquerten einen Bach, der links und rechts wie zwei große wässrige Flügel dahinflatterte, krochen den Hang eines Hügels hinauf und hielten hinter einem alten Schuppen. Aus dem Innern drang das Gurren von Tauben.

»Wartet hier«, sagte Otto und stieg aus.

Er ging um den Schuppen herum und verschwand, und ich fragte mich, ob ich dabei war, in eine Falle zu tappen. Doch als er ungefähr eine Minute später wieder auftauchte, kam mir ein neuer Gedanke: *Hat er sich hier vielleicht gerade eine Pistole aus einem Versteck geholt?*

Allerdings entdeckte ich keinerlei Hinweis auf eine Waffe.

»Der Flugplatz ist auf der anderen Seite«, sagte Otto. »Ist wohl besser, wir gehen von hier aus zu Fuß.«

Kaum hatte er das letzte Wort ausgesprochen, hörten wir einen Auspuff brüllen, und im nächsten Moment hielt ein Auto neben uns.

Ich drehte mich um und erwartete, die blauen Blinklichter eines Polizeiwagens, die ernsten Gesichter von Polizeibeamten zu sehen.

Doch stattdessen sah ich den feuerroten Monaro von Ottos und Zoes Onkel und dessen Rattengesicht. Und auf dem Beifahrersitz Mrs Bander höchstpersönlich, eine Kippe zwischen den lippenstiftklebrigen Lippen.

Kurz darauf das Gebrüll eines weiteren Wagens, ein bisschen edler diesmal, dann stand auch Cameron Jamisons Ferrari neben uns.

Er saß am Steuer, hatte allerdings noch drei andere Männer bei sich. Zwei wütende, triefnasse Typen, die Mattners. Und einen deutlich weniger wütenden, deutlich weniger triefnassen Typen.

Wir stiegen alle gleichzeitig aus.

Ein Patt.

Gruppen, die einander schweigend musterten.

Ich bin ziemlich sicher, dass jeder der andern zum gleichen Schluss kam wie ich: Die Kräfte waren hier absolut ungleich verteilt. Denn es gab drei Parteien, aber nur zwei Waffen. Eine Partei stand ohne da. Wir. Zoes Onkel hatte die eine der beiden Knarren, eine arg ramponierte Flinte. Einer der Mattners hatte die andere, ein böse aussehendes AK-47.

Cameron Jamison sprach als Erster.

»Die da, schieß los«, knurrte er und zeigte auf unsere Gruppe – die ohne Knarre.

Zuerst kapierte ich's nicht: Wieso zur Hölle wollte er jedermanns Goldesel, den Zolt, erschießen?

Doch dann kapierte ich's: Ich würde jeden Moment abgeknallt werden, würde hier und jetzt sterben.

Der Typ, der kein Mattner war, zog eine Videokamera aus der Tasche und richtete sie auf uns.

Es gibt Erleichterung, und es gibt Erleichterung, und dann gibt es noch das, was ich in diesem Moment fühlte: Erleichterung hoch eine Million.

»Wir drehen eine Doku«, erklärte Cameron Jamison. »Da kann man nie genug Material haben.«

Als der Nicht-Mattner-Typ aufgehört hatte zu filmen, wandte Cameron Jamison seine Aufmerksamkeit Mrs Bander zu: »Wir hatten einen Deal.«

Und kaum hatte er das gesagt, begriff ich plötzlich, was passiert war: Mrs Bander hatte ihren Sohn verkauft. Zum zweiten Mal!

Sie hatte ihn an Hound de Villiers verraten. Und sie war einen Deal mit Cameron Jamison eingegangen.

Auch Zoe hatte das kapiert.

»Mum!«, rief sie. »Wie konntest du?«

»Verschon mich damit«, erwiderte Mrs Bander. »Du hättest an meiner Stelle genau dasselbe getan.«

»Als ob ich jemals so was wie dich zur Welt bringen würde!«, blaffte Zoe.

»Undankbares Miststück!«, fauchte Mrs Bander.

Woraufhin Otto sich einschaltete. »Lass sie in Ruhe, Mum!«

Während die drei weiterstritten, machte ich mich an eine rasche Analyse unserer Situation.

Links von uns eine Flinte, rechts von uns ein AK-47 – in Sachen Waffen waren wir hoffnungslos unterlegen.

Aber was, wenn diese Knarren sich irgendwie gegenseitig aus dem Spiel nähmen? Dann wäre das Match wieder einigermaßen ausgeglichen.

»Wo ist das Geld?«, fragte Zoes Onkel und deutete mit der Flinte auf Cameron Jamisons Gruppe.

»Hör auf, mit dem Ding da auf mich zu zielen, du Made«, knurrte der Mattner mit dem AK-47.

»Hör auf, mich so zu nennen!«, zischte Zoes Onkel.

Der Mattner hob das Sturmgewehr an die Schulter.

»Lasst uns die Sache vernünftig regeln«, sagte Cameron Jamison, und ich muss zugeben, es lag etwas Beruhigendes, etwas Besänftigendes in seiner Stimme. »In dieser Sache steckt für jeden von uns ein Haufen Geld. Selbstverständlich bekommt ihr was davon im Vorhinein. Aber es ist das Nachhinein, mit dem man heutzutage die richtige Kohle macht. Online. Spiele.«

»Ich will mein Geld«, sagte Zoes Onkel. Die Flinte zuckte nervös in seinen Händen.

»Na schön, du willst also dein Geld«, antwortete Cameron Jamison, beruhigend, besänftigend. »Wie viel genau soll's denn sein?«

Ich sah die nackte Gier in den Augen von Zoes Onkel.

»Fünf Riesen«, sagte er. »Nein, mach zehn Riesen draus!«

»Ist 'n verdammt fetter Batzen Geld«, erwiderte Cameron Jamison.

Japp, klar doch, dachte ich. So viel gab er vermutlich für seinen Haarschnitt aus, für diese selbstbewusste Frisur, die er mit sich spazieren trug.

»Das ist mein Geld!«, fauchte Zoes Onkel.

»Okay, wenn du dein Gewehr runternimmst, dann hol ich mein Scheckbuch aus dem Wagen.«

Zoes Onkel ließ die Flinte sinken, und falls es überhaupt so etwas wie eine Chance gab, dann jetzt.

»Mir hat er gesagt, er zahlt Ihnen nicht mal 'nen mickrigen Dollar«, verkündete ich.

»Das hat er gesagt?«

»Japp, weil ein Proll wie Sie nämlich keinen mickrigen Dollar verdient hat.«

»Ein Proll?«, echote er und zeigte mit dem Gewehr auf mich.

»Seine Worte, nicht meine«, sagte ich und zeigte auf Cameron Jamison.

»Völliger Blödsinn«, entgegnete Jamison mit seiner beruhigenden Stimme. »Ich hol jetzt mein Scheckbuch.«

Abermals blitzte die Gier in den Augen von Zoes Onkel.

»Okay, mach das.«

Es hatte nicht funktioniert, und ich hatte keinen Schimmer, was ich noch tun konnte, um die Situation aufzuheizen.

»Onkel Doug, ich wollte dir das eigentlich gar nicht erzählen, weil mir klar war, wie sehr dich das nerven würde«, sagte Zoe, »aber er hat auch noch gemeint, dass einer, der so 'ne Scheißkarre fährt wie du, nicht mal 'nen müden Cent wert ist.«

Das saß.

»ER HAT MEIN AUTO SCHEISSKARRE GENANNT?«

»Und ob«, sagte der Zolt. »Sogar mehrmals.«

»Du hältst deinen schnieken Italohobel wohl für was Besseres, ja?«, donnerte Zoes Onkel und hob die Flinte, den Finger am Abzug.

Es gab einen gewaltigen Knall, und die Frontscheibe des Ferrari explodierte. Der Mattner legte das AK-47 an und machte einen Schritt Richtung Monaro.

»Nicht!«, rief Cameron Jamison, doch es war zu spät.

Kein Mitgefühl. Keine Gewissensbisse. Und sehr wenig Hirn. Der Psychopath pumpte den Monaro voll Blei und verwandelte ihn in ein perfektes Riesennudelsieb.

Zoes Onkel zog zwei neue Patronen aus seiner Hosentasche, steckte sie in den Doppellauf, postierte sich direkt vor dem Ferrari und jagte beide Schrotladungen in die Motorhaube.

Der Nicht-Mattner-Typ folgte ihm und filmte eifrig drauflos: Man konnte ja nie genug Material haben.

»Machen wir, dass wir hier wegkommen«, flüsterte ich dem Zolt und Zoe zu.

So unauffällig wie möglich schlichen wir rückwärts, bis wir dicht genug beim Mercedes waren, um uns hineinzuschwingen. Kaum saß er hinterm Steuer, schloss der Zolt die Kabel kurz, und der Motor sprang an. Kupplung kommen lassen, und weg waren wir.

Ich ließ mich tief in den Sitz sinken, doch als ich keine Schüsse mehr hörte, keine zischenden Kugeln, riskierte ich einen Blick nach hinten. Zwei Gewehre waren auf uns gerichtet, eine Flinte und ein AK-47.

Aber ich nehme an, es macht einen gehörigen Unterschied, ob man auf einen leeren Wagen oder einen mit drei Kids an Bord schießt. Dem Himmel sei Dank.

Wir rasten davon, bis sie außer Sicht waren, doch kurz darauf ließ das ferne Geheul einer Polizeisirene Otto anhalten.

»Jetzt mal ganz scharf nachdenken«, murmelte er.

Er überlegte nicht lange, vielleicht zwanzig Sekunden, dann sah er auf seine Armbanduhr und fragte: »Die nächste Fähre läuft um vier siebenundvierzig ein, richtig, Schwesterchen?«

»Stimmt.«

»Und die ist aller Wahrscheinlichkeit nach randvoll mit Cops, aber im Moment dürften bloß die zwei üblichen Polizeikarren auf der Insel sein, richtig?«

»Richtig«, bestätigte Zoe.

»Was bedeutet, dass, weil Cops eben Cops sind, sie mit einem Wagen den Fähranleger bewachen und mit dem andern den Flugplatz.«

»Hört sich für mich ziemlich copmäßig an«, sagte Zoe.

»Hast du VoxMorph auf deinem Handy?«

»Na klar«, erwiderte Zoe und klang ein bisschen beleidigt. *Ich meine, welcher Idiot hat bitte kein VoxMorph auf seinem Handy?*

Otto streckte die Hand aus, und Zoe gab ihm ihr Handy.

Ich sah zu, wie er die Stimmverzerrer-App startete und eine Nummer wählte.

»Ja, hallo«, sagte er, als jemand ranging. »Ja, hier ist Jack von Jacks Bootsschuppen. Eins unserer Boote wurde gerade gestohlen, von Zolton-Bander.«

Am anderen Ende der Leitung wurde gesprochen.

»Ja, und ob er das war! Glauben Sie, ich weiß nicht, wie der Kerl aussieht?«

Der Jemand sprach wieder, dann legte Otto auf.

Knapp eine Minute später hörten wir das Geheul einer Sirene, das immer leiser und leiser wurde, während der Polizeiwagen, der den Flugplatz bewacht hatte, zu Jacks Bootsschuppen davonraste.

Jetzt dämmerte mir allmählich, wie der Zolt es geschafft hatte, sich die Cops so lange Zeit vom Leib zu halten. Und der Grund dafür war nicht, wie Cameron Jamison behauptet hatte, dass die Cops dämlich waren. Sondern dass der Zolt clever war.

Wir fuhren weiter und hielten schließlich an der Rückseite eines Hangars.

»Kannst du die Kiste hier fahren?«, erkundigte Otto sich bei seiner Schwester.

»Klar«, sagte Zoe.

Reverie Island – ein Ort, an dem Zwölfjährige wussten, wie man Auto fährt – war todsicher ein Paralleluniversum zu der Welt, die ich kannte.

»Aber Otto ...«, begann Zoe.

»Zeit für den Abschied, Schwester«, sagte Otto.

»Ich will mitkommen.«

»Zu riskant«, erwiderte er. »Falls du's noch nicht gemerkt hast, bis jetzt hab ich noch keine einzige Landung hingekriegt.«

Mit einer Handbewegung deutete Otto auf mich. »Was den Kopfgeldjäger hier angeht, ist das seine Sache, ob er's drauf anlegen will oder nicht.«

Der Zolt hatte vier Flugzeuge geklaut, und er hatte vier Bruchlandungen hingelegt. Ich bin zwar kein Mathematiker, dafür aber ziemlich sicher, dass das eine Hundert-Prozent-Quote ist.

Bestimmt würde seine Pechsträhne bald enden. Im Grunde stand ich vor der Wahl, bei diesem Flug mein Leben oder durch den Clan mein Bein zu verlieren.

»Also, Kopfgeldjäger«, sagte der Zolt, »wie versessen bist du auf die Belohnungskohle?«

Ich sah zu Zoe hinüber.

Sie schüttelte den Kopf: *Tu's nicht!*

Der Zolt hatte vier Flugzeuge geklaut, er hatte vier Bruchlandungen hingelegt.

Bestimmt würde seine Pechsträhne bald enden.

Bestimmt würde er diesmal eine Bilderbuchlandung hinlegen.

»Fliegen wir«, sagte ich.

TISCHCHEN HOCHKLAPPEN

Wir standen im Hangar und warteten. Es war dunkel und roch nach Öl. Wir trugen Overalls, die an einem Wandhaken gehangen hatten und die uns als Angestellte der »Reverie Air Services« tarnten. Otto trug eine Beanie, tief in die Stirn gezogen. Und er hatte mich dazu überredet, ihm meine Asics zu geben – Piloten tragen keine Gummistiefel, hatte er gesagt. Also war nun ich derjenige, dessen Füße in den glitschigen Stiefeln steckten.

Ich war dermaßen nervös, dass ich nicht aufhören konnte zu zittern.

Und Otto Zolton-Bander erzählte mir seine gottverdammte Lebensgeschichte.

»Als ich klein war, hat mein alter Herr mich oft mit hierhergenommen«, sagte er. »Dann haben wir den ganzen Tag dagesessen und die Flieger beim Starten und Landen beobachtet. Er konnte dir immer schon sagen, was für 'n Typ Flugzeug gleich kam, bevor du den Vogel überhaupt gesehen hast. War 'n echtes Genie, mein alter Herr.«

Wir hörten eine Maschine landen.

»Zweimotorig«, murmelte er. »Taugt nicht für uns.«

Dann eine weitere.

Otto linste durch den Spalt zwischen den Schiebetüren.

»Cessna 152. In dem Ding würd ich nicht mal tot sitzen wollen.«

Mir schoss durch den Kopf: *Ich auch nicht.*

»Mein alter Herr hat immer rumgesponnen, wie er eines schönen Tages in ’nen Jumbojet steigt und kurz vor dem Start eine von diesen Durchsagen über die Bordlautsprecher kommt, du weißt schon: ›An Bord begrüßt Sie heute Ihr Pilot Otto Zolton-Bander.‹ Und wie er dann zu seinem Sitznachbarn sagt: ›Heute sind wir in guten Händen, das im Cockpit da vorn ist mein Sohn.‹«

Ich war kurz davor, ihn nach seinem Dad zu fragen, danach, wie er gestorben war, als ein weiteres Flugzeug landete und Otto erneut nach draußen spähte.

»Perfekt«, grinste er. »’ne Bonanza. Bist du bereit, Kopfgeldjäger?«

»Bin bereit«, antwortete ich.

»Na dann. Los geht’s.«

Er schob die Tür auf und trat nach draußen ins schwindende Licht des Spätnachmittags.

Ich war mir immer noch nicht so ganz klar darüber, was ich von Otto Zolton-Bander zu halten hatte. Die meiste Zeit über dachte ich, er wäre bloß irgendein Straftäter mit quäkiger Stimme. Doch manchmal, so wie jetzt, bewunderte ich schlicht seine Kühnheit. Denn er schlenderte mit meinen Sneakers einfach hinaus auf das Rollfeld, und nichts an seiner Körpersprache, an seinem ganzen Verhalten verriet, dass er eigentlich nicht hierhergehörte. Mehr noch, er hatte etwas Stolzes, so als wäre er genau an dem Platz, der ihm gebührte.

»Komm schon!«, rief er.

Ich ließ mich von seiner Furchtlosigkeit anstecken und folgte ihm hinaus aus dem Schutz des Hangars.

Die Bonanza war inzwischen zu ihrem Haltepunkt gerollt, und zwei Männer stiegen aus. Otto ging schnurstracks auf den Piloten zu und fragte: »Geschmeidigen Flug gehabt?«

»Geschmeidig wie ’n Eimer voll Rotz«, erwiderte der Pilot und sah Otto kaum richtig an, ehe er ihm die Schlüssel in die Hand drückte.

Während die beiden Männer hastig verschwanden, drehte Otto sich zu mir um und grinste.

»Hüpf rein«, sagte er.

Ich zögerte. Die einzigen Flugzeuge, in denen ich bisher gesessen hatte, waren von der Sorte, bei der man vor der Landung die Tischchen hochklappen muss. Das Flugzeug hier wirkte einfach nicht groß genug, stabil genug, um in der Luft zu bleiben. Das Flugzeug hier hatte nicht mal ein einziges Tischchen.

»Beeilung«, drängte er und deutete auf die beiden Polizei-Jeeps, die sich an der Seite des Hangars postiert hatten.

Offenbar war die Vier-siebenundvierzig-Fähre inzwischen eingetroffen.

Ich sprang in die Kabine.

Otto betätigte die Zündung, der Anlasser surrte, und der Propeller drehte sich träge.

»Wo ist bloß die Gemischregelung in diesen Kisten?«, fragte er und tastete mit seiner rechten Hand herum.

Die Polizei-Jeeps rasten jetzt auf uns zu, mit heulenden Sirenen und blinkenden Lichtern.

»Steigen Sie sofort aus dem Flugzeug!«, plärrte eine Cop-Stimme aus einem Lautsprecher. »Sie verstoßen gegen das Gesetz. Steigen Sie sofort aus dem Flugzeug!«

»Ah, hier ist sie ja«, sagte Otto.

Er verstellte irgendwas mit der Hand, und der Motor sprang an, füllte die Kabine mit Lärm, ließ den Propeller schwirren.

Die Jeeps waren beinahe neben uns.

Otto löste die Bremse und gab Gas. Das Flugzeug gewann an Tempo, während wir auf die Startbahn einbogen.

»Sie verstoßen gegen das Gesetz!«, wiederholte der Cop über Lautsprecher.

Mehr Gas und wir beschleunigten, rasten die Startbahn entlang. Als der Geschwindigkeitsmesser zweihundertachtzig Kilometer pro Stunde anzeigte, zog Otto das Steuer nach hinten und ließ die Maschine butterweich abheben.

Nach einer guten Minute im Steigflug brachte er das Steuer in die Ausgangsstellung zurück, und das Flugzeug flog waagerecht.

»Wow, das war echt klasse!«, brüllte ich gegen den Kabinenlärm an.

»Der Start ist ein Kinderspiel«, brüllte er zurück. »Die Landung ist das, woran ich noch arbeiten muss.«

Während wir über die Meerenge flogen, die die Insel vom Festland trennte und sich in einem Bogen bis hinunter zur Gold Coast im Süden erstreckte, gingen Ottos Worte mir nicht aus dem Kopf. Hoffentlich hatte ich den richtigen Ort ausgesucht, damit er endlich seine erste Bilderbuchlandung hinlegte.

LANDUNG HINLEGEN

Am Funk rastete die Fluglotsin langsam aus, und ich konnte es ihr im Grunde nicht übel nehmen: Immerhin waren wir gerade zum sechsten Mal als Tiefflieger über den Strand gedonnert. Unten im Sand hatten sich Leute versammelt, die uns zuwinkten. Offenbar hatte es sich herumgesprochen: *Flieg, Zolt, flieg.*

»Sie werden jetzt unverzüglich Ihre Maschine landen!«, kreischte die Fluglotsin.

Otto drückte den Aus-Knopf.

»Die schiebt bloß Panik«, sagte er herablassend.

Er schwang das Steuer nach rechts, und in weitem Bogen flogen wir landeinwärts.

Unter uns erkannte ich meine Schule, die geschäftigen Straßen von Chevron Heights und schließlich Halcyon Grove, das wie eine Art Zytoplasma innerhalb seiner Zellmembran-Mauern lag.

Ich konnte nicht anders.

»Da ist unser Haus!«, rief ich und zeigte mit dem Finger darauf.

»Ernsthaft?«, sagte der Zolt. »Echt schicker Pool, den ihr da habt.«

Ich war mir nicht sicher, ob ich stolz oder verlegen sein sollte.

Er schien kurz über irgendwas nachzudenken, dann sagte er: »Was meinst du, ob ich ihn mit 'ner Münze treffe?«

»Mit 'ner Münze?«, fragte ich.

Otto schob eine Hand in die Hosentasche, doch dann überlegte er es sich anscheinend anders und zog die Hand wieder heraus. Leer.

Mit dem Zeigefinger klopfte er leicht auf das Glas der Tankanzeige.

Die Nadel zuckte, sank aber sofort wieder auf null.

»Wird vielleicht Zeit, dass wir den Vogel runterbringen«, sagte er.

»Das dürfte keine schlechte Idee sein«, erwiderte ich.

»Irgendwelche Vorschläge? Einer, in dem das Wort Flugplatz nicht vorkommt, wär gut.«

»Wie wär's da drüben?« Ich zeigte auf das Rechteck aus Grün zu unserer Linken. »Ibbotson Reserve.«

»Gibt's da so was wie 'ne Piste?«

»Ja, die wurde damals im Krieg angelegt. Ist ziemlich holprig, aber ich glaube, es könnte klappen.«

»Du scheinst ja 'ne Menge darüber zu wissen, Kopfgeldjäger«, sagte Otto.

Ich zuckte die Schultern.

»Also Ibbotson Reserve.«

Beim Park drehte er zunächst eine Übungsrunde, streifte die Baumwipfel, fegte über den See und jagte im Tiefflug über die alte Landepiste.

»Sieht okay aus«, sagte er und legte die Maschine in eine weite Kurve. »Dann wollen wir dieses Baby mal runterbringen!«

Jetzt war ich wieder nervös.

»Warum ist Landen eigentlich so schwierig?«, fragte ich, während er schnurgerade auf die Piste zuflog und die Geschwindigkeit drosselte.

»'n Flugsimulator ist schick, aber da hast du ständig im Hinterkopf, dass du grade fest auf 'nem Stuhl hockst.«

Wie zum Beweis seiner Worte gerieten wir urplötzlich in Turbulenzen. Das Flugzeug wurde heftig durchgeschüttelt, und wir mit ihm. Es fühlte sich an, als hätten auch meine Innereien mit einem Mal keinen festen Platz mehr.

Während der Boden immer näher kam, redete Otto mit sich selbst.

Seine Stimme klang immer noch seltsam, schien jetzt aber um einige Oktaven tiefer.

»Halt die Nase gerade«, brummte er wieder und wieder. »Halt die Nase gerade.«

Ich erinnerte mich an das Foto im Netz, von einem der Flugzeuge, mit denen er bruchgelandet war, die Nase tief in den Boden gegraben.

Mir war absolut schleierhaft, wie er fast ohne jeden Kratzer aus dem Wrack hatte klettern können.

Doch bestimmt wird seine Pechsträhne enden. Bestimmt legt er eine Bilderbuchlandung hin.

Doch bestimmt wird seine Glückssträhne enden. Bestimmt muss irgendwer sterben.

Das Fahrwerk setzte hart auf dem Boden auf, und die Bonanza prallte hoch in die Luft.

Der Magen stieg mir in den Hals, das Herz rutschte mir in die Gummistiefel.

Schluss, seine Glückssträhne ist zu Ende, wir zwei sind tot.

Wieder setzten wir auf. Wieder prallten wir ab.

Mein Herz und mein Magen tauschten die Plätze.

»Halt die Nase gerade«, brummte der Zolt immer weiter. »Halt die Nase gerade.«

Nach dem nächsten Aufsetzen auf dem Boden blieben wir dort, rumpelten über den holprigen Grund, während das dichte Gras unsere Fahrt bremste.

Mein Herz und mein Magen kehrten an ihre normalen Plätze zurück, und die ungeheure Erleichterung, die ich fühlte, wollte auf der Stelle hinaus in die Welt.

»Otto, du Teufelskerl!«, brüllte ich mit allem, was meine Lunge hergab. »Du Teufelskerl!«

»Japp, die hab ich ganz schick hingelegt«, antwortete er stolz.

In der Ferne war Sirenengeheul zu hören.

Ich wollte weg, so schnell von hier fortrennen, wie ich konnte.

Aber ich durfte nicht. Ich hatte den Zolt zwar hierhergebracht, doch ich war mir nicht sicher, ob die erste Rate des Clans damit schon bezahlt war. Außerdem würde ich mit meiner Flucht Otto einfach den schießwütigen Cops überlassen.

Noch mehr Sirenen, und ihr Geheul wurde lauter, kam näher, gellte aus allen Richtungen.

Wir kletterten aus dem Flugzeug.

Drei schwarze Motorräder rasten auf uns zu, deren Brummen wie das von mutierten Moskitos klang.

Darauf Biker in schwarzem Leder.

Der Clan. Sie mussten es sein. Aber wie hatten sie uns gefunden? Woher wussten sie das alles?

Als sie neben uns hielten, fragte Otto mich: »Freunde von dir?«, und auf seinem Gesicht lag ein Ausdruck, den ich von ihm nicht kannte: der Blick eines kleinen Jungen, so als hätte ich ihn verraten.

Ich hatte den Zolt gefangen.

Ich hatte getan, was sie von mir verlangt hatten.

Sogar mehr, als sie von mir verlangt hatten, denn ich hatte ihn hergebracht, in den Preacher's Forest.

Ich zuckte die Schultern.

Der vorderste Biker gab Otto mit einem Kopfnicken zu verstehen: *Spring hinten drauf.*

Ob er wohl derjenige war, der damals Elliot umgebracht hatte?, überlegte ich.

Ottos Blick zuckte hektisch umher, und ich wusste genau, was er gerade machte: die Lage einschätzen, nach einem Ausweg suchen.

Vor uns erschien mit blinkenden Lichtern ein Polizeiwagen. Dann ein zweiter. Ein dritter.

Otto war mittlerweile offensichtlich zum selben Schluss gekommen wie ich. Es gab keinen Ausweg.

Er stieg auf den Soziussitz.

»Aber ihr könnt mich doch nicht einfach so hierlassen!«, rief ich, während das Sirenengeheul immer lauter wurde.

Das Bike, auf dem Otto saß, jagte davon. Das zweite folgte.

Weitere Polizeiwagen tauchten auf.

»Bitte«, sagte ich zu dem verbliebenen Biker.

Mit dem Daumen deutete er auf den Sitz hinter ihm.

Ich verlor keine Zeit, ich sprang auf.

Er ließ die Kupplung kommen, das Motorrad machte einen Satz, und weg waren wir.

Es war verblüffend, wie schnell wir fuhren, wie gekonnt der Fahrer seine Maschine über das raue Gelände steuerte.

Vor uns lag dichtes Unterholz. Sobald wir das erreicht hätten, würden die Cops uns nicht mehr folgen können.

Ich warf einen Blick über die Schulter. Irgendwie schaffte es einer der Polizeiwagen immer noch aufzuholen.

Und dann war er neben uns.

»Sofort anhalten!«, gellte die Stimme über den Lautsprecher. »Anhalten oder wir schießen!«

Schießen? Mit Tränengas? Mit Gummigeschossen? Bestimmt nicht mit echten Kugeln. Doch was auch immer sie in ihre Waffen luden – wie es aussah, hatten sie deutlich die Oberhand. Anzuhalten schien gar keine schlechte Alternative.

Dem Biker allerdings stand der Sinn nach etwas ganz anderem: »Halt dich an mir fest!«, rief er mir zu.

Ich zögerte keine Sekunde und schlang die Arme um seinen Oberkörper.

»Anhalten oder wir schießen!«, drohte der Lautsprecher-Cop.

Ein kurzer Blick nach links genügte, um mich davon zu überzeugen, dass jetzt tatsächlich ein Gewehrlauf aus dem Beifahrerfenster des Polizeiwagens ragte.

»Sie haben drei Sekunden, um anzuhalten«, verkündete der Cop. »Eins. Zwei.«

Im selben Moment, als er »Drei« sagte, legte der Biker eine Vollbremsung hin und brachte das Hinterrad der Maschine seitlich ins Rutschen. Jetzt wusste ich, warum ich mich an ihm hatte festhalten sollen.

Ich umklammerte ihn noch fester.

»Anhalten oder wir schießen!«, brüllte der Lautsprecher-Cop erneut, aber es war eine leere Drohung, denn wir waren jetzt vollkommen von einer Staubwolke eingehüllt.

Der Biker beendete unsere Kreiselfahrt und gab Gas. Im nächsten Moment jagten wir aus der Staubwolke und hinein ins Unterholz. Die Polizeiwagen hatten keine Chance, uns zu folgen.

Besonders nicht, als die Büsche dichter und die Baumstämme immer dicker wurden.

Mittlerweile hatten wir das Motorrad eingeholt, auf dem Otto saß, das dritte fiel hinter uns zurück.

Im Zickzack rasten wir zwischen den Eukalyptusbäumen hindurch. Ein paarmal musste ich mich sogar ducken, um herunterhängenden Ästen auszuweichen.

Ich überlegte mir gerade, dass Otto mit seiner enormen Größe noch besser aufpassen musste, da tat Otto mit seiner enormen Größe etwas Außergewöhnliches.

Als das Bike, auf dem er saß, unter einem stabilen Ast hindurchfegte, streckte er beide Arme nach oben, packte den Ast und riss sich hinauf. Das ottolose Motorrad fuhr einfach weiter, während mein Bike an ihm vorbeijagte.

Ich blickte über die Schulter und sah, wie Otto sich fallen ließ, sich einen am Boden liegenden Ast schnappte und mit einem schulbuchmäßigen Baseballschwung den uns folgenden dritten Fahrer erwischte.

Das Motorrad kam ins Schleudern, fiel um und schickte den Biker zu Boden, wo er sich wieder und wieder überschlug.

Doch Otto war schon bei dem Motorrad, richtete es auf, schwang sich auf den Fahrersitz und schoss in entgegengesetzter Richtung davon.

»Wow!«, sagte ich, und wieso auch nicht, denn diese Nummer war das absolut Wow-Würdigste, was ich je gesehen hatte, um Längen wow-würdiger als der Zolt-Unterschlupf. Wie eine Szene aus einem Actionfilm, für die man mehrere Tage und einen kompletten Stuntmen-Trupp braucht, bis sie im Kasten ist. Allerdings war da auch noch ein zweiter Gedanke: *Falls er entkommt, gilt meine Rate dann immer noch als bezahlt?*

Der Fahrer hatte sich wieder aufgerappelt, sein Arm baumelte seltsam verdreht an der Seite. Der andere Biker hatte seine Maschine gewendet und sich an die Verfolgung von Otto gemacht.

Mein Fahrer hielt an.

»Steig ab«, sagte er.

Ich brauchte nicht erst überredet zu werden; ich stieg ab.

Der Biker mit dem baumelnden Arm nahm meinen Platz auf dem Soziussitz ein.

Ich sah den beiden Motorrädern nach, bis sie zwischen den Bäumen verschwunden waren. Dann streifte ich mir die klobigen Gummistiefel von den Füßen und machte mich nicht nur sprichwörtlich, sondern auch ziemlich gegenständlich auf die Socken.

KOLLATERALSCHADEN

Am folgenden Tag wachte ich sehr spät auf, und in meinem Kopf schwirrte dieser schreckliche, grauenhafte Gedanke: *Du hast die Rate nicht bezahlt!*

Doch kurz darauf klopfte es an der Tür, und Dad kam ins Zimmer.

»Dein Großvater und ich warten«, sagte er.

»Worauf?«, fragte ich, aber dann fiel es mir wieder ein. Ich würde nach jedem erfolgreich erledigten Auftrag gebrandmarkt werden.

»Also hab ich die Rate bezahlt?«

Er nickte.

Die folgerichtige Frage, die in meinem Kopf schon Gestalt angenommen hatte – *Und woher weißt du das?* –, wurde in einer jähen, gewaltigen Flut von Gefühlen ertränkt. Ich empfand Erleichterung: *Puh! Ich hab's geschafft.* Und Stolz: *Wow! Ich hab's geschafft!* Und Angst: *Verdammt! Ich muss das Ganze noch fünf Mal durchmachen!*

Aber wieso stand er einfach bloß so da?, überlegte ich und musterte Dads ausdrucksloses Gesicht. Warum gratulierte er mir nicht?

»Also, dann sehen wir dich in einer halben Stunde drüben bei Gus?«, fragte er.

»Müssen wir's heute machen?«, erwiderte ich.

Dad nickte.

»Tja, du hast anscheinend nichts gegen ein kleines Barbecue«, sagte ich.

Dad schenkte mir ein merkwürdiges Lächeln, und mir schoss durch den Kopf: *Im Gegenteil, er ist ganz versessen auf ein kleines Barbecue.*

Aber ich machte mit diesem Gedanken kurzen Prozess: Kein Vater der Welt hätte Spaß daran, seinem Sohn ein Brandzeichen zu verpassen.

»Okay, Dad«, sagte ich. »Wir sehen uns drüben.«

Nachdem er gegangen war, schaltete ich meinen Fernseher ein und zappte durch die Programme, ohne dass mein Daumen einem von ihnen eine echte Chance ließ.

Ja, ich hatte die Rate bezahlt.

Doch Tristan lag im Koma.

Imogen redete nicht mehr mit mir.

Und ich würde gleich abermals ins Land der Schmerzen treten.

Wie hieß noch mal dieses Wort, das ständig alle Welt benutzte, wenn irgendwo Krieg war? Kollateralschaden, so hieß das Wort.

Ein Schaden, der mit Blick auf das angestrebte Ziel unbeabsichtigt und nebensächlich ist.

Auf Fox News wurde es plötzlich hektisch. Eilmeldung! Eilmeldung! Eilmeldung!

Ein Tsunami?, überlegte ich.

Ein neuer 11. September?

Nein, ein angeblich von Otto Zolton-Bander gestohlenes Leichtflugzeug war mitten im Outback abgestürzt. Der interviewte Zeuge, ein Opalminen-Arbeiter, sagte, es sei absolut ausgeschlossen, dass jemand einen derart heftigen Einschlag überlebt haben könnte.

Ein Hieb in den Magen.

Nach keinem von Tristans Boxschlägen hatte ich mich je auch nur annähernd so gefühlt wie in diesem Moment. Otto Zolton-Bander, tot. Der Zolt, Geschichte.

Ein Schaden, der mit Blick auf das angestrebte Ziel unbeabsichtigt und nebensächlich ist.

Tja, falls diese Kollateralschadensache in dem Tempo weiterging, würde mein Leben nach der Rückzahlung der sechsten Rate dermaßen kollateralgeschädigt sein, dass es kaum mehr lebenswert wäre.

Jetzt sprach der Privatdetektiv Hound de Villiers, der Einzige, der es je fertiggebracht hatte, Otto Zolton-Bander aufzuspüren.

»Wer das Schwert ergreift, der –«, brummte er, als sein zerfurchtes Gesicht riesengroß auf dem Bildschirm erschien. Doch das war auch schon alles, was ich ihn sagen ließ, bevor ich den Fernseher ausschaltete.

Es wurde Zeit, dass ich mir mein Brandzeichen abholte.

*

Nicht zurückzucken, befahl ich mir, während das Eisen immer näher und näher kam und der Buchstabe *P* an seiner Spitze fast grellweiß glühte.

Doch als die Hitze die ersten Haare versengte, konnte ich nicht mehr anders: Ich wich ein Stück zurück.

»Herrgott noch mal, halt still«, sagte Dad, und abermals kam mir dieser verrückte Gedanke: *Er ist echt ganz versessen auf diese Sache.*

Über seine Schulter hinweg sah ich Gus, sein Blick feucht von Tränen.

»Du machst es nur schlimmer für dich«, sagte Dad.

Der verrückte Gedanke verschwand, wie zuvor. Dad wollte diese Sache einfach schnell hinter sich bringen, genau wie ich.

»Okay«, sagte ich, spannte mein Bein an und kniff die Augen zusammen.

Gluthitze, die immer näher kam, der Schmerz, heftiger noch als beim ersten Mal, und dann der übelkeiterregende Geruch meines verbrannten Fleisches.

Eine, zwei, drei Sekunden und das Brandeisen löste sich wieder.

Ein dumpfes Dröhnen.

Und ich brauchte ein paar Augenblicke, um das Geräusch von den übrigen Sinneseindrücken zu unterscheiden – dem Schmerz, dem Geruch – und um zu begreifen, dass es von irgendwo über dem Haus kam.

»Was ist das?«, fragte ich.

»Irgendein Trottel fliegt zu tief«, antwortete Gus.

Irgendein Trottel?

Ich zog meine Hose hoch und wankte zur Tür.

»Langsam«, sagte Dad.

Doch ich taumelte weiter, ignorierte den Schmerz an meinem verbrannten Oberschenkel.

Durch die Küche, die Haustür und raus auf den Rasen.

So war's, ganz bestimmt, dachte ich.

Aber wie konnte ich mir sicher sein?

Und dann fiel mir wieder ein, was er über den Münzwurf in unseren Pool gesagt hatte.

Der Schmerz von der Brandwunde flimmerte mir vor den Augen, aber ich rannte, quer über Gus' Rasen, quer über unseren Rasen.

Ohne auch nur kurz anzuhalten, warf ich mein Handy auf einen der Liegestühle und hechtete in den Pool, tauchte mit kräftigen Schwimmzügen.

Und dort, auf dem Grund, lag eine große goldene Münze.

Sie zeigte einen fliegenden Adler, darüber die Worte *United States of America Twenty Dollars*, darunter der Satz *In God We Trust.*

Doch sie glich keiner anderen Münze, die ich je gesehen hatte. Der Adler wirkte beinahe lebendig, so als wollte er sich um jeden Preis von der schimmernden Goldoberfläche befreien.

Ich griff nach der Münze und tauchte auf.

Dort hinten, am westlichen Horizont, konnte ich gerade so eben noch ein winziges Flugzeug ausmachen, das zitternd der Sonne entgegenschwebte.

Ich blickte ihm nach, bis es nicht mehr zu sehen war.

Phillip Gwynne, geboren 1958 in Melbourne, war ein professioneller Football-Spieler, bis eine Verletzung seine sportliche Karriere beendete. Anschließend studierte er Meeresbiologie und begann nach mehreren Reisen und Auslandsaufenthalten zu schreiben. Viele seiner Romane sind preisgekrönt, einige wurden verfilmt. Er war u.a. für den Deutschen Jugendliteraturpreis nominiert.